人外《にんがい》

Hisaki Matsuura
松浦寿輝

目次

1　発端　9

身じろぎして滲《にじ》みだす――あるいは枯れ葉、あるいはへびの抜け殻――過去が響きやにおいや色合いをつたえてくる――つめたい水に引っさらわれる――ねむりのなかの仮面芝居――色はむごい――想起と予見――食べることの法悦――同期するほたるたち――人外《にんがい》は川をくだる

2　橋のたもと　28

ただきびしい――霧のなかの日々――橋のしたの安息――斜面にへばりつく集落――僥倖と恐怖――水音――血膿がどろりとあふれだす――骨は骨、肉は肉――憐れみとはなにか――推論という行為――境界はじぶんのなかにあるのかもしれない――死骸を川に流す――対岸へ

3　見張り小屋　48
ねこでもかわうそでもない——対数らせんのやすらぎ——ベッドによこたわる老人——記憶のコレクション——見張り番の任務——双眼鏡と電話機——終わりをむかえるということ——申し送りはない——わたしたちのひとりになりなさい——観覧車とプリズム——きらきらしいスペクトル——逆回りの軌跡

4　タクシー　70
男根石が立つ三叉《みつまた》の辻——海に入って溶けてしまうこと——朽ちかけた漁船——眼帯をかけた女——どこへ行きましょう、お客さん——滅亡の直前の最期のかがやき——海辺であそぶ——料金はいりません——トンネルと月と階段と列車——車の故障——しかし月はなかった

5　偽哲学者　91
からだのうちからほんのり照らされる——鈍重にうずくまる鉄のかたまり——それが走りだす——死者たち——神にしてけだもの——極限環境微生物をめぐる閑話——前歯のあいだで見ひらかれた少女の眼球——微細な金いろのつぶつ

ぶ――真理について人外がかたったこと――うつつはうつろのうつし――列車は徐行する

6　ルーレット　112

駅への到着――下降、空虚と充溢の弁証法としての――雌の動物の膣――すべてはつながりあいながらうつろってゆく――微光にひたされた地下街――カジノ見物――無表情をめぐるみじかい考察――リヤン・ヌ・ヴァ・プリュ――偶然という化けもの――守り神あるいは疫病神――赤の9――クルピエは哄笑する

7　平面　135

あまったるい音楽と天空の玉座――うつくしい町、うつくしい人々――はてしないループ――チンパンジーにみちびかれて――司書は憤然とする――かつては図書館があった――ダンテもない、シェイクスピアもない――えらばなかった道――さびしさにみちたりてはならない――空気にゆきわたった毒

8　病院　156
水のにおい――貧民街の運河――かれに追いつけないかもしれない――狡猾にしくまれた迷宮――ダムウェーターは下降する――白衣の男との遭遇――ご高説をぶつのはみにくい――人生でいちばんしあわせだったころ――運命というものはない――回転する病院長――遊園地へ行け

9　遊園地　180
怯えは伝染する――ふたたび、運河――あわいのひとときーーゴンドラに飛びうつる――わたしはプログラムです――〈ほの昏《ぐら》い水の都めぐり〉――だれに命令されたわけでもなく――さびしさの再来――円運動の装置――観覧車の出現――迷子ねこフーのゆくえ――ゴンドラは下降にはいる

10　水族館　203
ねこの好物とは――回転扉――水のはなつ微光――吹きぬけの大ホール――らせん階段をくだる――最後の水槽――いとまきえいでもうみがめでもない――受けつがれる使命――じぶんじしんを贄《にえ》としてささげること――人外は未来を

取りもどす――世界のただなかへ

11 歳月 224
さらに時間は流れた――あるいは流れなかった――さまざまな情景

12 終末 248
虹とシロツメクサ――うすれてゆくということ――人外は川をさかのぼる――イバラの茂みが行く手をはばむ――水難事故――森のなかの彷徨――安息日――終わりのはじまり――行きたいところまで行かせてやろう――もう光もない、コトバもない――かれがそこにいる――とろりと溶けて滲みいってゆく――宇宙のダンス

装幀　間村俊一
装画　Gottfried Helnwein
“The Murmur of the Innocents 3”(2009)

人にん
外がい

1　発端

身じろぎして滲《にじ》みだす――あるいは枯れ葉、あるいはへびの抜け殻――過去が響きやにお
いや色合いをつたえてくる――つめたい水に引っさらわれる――ねむりのなかの仮面芝居
――色はむごい――想起と予見――食べることの法悦――同期するほたるたち――人外《にんがい》は
川をくだる

わたしたちは軽く身じろぎしてアラカシの巨木の大枝が幹と分かれる股のあたりで樹皮を透《とお》りぬけ、内から外へ、はじめて触れる外気のなかへ、ずるりと滲みだし地面にぽとりと落ちた。しばらくそのままでいて意識がだんだん明るんでくるのを待ち、それからゆっくりところがって上下が逆になったがそれでわたしたちのだれがうえになりだれがしたになったわけでもない。わたしたちのからだを秋ぐちの氷雨がひっきりなしにたたいていた。そのひと雫ひと雫からつたわってくる無数のかすかな衝撃を感じているもの、感じつづけているものがわたしたちだった。昼の光の最後の残照をつめたい闇がひたひたと浸しかけ、外界も意識もうっすら明るんで、外界のとも意識のともつかぬその薄明のただなかにアラカシだのエダだのイシキだの

といったコトバが点滅し、ウエ、シタ、クサ、ソラ、アメ、ヤミ、オチル、コロガルといったふうにコトバのむれが増殖していき、さらにサムイ、サムクナイ、キエル、キエナイ、アラワレル、アラワレナイ、アキノモリ、モウスグヨルニナル、カゼガフイテイルなどというコトバも浮かび、それらが意識の地の部分にしずかに染みこんでいくにつれてコトバそれじたいが意識になり意識それじたいがコトバになり、そのコトバをつかってわたしたちはワタシタチ——とかんがえてみた。ワタシタチ、ハ、カンガエル——とかんがえてみた。しかしそうかんがえているのはわたしたちのうちのいったいだれなのか。

わたしたちはいつごろからかたぶん地中にいて、あるときふとアラカシの根のさきのほそいひげ根から吸いあげられ、樹液に溶けこんでその幹の内部をうえへうえへ、しずしずと、じりじりと、とろりとろりとのぼっていったのだろう。そのうちアラカシの幹から最初の大枝が出ているその分かれめのところで、主流の幹をそのまま上昇して梢のいただきのほうへ向かうか、支流の枝のほうへ分かれてゆくかとためらい、いっときたゆたい、そのたゆたいの間にたぶんなにかが起こってわれにもあらず身じろぎし、そのとつぜんの身じろぎによってアラカシの樹液から身を引きはなし、ふいにべつのものになり、木の外皮のそとへ滲みだして地面へ落ちていったのだろう。だんだん明るんできた意識はクサ、カゼ、モリ、サムサ、シズケサをつぎつぎに意識し、とともにわたしたちじしんのからだも意識して、ワタシタチ、ハ、ワタシタチ、デアルとかんがえ、と同時にまたカンガエルとはこういうことかと驚きもしたのだろう。まずからだがあり遅れて意識がそのからだにやどったわけではなく、意識を通じてからだが、からだを通じて意識がとつぜん、一挙に、同時に、くっきりとたちあらわれその瞬間わたしたちはわたしたちとなったのだろう。

わたしたちのなかにはいくにんもの、いくじゅうにんものわたしがひしめき合っていたがわたしたちのからだはひとつだけで、それを動かそうとかんがえればどのようにでも動くことを知り、そのこともまたわたしたちに軽い驚きをもたらした。からだを動かそうとかんがえているのがわたしたちのだれなのかはわからない。わからないまま、しかしたんに身じろぎをしているのではなくすでにわたしたちはからだをかすかにゆすっていて、ゆすって、ゆすって、その振幅がだんだんおおきくなるにつれていつのまにか濡れた地面のうえのもとの場所からほんのすこしばかり移動しているのだった。わたしたちのからだはもはや不定形ののっぺらぼうではなくからだのしたにはなんの用を足すとも知れぬ突起があり、それを地面に強く押しつけ、そのまま後ろへ引くとからだが前へすすむ。こうして前と後ろがさだまり、うえとしたもはっきりして、押しつけて引く、押しつけて引くをくりかえすうちに前に二本、つづいて後ろに二本、つごう四本の突起がはっきりとのびて、それは手であり足であり、あるいは前足と後足であり、それらを交互に動かすうちにわたしたちはゆっくりと這っていた。その這うがいつのまにか歩くになってゆく。

わたしたちは歩いていった。それにつれてからだの両側をさまざまなもの、さまざまなできごと、さまざまなコトバが行きすぎていった。草、あるいは木、あるいは枝、あるいは穂、あるいは種子、あるいは泥、そのぬめり、あるいは小砂利のつぶつぶ、それを踏みしめたときのきしみの感触、とんぼの死骸、うっすらあぶらが浮いて虹色の帯がかがやく水たまり、あるいはつぶれて錆びた空き缶、わたしたちの手だか足だかのどれかがうっかり蹴とばすとそれがころがって岩に当たってかちんと鳴る音、あるいは枯れ葉、あるいはへびの抜け殻、あるいは前方からとどろいてくるごうごうという物音、あるいは枝先からぽたりぽたりとしたたる雨雫、ひっきりなしにしたたって地面に落ち土壌の深みに染みいってゆく無数の雫、あるいは、あるいは、それ以外の多くのものたち、できごとたち、コトバたち。世界をかたちづくるそれら無数のちいさなかけらの数々、とわたしたちはかんがえ、セカイというわけのわからないコトバがどこからともなくいきなりあらわれたことにたじろぎながら、これらすべて、これらいっさいがっさいをひっくるめたものが世界でありわたしたちもまたその内部にいるのだ、とかんがえてみた。それら世界の小破片のかずかずをわたしたちは見た、聴いた、というよりむしろさわった、味わった、感じた、そしてそのあげくに、知った。世界とはこれでありこれらであるとおもい、いやむしろわたしたちがこれらを見、聴き、さわり、味わい、感じ、そのあげくに知ること、そのことじたいが世界なのだとおもった。わたしたちもまた世界の一部なのだった。その世界がだんだん暗くなってゆく。世界が夜のなかにすべりこんでゆく。

そのうちに、いまはじめて知ったわけではない、こうしたすべてをわたしたちはすでに知っている、いつかどこかですでに体験したことがある、とふとおもいあたった。夜を、雨を、世界を、わたしたちじしんを、わたしたちはいまはじめて知りつつあるのではなくおもいだしつつあるのだ、とかんがえ、と同時に、雨が降って夜になろうとしている世界をいまよこぎっているのだ、というひと続きのコトバの流れがそれもまたおもいだされるようにして意識のなかに浮かんできた。コトバはいくすじもの異なった流れをしめした。わたしたちがいまよこぎりつつある世界につめたい雨が降りしきり夜の闇がふかまってゆく。そうも言えた。雨はつめたく夜は暗くそのつめたさと暗さが世界であるのをそこをよこぎってゆくことでわたしたちは知った。そうも言えた。夕暮れから夜へうつりかわりつつある闇のなかをいまよこぎっていこうとしているわたしたちがなにかの生きもののすがたをとりもどしていることを皮膚に受けると痛いほどにつめたい雨雫にたたかれることで知ってその痛みがわたしたちのからだでありました世界でもあった。そうも言えた。

とめどなく増殖してゆくそうしたコトバのつらなりのなかでいちばん大事なものは、アメでもヨルでもセカイでもワタシタチでもなくイマであることがふいに直覚された。イマよこぎってゆくというそのイマは一瞬ごと過去に追いやられ、と同時にもうすでにわたしたちはあたらしいイマのなかにいるのだった。その一瞬のイマ、あの一瞬のイマ、この一瞬のイマ、それら無数のイマの反復がそこに追いやられ、そこに組みこまれ、そこに溶けこんでゆくその過去という名の茫漠とした記憶の貯水池がはるかなへだたりを越えてほのかな響きやにおいや色合いをつたえてきて、そうだわたしたちはいつかどこかでやはりこんなふうに歩いていた、いまこうしているように氷雨の降りしきる夕暮れ、草や泥や小砂利やとんぼや枯れ葉やへびの抜け殻を踏みしめながら歩いていた、そんなことがたしかにあったとおもいだされた。それではまたふたたびそれがはじまるということなのだろうか。しかし、そのそれというのはいったいなんなのか。

追跡のことなのだろうか。追跡がまたふたたびはじまる。そういうことなのだろうか。その想いもまた記憶の貯水池から響きやにおいや色合いのようにつたわってきたもののひとつだった。想いというよりつたわってきたのはそう命じるだれかの声であるかもしれず、さらに言うならそのだれかとはわたしたちのうちのひとりなのかもしれなかった。かれのゆくえを突きとめ、かれに追いつかなければならない。そのためには前へすすまなければならない。前へすすむためには歩きつづけなければならない。よろめきながらふらつきながら、いま現在の現実とも記憶のなかからよみがえってくる残響や残り香や残像ともつかない、これら響きの数々、これらにおいの数々、これら色合いの数々にうっとりと酔いしれながら、かすかに怯えながら、心をまどわせながら、わたしたちは前へ前へと歩をはこびつづけた。

ちいさな草むらをまたいでその向こう側に出ようとしたとたん、前足をささえてくれるはずだった地面がふいにかき消え、わたしたちは体勢をくずして水のなかに落ち、おもいのほかおおきなばしゃりという水音が立った。つめたい水がわたしたちのからだをまるごと包みこみ、いきなり強いいきおいで引っさらってゆく。さきほどから聴こえていてだんだんおおきくなってきていたごうごうという響きはそれではこれだったのか。わたしたちはさっきまで歩いていたのとはくらべものにならない速さでどこへとも知れず水の流れにはこばれてゆく。前が後ろになり後ろが前になり、うえがしたになりしたがうえになり、揉みくちゃにされなすすべもなくくるくる回りながら流されてゆく。

からだぜんたいがすっぽり水にくるまれると息ができずそのまま時間がたつと苦しくてたまらなくなってくる。その苦しみを苦しんでいるものがわたしたちであり、だとすればその苦しみそれじたいがわたしたちだった。流れにさからって四肢をもがき、ときどきかろうじて水面から頭を出し息を吸いその苦しみからのがれようとするものがわたしたちだった。わたしたちにはいまやものを見る目、音を聴く耳、息を吸いにおいを嗅ぐ鼻があり、そうしたすべてをそなえた頭があるのだった。水の流れに翻弄されながらもときおりその頭をなんとか水面のうえに突き出し呼吸しなければならないというのはすでにからだを持ってこの世界に存在するようになった生きものの知恵だった。流れが急になり渦をまきはげしいしぶきをあげている岩場で、ふとい流木がいきなり跳ねあがりわたしたちにぶつかってきて、そのぶつかった場所が痛みつづけ、それを痛いと感じているものがわたしたちであり、だとすればその痛みそれじたいがわたしたちだった。わたしたちにはいまや打撃を受ければ裂けて血を流す皮膚や肉があり、損傷すれば脳に痛みをつたえる神経があるのだった。皮膚が裂かれないよう、肉が傷つかないよう、骨にひびが入ったり折れたりしないようわれにもあらず心をくばるのもすでに生きものの本能だった。しかし知恵によって本能によってどう避けようとつとめても避けることのできない苦しみや痛みはあり、そしてそれらがあることでわたしたちじしんの輪郭が鮮明になりわたしたちはじぶんじしんになる。川をくだってゆくうちにこうしてワタシタチハワタシタチデアルはもはやことあらためてかんがえるまでもない自明な事実と化し、しだいに意識にのぼらなくなっていった。

どれほどのあいだ川をくだりつづけたのか、水の流れは徐々に緩くなり、それほどもがかなくても鼻を水面から出し呼吸しつづけられるようになっていた。流れにさからわずむしろそのいきおいに身をゆだね泳ぎのまねごとをする要領をおぼえはじめてもいたのだろう。流れがおおきく蛇行している場所にしずかな淀みがありわたしたちのからだはそこでくるりと一回転したのち、川岸の水ぎわの草むらがこんもり繁った場所に引っかかってつと止まった。

また流されはじめないうちにとかんがえたのは知恵だったのか本能だったのか、ともかくその草むらを手がかりにわたしたちは水のなかからじぶんのからだを引きあげ、岸に這いあがり、くさったなつかしいにおいのする泥にまみれるのもかまわず草むらに身をよこたえた。あたりはすでに真っ暗だった。雨は止んでいた。息づかいがあらい。

からだが痛む。いちばん痛むのは片方の後足、とそれを呼んでもいいのだろうか。それではわたしたちは後足があり前足があり粗い毛を密生させた、そんな生きものなのか。目や耳や鼻があり温かな血がからだのなかを循環し前足と後足を持つ生きものであるわたしたちの、その後足の一本をあの流木にぶつかってくじいてしまった。そういうことなのか。しかしその後足以外にも痛む箇所がある。水底から突き出した岩にこすられ、岸から水面近くに張りだした枝に引っかかれ、皮膚が裂け血を流している箇所がいくつかある。すぐには動けない。休まなければならない。

わたしたちは目をつむった。意識はうちへとざされてゆき、川のせせらぎも間遠に聴こえるふくろうやそのほかの鳥たちの声も消えてゆく。現実の響きやにおいや色合いが遠ざかり、それにかわって記憶のなかからよみがえってくる残響や残り香や残像が意識のぜんたいを占めてゆき、それとともに意識それじたいが意識されないものへとゆるやかに変容してゆく。だれがだれともつかないままわたしたちはひとりまたひとりと消えてゆき、そして最後にこれもまただれとはっきりわかるわけではないたったひとりのわたしだけが残った。クサ、ソラ、アメ、ヤミといったコトバ、サムイ、キエル、アラワレル、アキノモリ、モウスグヨルニナル、カゼガフイテイルといったコトバをかすかながら覚えていたのがそのわたしだった。かれのゆくえを突きとめ、かれに追いつかなければならないという声を過去のかなたから発したのもひょっとしたらそのわたしだったのかもしれない。そのわたしじしんがめぐりめぐっていまここにいて、はるかに遠いかなたからつたわってきたそのじぶんじしんの発したくぐもった声を聴きとどけたのかもしれない。しかしそのたったひとりのわたしもやがておのずからすうっとうすれて消えてゆくと、それがねむりだった。そうだこれがねむりだ、ねむりとはこれだったとかすかにおもいだされ、しかしそれをおもいだしているものはもはやわたしたちでもなくわたしでもない。

残ったものはとりとめのない残響、あるかなきかの残り香、ぼんやりした残像で、それは記憶の貯水池からつたわってきたものだとしてもそれがだれの記憶なのかはわからない。たしかなのはそれはもはやいまではないということだった。よく晴れた朝、人通りも車の往来もまだほとんどない交差点を渡りながら路上に落ちるじぶんじしんの濃い影を見ながら、真夏の早朝のこの時刻にしか世界にみなぎらないあたらしくかぐわしい空気を胸いっぱいに吸いこみながら、生きることの歓びがからだの底から突きあげてくるのを感じたあの一瞬が閃光のようによみがえってきても、それはいまではなかった。お下げ髪にゆわえていたリボンを意地のわるい男の子たちにむしり取られ、教科書もノートもぜんぶ取り上げられてからっぽになってしまったランドセルをかぱかぱと背中で頼りなくゆらしながら、あしたまでにやっておかなければならない宿題があるのにどうしたらいいんだろう、おかあさんになんて言ったらいいんだろうと途方に暮れ、目玉の裏側からどんどん湧いて出てくる――そんな感じがする――涙が目のふちから溢れてこぼれようとするのを両手の指さきでひっきりなしに跳ね飛ばしつつ、とぼとぼ下校の道をたどっていったあの夕暮れの悲しみが胸を刺しつらぬくような苦痛とともによみがえってきても、それはいまではなかった。何十年ぶりかで再訪したあのなつかしい美術館の二階のギャラリーの片隅の寸分たがわぬ位置に、かつて少女だった頃によく見知ってふかく愛していた小ぶりの油絵が掛かっているのに再会して、その何十年もの歳月が一挙に無に帰すようなさわやかな徒労感をおぼえ、しかしそれを生の恩寵そのものだと感じ心が満たされたあの瞬間のおののきがよみがえってきても、それはいまではなかった。男がそそくさと身仕舞いしてべつの女と暮らす家へ帰っていったあと、ベッドに残った男の髪のにおい、腋の下のにおい、精液のにおいをふいにいとわしく感じもうあの男を愛していないのだとはじめて直感し、その唐突な直感がたとえ錯覚であろうとその錯覚をだれかから思いがけず受け取ったなにか貴重な贈り物とかんがえることにしようと心に決めた瞬間どっと心のなかにひろがったあの脱力感と解放感がどれほどなまなましくよみがえってこようと、それもまたいまではなかった。いまここにはない響き、におい、色合いが渾然と渦をまき、さまざまに変容し変幻し、意識にはのぼらない薄暗がりの舞台でわけのわからない、滑稽で単調で血なまぐさい仮面芝居を演じているようだった。そしてそれをゆめとよぶことをおもいだしもしないまま、その仮面芝居のたわむれもまたうすれて消えてゆくと、あとにはただもはや暗闇とも言いがたい暗くもなく明るくもないただ索漠とした空白ばかりがひろがっていた。それがねむりというものだった。

そのねむりからわたしたちを醒ましたのはあかつきがたの光だろうか、それとも夜のうちにいつしかふたたび降りだしていた雨だろうか。外界が明るみはじめるのと呼応するようにわたしたちの意識にも光が射しこんできた。その光に反応するものに内側から押されるようにしてわたしたちは目をほそくあけ、しばたたき、それからおおきく見ひらいて瞳をこらした。よこたわったまま見あげるとまだうす暗い空から針先のようにほそい雨粒がひそひそと降りそそいで、わたしたちの粗い毛並みに染みとおり、すでにからだをぐっしょり濡らしている川水にまじりあってゆく。

きのう降っていたようなつめたい大粒の雫がからだに容赦なくたたきつけてくるはげしい雨ではなく、やわらかな繊維のようにからだに染み入ってくるかぼそい煙雨だったがそれでも雨は雨で、もうこれ以上天から落ちてくる水粒に身をさらしたままでいるのはけうとかった。すでに濡れるだけ濡れそぼってしまったいまとなってはせんないようでも、とりあえず雨風をしのげる場所に移動したほうがよいにはちがいない。しかし、ぼんやりとそうかんがえながらも、ねむりのなかで立ちさわいでいた仮面芝居の興奮のほのかな名残りがまだ意識のなかに揺曳しているのか、からだを起こすのさえ大儀でわたしたちは茫然と空を見あげながらしばらくそのままでいた。

わたしたちの頭上でガマの穂が茎をおおきくしなわせ、顔のすぐ近くまで垂れさがって風にふかれ、ぶらんぶらんとゆれているのをながめるともなくながめていた。穂の下部は雌花が固まっていて赤褐色でふとい。上にゆくにつれて穂はだんだんほそくなり、雄花が集まる先端には黄色い葯《やく》が萌えでている。受粉の季節なのだとおもいあたる。その葯の黄色の濃さとなまなましさがなにか胸ぐるしい想いをさそう。性のいとなみを示すたけだけしい色だった。色はむごい、とおもった。世界に色があるということじたい、たぶんなにか途方もなくまがまがしいことなのだ、とおもった。

草むらに身をよこたえたままくびだけのばしてその黄色い穂先をひとくち齧ってみたがまずかったのですぐ吐きだした。わたしたちはすこし身を起こしもぞもぞと這いすすみ、ガマやヒメガマやミクリの生い繁る草むらのなかにころがりこんだ。そこにあらためて寝ころんでからだをのばし、草むらの葉で雨を避けながらなんとか多少なりとからだを乾かそうとした。これから一日が始まろうとするあかつきがたなのにあおざめた陽光は力なくゆらめくばかりで、いつまで待っていてもいっこうに強くも温かくもなっていってくれない。しめやかに降りそそいでくる針先のような雨滴はどんなに密に繁っていてもガマやヒメガマやミクリの葉では避《よ》けきれず、そのすきまからしたたってわたしたちの濡れそぼった毛のあいだに音もなく染みいってゆく。羽虫がぶうんと唸っている。川のせせらぎにまじっておおきくなったりちいさくなったりしながらとぎれることなくつづく、しずかな機械の作動音のようなその羽音を聴きながら、わたしたちはさむざむとしたねむりのなかへまたもう一度すべりこんでいった。

　ゆっくりと近づいてくる地響きで目が醒める。なにかけたはずれにおおきな生きものがわたしたちのすぐそばをかすめて川のなかに入ってゆく気配があった。その生きものがわたしたちの存在に気づいたかどうかわからない。ばしゃん、ばしゃんというおおきな水音がひとつふたつ立ってそれきりなんの気配もなくなった。わたしたちはしばらく身をすくめ息をひそめていたが、だんだんと緊張がとけてまたねむりのなかへ浸りこんでゆく。ねむりの水位はあさくなったりふかくなったりをくりかえし、その浅瀬のところでは陽光が水の底まで射しこむように明るい意識がもどってきて、意識の光があたるとそれを反射してさまざま問いがちらちら点滅しながら水底にころがる小石のようにきらめき、光があたる角度によっていくつもの異なった色合いを見せる。大小さまざまな問いを経めぐったあげく意識がなんどもあきずにもどってくるのは、かれはいったいどこにいるのかという、きのうふいに身じろぎしたのをきっかけにアラカシの巨木の幹から樹皮を透けて滲みだし地面にぽとりと落ちて以来、くりかえしかんがえつづけてきた疑問だった。

　過去という名の茫漠とした記憶の貯水池があるように未来という名の時間の……とかんがえかけて、しかしそれは貯水池というより間歇泉のようなものなのかもしれない、とおもいなおす。それもまた過去と同じようにいまここにはないものだ。可能性と偶然性の水がふんだんに溢れだしている時間の源泉があり、しかもそれは刻一刻と遠ざかってゆく、いまここから、わたしたちのいるこの場所からはなれ後ずさってゆく。それは過去とは正反対の方向へたえず後ろむきに遠ざかっていき、だから可能性と偶然性はいまここからは絶対的にへだてられた地点から湧出しこちらに向かってとうとうと逆流してくるのであり、それが未来というものだった。時間の源泉はそこにある。時間は過去ではなく未来で湧出しているのだ。過去というはるかかなたの記憶の貯水池からはほのかな残響、残り香、残像がそこはかとなくつたわってくるが、未来という名の時間の間歇泉からはふんだんに溢れだした可能性と偶然性の流れが荒れくるう大波のように逆巻きながら押し寄せてくる。それは残響でも残り香でも残像でもなく、響きの予感、においの予感、色合いの予感であり、それはいまここでわたしたちをとりまいている響き、におい、色合いにおとらずなまなましくものぐるおしい。だからわたしたちにはこれからなにが起きるかを見て、聴いて、さわって、味わうことができるのだった。それをするどく感じとること、まざまざと知ることができるのだった。向かう方向が真逆であるだけで、過去をおもいだすことと未来を予見することとはじつはまったく同じ心のはたらきなのだから。

そうであるなら、最後には、最後の最後には、わたしたちはきっとかれを見つけることができるはずだ。それがいつ、どこでのことかはわからないが、いつかどこかでかならずかれに再会できる。そうじぶんにくりかえし言い聞かせるうちに擦り傷の痛みもくじいた後足の痛みもしだいにうすれてゆくようだった。

ほどなく雨はやんだが昼になっても結局ほとんど気温があがらないまま、雲の向こうにうっすら透けて見える太陽がじりじりと移動していった。ななめの軌道をたどって空をよこぎっていった太陽はやがて西の地平線近くまできてようやく雲から出て、どろりとした血のかたまりのようなものとなりそのまま没していった。

夕闇がひろがりはじめた頃、わたしたちがあんまりひっそりよこたわっているので死んでいるとでもおもったか、あるいはふかく熟睡していて気づかれるはずがないと高をくくったか、不注意な野ねずみがわたしたちのすぐ前を通りすぎようとした。わたしたちはいきなり躍りあがってそのきいきい鳴き叫ぶ小動物を押さえつけ、首すじをひと嚙みし頸骨をへし折って殺した。じぶんがひどく腹を空かしていることに気づいたのは、その野ねずみの尻の肉をほんのすこしばかり喰いちぎっておそるおそる呑みこんでみたあとになってからのことだ。それから、後ろ脚の筋肉がまだかすかにひくひく痙攣している野ねずみにそのぐんなり垂れた頭から齧りつき、からだ中の骨をばりばりと砕き、しっぽだけは残してあとはすべて食べつくした。まだ温かい肉を歯でざっくり嚙みしめ口中いっぱいにひろがる血の味に酔ったようになりながら咀嚼し嚥下し体内の奥ふかくに取りこむ。食べることは法悦だった。法悦とはいまがただひとつのいまで、しかもそれがいつまでもつづくようにおもわれるということだ。そこにはいましかない。食べるということほどいまとはなにかをまざまざとおしえてくれる行為はない。満ち足りるほどの量ではなかったものの野ねずみの血と肉の温かみをからだにとりこんだおかげでようやくすこし元気をとりもどした。それでもわたしたちはなおよこたわって闇がいちばん濃くなる時刻を待ちつづけた。

どれほど時間がたったのか、川面を見やると草むらの陰になった一帯にたくさんのほたるが飛びかい、そこだけ火花が飛び散ったようになって闇をわずかに明るませている。しかしその明るみのせいで周囲の闇はむしろいっそう暗さをふかめているように見える。灯っては、消える。灯っては、消える。そのリズムをなぜか不思議に同期させつつ点滅をくりかえすほたるたちのむれは、未来からふきつけてくる可能性と偶然性の大波の波頭にくだけて散るしぶきのようにきらめいていた。その一匹一匹がはなっているのは予感、予見、期待の光だとおもわれた。光は徐々にはっきりしたかたちをとり、わたしたちがやがて見ることになる光景のちいさなかけらとなって宙を舞った。

それとともに、あるいはむしろそれに拮抗するように、過去からよみがえってくる光景のかけらもわたしたちのうちで相変わらずしずかにゆらめき、ざわめき、渦をまきつづけ、あれはいつのことか、美術館のひと目につかないうす暗がりに掛かった絵のなかでは後ろ姿を見せる女がうつくしい肩をあらわにし、あれはいつのことか、病院のベッドに力なくよこたわったじぶんの娘はまだ六歳とはおもえないおとなびた目を見ひらいておかあさんごめんねとつぶやき、あれはいつのことか、横断歩道を示す路面の白いペンキのうえではこれからはじまる一日への期待をにぎにぎしく唄うように夏の陽光が陽気に飛びはね、あれはいつのことか、空港の到着ゲートで気をもみながら待ちわびているのに電光パネル上で目当てのフライトの表示は何時間たってもDELAYのままで、あれはいつのことか、携帯にはもう恋人ではなくなった男からのメールのひっきりなしの着信を示す光がいらだたしく点滅しつづけ、あれはいつのことか、からっぽのランドセルを背中でゆらしながらの下校の途中いっぱいに涙をためた目にうつる夕焼け空はため息が出るほどきれいだった。ねむりのなかで夢を見ているわけでもないのにあれこれさまざまないまここにはないものたちが立ちさわぎ、あれはいつのことか、恋人の唇で乳首をいつまでもいらわれつづけることのあまりの幸福感になんだか怖くなったり、あれはいつのことか、まる一日海水浴ではしゃいで夜になると従姉妹たちと民宿の蚊帳のなかで遅くまでひそひそおしゃべりしていて叱られたり、あれはいつのことか、前の晩に飲みのこしたウィスキーのタンブラーに朝起きてくるとおおきな蛾の死骸が浮かんでいてぞっとしたり、ととりとめのない記憶の断片がでたらめな順序で脈絡なくよみがえってくる。両手のゆびを組み合わせて犬やうさぎのすがたを障子に投影する影絵あそび……南の町の街路に植わったガジュマルの巨木の奇怪なかたちに絡みあった気根……天井の木目模様のなかからゆらめき出てくるばけものの顔……。それらの記憶のなかでどうやらわたしたちはヒトだったらしい、とあらためておもいあたった。しかし全身が粗い毛でおおわれ四本の足で地面を這ったり歩いたりしているいまのわたしたちはもうヒトではない。

では、ひとでなし、なのだろうか。過去からつたわってくる響き、におい、色合いにわたしたちはこれっぽっちのなつかしさもおぼえることがなく、その冷淡さがじぶんでも意外なほどだった。それらはたしかになまなましい。それらひとつひとつにまつわりついているヒトの感覚、ヒトの感情、ヒトの思念ももちろん同時によみがえってきて、それもまたおもいがけないほど、むごいほどなまなましい。しかしそれはすでに他人のむごさでありなまなましさでありそれに心を動かされることはない。ヒトの感情、感覚、思念のなまなましさに反応するものはわたしたちのうちにはなにもなかった。郷愁も惜念も憧憬もわたしたちとは無縁だった。わたしたちはつめたい生きものだった。温かな血がまたふたたびからだのなかを循環しはじめようと野ねずみの肉を喰らい血をすすって恍惚としようとわたしたちはあくまでもつめたかった。ひとでなし。あるいは、人外《にんがい》。そういうことか。そういうことなのだ、とおもった。

わたしたちはひとでなしであり人外なのだった。からだを起こし、川岸に近寄っていき片方の前足をおずおずと水にひたし、流れのいきおいを知ろうとつとめてみた。その前足で川水をゆるゆるとかき回し、蝟集するほたるたちに向かってたわむれにしぶきを撥ね飛ばしてみた。しぶきが飛んだところだけ穴があいたようにほたるたちの光がぱっと消えるが、それもほんの一瞬のことで穴はたちまちふさがり、蝟集するほたるたちは誘うように招くように微小な光の点滅をくりかえしいっかな止めようとしない。わたしたちは片方の前足を水にひたし半身を川面に乗りだすようにしたままそこにうずくまった。

またふたたびそれが始まるのだろうかときのうはおもい、とはいえそのそれというのはいったい何なのかといぶかったものだが、そしてその疑問にはまだ明確な答えは見出せないままだが、ヒトでなく人外としてもう一度そのそれのなかに入ってゆくのだと、そうかんがえてみたらどうか。そのひややかな想いはわたしたちにしずかな慰藉をもたらすようにおもわれた。人外というコトバにすがることで世界とわたしたちとの関係にもっとも単純で明快な定義をくだせるようにおもわれた。だれがだれともつかないわたしたちでしかなかったわたしたちは、じぶんを人外とかんがえることで今度こそただひとりのわたしに凝集し収斂しおおせるようにおもわれた。かつてはヒトだったけれどもいまではヒトではない人外が、過去を想起し未来を予見しながらいまからいまへと飛びうつりつつこの世界をよこぎってゆく。そうするほかはないと心にきめてしまえば、じぶんがいまここにこのようにして在るという事実——過ぎ去ったいまでもこれからやって来るいまでもないこのいまに、いまのいまに、自分が存在するという事実にも、それはそれでとりあえず納得がゆくというものではないか。

そこまでかんがえてようやくひととおり気持ちの整理がついたように感じた人外はむっくりと身を起こし、まだ痛んでいる後足をかばいながら一歩二歩と足を前へ踏みだしていった。岸をはなれほとんど音を立てずひっそりと水のなかにすべりこんでゆく。夜明けはまだ遠いが、出発のときだった。出発のとき。そうかんがえて奮いたつような昂ぶりをおぼえたせいか、川水の凍えるようなつめたさも心もからだもひきしめてくれるようでむしろこころよい。かれに追いつかなければならない、というきのうはぼんやりしたままだった想いが、いまや明確な輪郭と、居ても立ってもいられないような切迫感、焦燥感をともなってよみがえってきた。かれのゆくえを追いつづける。そのためにはともかく前へすすまなければならない。だんだんふかくなる水にからだをひたして歩をすすめるうちにほどなく足が立たなくなったが、人外はためらうことなく川底を蹴って流れに身をゆだねた。雨で増水した川の流れは朝がたよりも速くなっていて、手足で水をかくまでもなく人外をたちまち川下へ押し流しはじめる。

2　橋のたもと

ただざびしい――霧のなかの日々――橋のしたの安息――斜面にへばりつく集落――僥倖と恐怖――水音――血膿がどろりとあふれだす――骨は骨、肉は肉――憐れみとはなにか――推論という行為――境界はじぶんのなかにあるのかもしれない――死骸を川に流す――対岸へ

人外はさびしかった。かなしいわけではない。ただざびしい。泳ぎながら水のうえに頭だけ出し川面にかがやくあかね色の夕映えがさざ波にみだされてゆくさまに見とれて、こうしてすべてがまた闇のなかにしずんでゆくとかんがえるときでも、野ねずみやもぐらやときたま捕えられる魚に齧りつきしびれるような忘我の恍惚に浸っているときでも、葉からしたたる一滴の雫を顔にうけ、葉末にたまって雫のかたちをなしたその水が自然な重みで葉からはなれたときから落下の軌跡をえがきついにじぶんの鼻先に当たるまでの一瞬のうちに永遠があると直覚するときでも、人外はひたすらさびしかった。それはかなしみのような甘い感傷のいっさい混入しない純粋状態のさびしさだった。じぶんのようなひとでなしにもこんな痛切なおもいがあ

るのかとひとごとのように驚いたのはしかし当初のうちだけで、川を泳いだりただ押し流されたりそれにもあきると岸辺を歩いたり走ったりして何日も何日も流れに沿ってくだりつづけるあいだに、人外はこの謎めいた感情にしだいになれていった。

さびしさ。それはこの世界のうちにしたしい友や眷族を持てずにいることの孤立感とは本質的に別種の感情であるようにおもわれた。孤独というならそれはじぶんを外界からへだてる皮膚の膜につつまれた生きものとしてこの世にあるかぎりその生存の前提をなす当然の条件にすぎない。人外はじぶんの孤独を当たり前のこととして受け入れ孤独だからこそじぶんは自由だと感じ、そこにはなんのさびしさもなかった。世界のうちにあってだれかをわかりたい、だれかにわかってもらいたい、だれかとわかり合いなぐさめ合いしたしく交わりたい、そんな気持ちがまったく持てないつめたいと言えばつめたい生きものが人外だった。そんな人外にひたひたと染みこんでくるさびしさとは、世界のうちにとどまりながらもたえずそのそとになかばはみ出して生きていかざるをえないものに固有のよるべなさであるようにおもわれた。世界と世界ならざるものとの境界に身を置きその両方に魅了され両方から引っ張られ、しかしどちら側にも身を落ち着けられずにいるものだけが知るせつなさでありやるせなさであるようにおもわれた。だからさびしさになれてゆくとはこのさびしさからはいつになろうとどこへ行こうとけっして逃れられないとおもい知らされてゆく過程でもあった。

人外が川をくだるうちにやがて川幅が広くなり、鬱蒼としていた周囲の樹木がだんだん閑散として、その隙間から廃屋になってひさしい家々や穴ぼこだらけになったアスファルトの道路がちらほら見え、たんに草が生い茂っているだけだった川岸もやがて石が積まれたりコンクリートで固められたりするようになっていった。ただしその石積みもところどころだらしなくくずれ落ちコンクリートの堤にもみにくいひびが入って、ヒトの補修の手が入らないまま長年月が経過していることは明らかだった。橋のしたをいくつもくぐったが、そのなかにはなかば倒壊して橋の用を足せなくなっているものもまじっていた。そんなふうに移動しつづけるあいだヒトの姿を目にすることはいっさいなかった。

ヒトがどう感じるかはともかく、このさびしさとはじつはヒトもふくめて生きとし生けるもののすべての根底にある感情なのではないかと人外はふとおもう。生まれたばかりの幼いいのちも老いさらばえ病みおとろえたいのちもほんとうは同じように、こんなふうにさびしいのではないか。なまじ中途半端にかなしんでみたり甘ったるい孤独の情をうれい顔でかこってみたりするのは、そんなありきたりの感傷よりもっとずっと深いところにひそむこのよるべなさ、このせつなさ、このやるせなさから、無意識のうちにほんのいっときなりとのがれようとしてのことではないのか。ならば結局この世界のうちに生きるものはだれもみなじつはそのそとになかばはみ出しつつ生きているのだろうか。

人外の心とからだを浸すそうしたさびしさがそのまま空気のなかに滲みだすように、さむざむとした霧がたちこめる日々がつづいた。ナイフを入れれば切りとれる乳白色のバターのような濃霧であることもあればうっすらたなびき風に乗ってうつろってゆくあわいもやであることもあったが、ともかくそれは人外のからだを取りまき撫でさすり包みこみ、このさびしさを免れるすべはおまえにはないのだぞ、なぐさめをもとめてもむなしいのだぞと教えつづけているかのようだった。だが、そもそもこのさびしさそれじたい以上の甘い安息をもたらしてくれるようななぐさめが他のどこにあるだろうか。

ほたるたちが蝟集するあの水辺を出発した夜から十日ほどもたっていたか、人外はひんやりしめった闇をついて、ごろた石のあいだにところどころわびしい草が生える川岸を夜通しぴたぴたと歩きつづけていた。そのうちに暁の光がほんのり射してきたが、それが徐々に浮かびあがらせていったのは例によって周囲いちめんに立ちこめる濃い朝霧で、それが夜の闇にとって代わるさむざむとした白い闇のように立ちはだかって視界を相変わらずとざしたままでいる。やがておおきな鉄橋がおもいがけない近さにぬっと出現して、じぶんに覆いかぶさってくるようにそそり立つその威容に人外はわれにもあらずたじろいだ。

しかし、橋の真下まできておのずと足がとまり、ごろた石の河原にどっしりとそびえるふとい橋脚に身をよせ背や横腹をすりつけてみると、なにやらほんのりした安心感がからだじゅうにひろがった。その鉄筋コンクリートの橋脚はすでにねむりのなかでいくたびも見ているものであることがゆるゆるとおもいだされてきた。ここがとりあえずの休息地だ、とおもいあたって緊張がほどけからだからすっと力が抜けたとたん、川面にちいさな水しぶきが立つのが見えた。橋脚をはなれ岸に近寄って、波が立たないように注意しながら水のなかにそっとからだをすべりこませてみた。じっと待ちうけるうちになんの警戒もせずにいく匹もの魚が泳ぎ寄ってきて、人外はその一匹を簡単にとらえることができた。まだぴちぴち跳ねているその獲物をくわえて岸に戻り、がつがつ頬張って咀嚼すると安堵のおもいがさらに深まった。かんがえてみるともうほぼ一昼夜のあいだなにひとつ胃の腑に食べものを入れていなかった。

時間がたつにつれてだんだんうすれてゆく霧のあわいから川に中洲があり川中にもいくつか橋脚が立っているさまがぼうっとしたすがたをあらわしてきて、どうやらこの中洲や橋脚があるせいで水の流れようになにか変化が起きているのかこの付近一帯は魚が群れをなしているらしいとわかってきた。それはこの鉄橋のたもとにしばらくのあいだ腰を落ち着けて休息しようと人外が心をきめる理由のひとつになった。不注意な野ねずみが人外に気づかずすぐそばまで近寄ってくるような僥倖はあの最初の日以来もう訪れず、人外はじぶんで獲物をとらえるすべをなんとかかんとかおぼえていかざるをえなかった。この十日ほどの旅のあいだに狩りのわざにすこしずつ習熟してきてはいたものの、獲物に爪をかける寸前で逃げられて気落ちすることがしばしばだった。もしこの橋のあたりが絶好の漁場になっているのならしばらくはここに腰をすえ疲れをいやすのも悪くない。

やがて日が高くなり霧が完全に晴れてしまうと、じぶんがそれに沿ってずっとくだってきた川がこのあたりではいつの間にか意外におおきな流れになっていることがわかって人外は目を瞠《みは》った。朝がた霧を透かして見えたような気がした中洲はやはりたしかに存在し、さらにその向こうの対岸までいまやはっきりと見とおせる。それはかなり急な斜面が川岸のきわまでせまっている小高い丘のつらなりで、その斜面にへばりつくように貧しげな家々が立ちならんでいた。ヒトの集落のようだった。家々のまえにちいさな人影がふたつかみっつ、ちらちらと動いているのまでたしかに見わけられる。アラカシの枝の付け根からずるりと滲みだして以来、人外ははじめてヒトの姿を目撃したことになる。いまにも雨が降り出しそうな曇天のしたにヒトたちの集落はなにか巨大な動物のひり出した排泄物の残りかすのように大地にわびしくこびりついていた。

一方、そこから視線をめぐらせてじぶんのいる側の岸の土手のかなたを見やるとそこには緒《あか》土《つち》がむきだしになったのっぺりした荒れ地がひろがっていて、人外がそこからすぐ目を逸らしたのは、生きものの気配のないそのひろがりにはなにか正視にたえない裸形の荒涼感がみなぎっていて人外を意気阻喪させたからだった。ヒトが棲まっているとはおもえないこちら側があり曲がりなりにもヒトの家が集まっているらしいあちら側があって、いまやずいぶん広いものとなった川幅が両者のあいだをへだてているが、しかしときとして僥倖のように、恐怖のようにそのふたつの空間のあいだをつなぐものが出現する。そういうことが起こる。たとえばそのひとつが橋だった。だとしたらたまたま行き当たったこの橋のたもとこそ、世界と世界ならざるものとの境界に立ちすくんでさびしさに耐えている人外にふさわしい場所なのかもしれなかった。

人外は土手のきわの茂みのあいだにちいさなくぼみを見つけ、周囲をすこしばかり掘ってそれをひろげ、なかにもぐりこんでからだを丸めた。即席につくったこんな粗雑なものでもそれは一種の巣穴となって人外を保護し、かりそめの安息をもたらしてくれた。その日いちにち人外はうつらうつらしながらそのなかで時間を過ごし、なにものかにたえずせきたてられるように移動しつづけた日々のあいだに溜まった疲労をいやした。過去からつたわってくるのか未来から吹きつけてくるのか、まどろみのなかで胸ぐるしい映像がつぎつぎに交替し意識を波立たせつづけたが、それもねむりの最初の段階だけで、やがて水の流れの音だけが単調にひびくしずかな闇が心のなかにひろがった。

ばっしゃん、ばっしゃん、ばっしゃんと、なにかとても重くてかさばるものが水に落ちる水音がいくつか立てつづけに聞こえ、人外はねむりのなかからとつぜん引きずり出された。穴からすぐさま飛び出してなにが起きたのかたしかめたい気持ちをじっとこらえ、しばらくのあいだ身をかたくして周囲の気配に感覚を研ぎすましつづける。それきりなにも聞こえなくなってしばらく時間がたつのを待ちおそるおそる巣穴から這いだして、いましも夕闇がおりてこようとしている河川敷を見わたしてみる。動くものの影はなにもなく、川のせせらぎとどこか遠くで鳥たちがさえずっているのをのぞけばひんやりした静寂があたりを支配している。

よほど高いところから川のなかになにかが落ちたとしかおもわれない。つまり橋のうえからということか。人外は岸のすぐきわまで来て川面を見わたし次いで橋桁を見あげてみた。なにも変わったことはない。そう見える。人外は身をひるがえしあたり一帯の河川敷を小走りに徘徊して、朝見たときとは違うなにかが出現していないかどうかしらべて回った。なにもないように見えた。岸辺にもどってみると川のなかほどにひろがる中洲にあらためて注意を惹かれた。夜にならないうちにあそこも一応しらべておいたほうがいいかもしれない。

人外は水のなかにはいっていった。相変わらず魚が多いようで、流れのいきおいをいなしながら川をななめによこぎってゆっくりと泳いでゆく人外の下腹あたりをなれなれしくつんつん突いてくる大胆な魚もいる。しかしもうずいぶん暗くなっていて魚獲りをするには光が足りないことは明らかだったので、人外は魚にはかまわず泳ぎに集中した。

泳ぎすすめるうちにやがて足が川底をかすめるようになり、そこからは流れにさらわれないように注意しながら岩や泥や砂地に足を踏みしめゆっくりと歩をはこんでようやく中洲の岸にからだを引きあげた。それは橋のたもとの河川敷と同じように大小のごろた石がごろがり、そのすきまからところどころみすぼらしい黄ばんだ草がしょぼしょぼと生えているほそ長い川洲だった。人外がその川洲の岸に着いて水からあがるやいなや、川波にあらわれているその同じ岸辺の十メートルほどさきあたりの岩場に、橋のたもとから遠望していたときも水面から頭だけ出してここまで泳いできた途中にも気づかなかった、赤黒い染みがあるのがすぐさま目に留まった。どす黒く変色しかけた血だまりだった。その血の出どころであるにちがいない白い肉のかたまりが岩陰にころがっているのに気づいたのはそのさらに一瞬あとのことだった。男とも女とも知れないおさないヒトの、素裸に剝かれたからだが、なにやら奇怪な恰好にねじくれてよこたわっている。

その子どもが死んでいるのは距離をへだてて見た瞬間ただちにわかったが――わかったはずだったが、そこにゆっくりと近寄ってゆくあいだに人外の心には、時間がいましも逆回しに巻きもどされていき、ねじくれた子どものからだの関節や骨がみるみるうちにもとどおりの正常なかたちにつながって、死骸にもういちどいのちが吹きこまれ、子どもがむくむくと起きあがりこっちを見て笑いかけてくるのではないかという想念がきわめてなまなましい現実感をともなってゆらめきつづけた。仰向けになった子どものからだの間近まできて、そのほそい首が生きていればありえないような角度に曲がっているのを見たときには拍子抜けしたような気分になりさえした。まだ十歳にもとどいていなさそうな、茶色がかった黒髪を短く刈り、ととのった目鼻立ちをした痩せこけた子どもが頸骨を折って死んでいる。

ひしゃげた頭のまわりにひろがっているのは血だったが、あばらの浮きでた胸と首すじと上腕にはおおきな腫れものがつぶれた跡がいくつもありそこからじくじくと滲みだしているのは黄色みがかった血膿で、そこから鼻が曲がるような悪臭があたりにただよいだしている。それらの腫れもの以外にも赤いちいさな発疹がからだじゅうにぶつぶつとひろがっている。子どもが息をしていないことは明らかと見えたが、念のために人外は子どもの腫れあがったまぶたの片方に前足の爪をかけ、そっとひらいてみた。と、そのとたん、子どもの上半身を幾輪ものあでやかな花のようにかざっている腫れものから滲みでているのと同じきたなくにごった血膿が、うっすら開いた片目のまぶたのすきまから一挙にどろりとあふれだし、すっぱい腐臭がいきなり鼻をついたのにたじろいだ。眼球がいきなりとけて流れでたのかという錯覚さえともなう軽い衝撃をうけ人外は一歩、二歩と後じさった。この子はなにかわるい病に罹っていたにちがいない。死骸から流れでた血も血膿も完全にかわききってはおらずまだぬめぬめと濡れ光っている。

子どもの股のあいだにちいさなちんぼこがついているのに気づいた瞬間、ひとでなしになりさがった人外のひえきった心の内部から、無感覚なぶあつい被殻をつらぬいてひとすじの憐れみが湧きだしてきた。そこだけには腫れものも発疹もないまだ先端に皮をかむった清潔なかわいいちんぼこだった。性のいとなみをおこなうことができるようになるはるか手前でこの子のいのちは絶たれてしまった。憐れみなどというしゃらくさい感情の残滓がじぶんの心の底のどこかにまだ揺曳していたのかと人外は動揺しないわけにはいかなかった。しかしその憐れみもじぶんの心のそとに出るやいなやただちに揮発し霧散し、目のまえの子どものからだにまでは至り着かなかったようにおもわれた。ひと息、ふた息ついて気持ちをしずめてから、じぶんのなかにはいまやただおだやかな無関心だけがひろがっているという確信をえて人外はようやく安堵した。

子どもの死骸がよこたわっているのは中洲が川面からぐっと盛りあがっているそのちょうどきわのあたりの岩陰だった。川にむかってゆるやかにくだってゆく斜面にころがったそのからだの、肉のうすい腿のなかばから足先までは川水に浸りこみ、膝からしたの部分は流れのいきおいにもてあそばれてぶらんぶらんとたえず揺れている。もう今夜にでもまた雨が降りはじめて川がほんの少し増水すれば、こんなほそっこくて軽いヒトのしかばねのひとつやふたつ、たちまち流れにさらわれてしまうだろう。人外はうえを見上げてみた。男の子の死骸のちょうど真上のはるかな高みに鉄橋の手すりがあるのが見える。あそこから身を投げるか投げ落とされるかしたとかんがえるのが妥当であるようにおもわれた。

もしかりにだれかに投げ落とされたのだとした場合、からだが手すりを越えた瞬間にこの子はまだ生きていたのかそれともすでに死体だったのか。それはこの死体の状況を見るだけではわかりようのないことだった。しかしこんなふうにからだのあちこちから血膿が噴きだしているすさまじいありさまからかんがえると、もしかりにその瞬間にはまだいのちがあったとしても、橋の手すりを越えて墜落したことがこの子にとって不幸な災厄だったとはかならずしも言えまいと人外はかんがえた。たとえ墜落死しなかったとしても、こんなひどい病状を呈しているこの子がこのあとそう長く生きていられたはずはない。頸骨を折って即死することでその生ぜんたいを通じての苦しみの総量はむしろ軽減されたと言うべきではないか。では、この子はじぶんの苦しみと痛みを一挙に絶つためにみずから身を投げたのか。しかしこの子は素裸だ。大気のひえこんだこの陰鬱な曇り空のした、重い病におかされたこのおさない子どもが素裸のまま対岸の集落から橋をわたってずっと歩いてきたという光景は想像しにくい。病死した子どもの遺骸をだれかが集落からはこんできて橋のうえから投げ落としたとかんがえるほうがやはり自然なのではないか。

人外は頭をさげて男の子の死体にまた目をもどし、好奇心とも食欲ともつかぬ軽い衝動に駆られてその顔に口を寄せ、男の子の片目からあふれて耳のほうへ筋をひいた血膿を避《よ》けながら、病にやつれているとはいえ子どもらしい丸みをうしなっていないその子の頰をそっと舐めてみた。人外は早朝に魚を一匹むさぼっていらいなにも食べておらず、川下へむかう旅の途上でなれしたしむことになったあの飢えというそれはそれでほんのり快くなくもない感覚が、しばらく前からじぶんにもどってきているのを感じていた。しかし結局その子の頰の肉に齧りつくことをしなかったのは、飢えの感覚をからだに稀薄に行きわたらせそれをいつくしみつづけることの快さに執着したからではなく、まして人肉を喰らうという行為をみずから厭う禁忌の意識が人外のうちにひそんでいたからではなおさらなかった。それはただ、子どもの死体の若い肉の新鮮な白さや歯触りのよさそうな張りのある感触によってそそられたかすかな食欲が、あちこちから洩れだしている血膿の腐臭の惹起する不快感によって削がれてしまったからにすぎない。

ヒトであろうがそのヒトの幼子《おさなご》であろうが死んでしまえばそれはもう物質でしかない。さらに言うなら死を待つまでもなくたとえ生きていようと肉は肉、骨は骨、つまりはたんなる物質であることに変わりはない。酷《むご》い、いたましい、おぞましい、いとわしいといったコトバもいまや人外は知っていたがそれに対応する感情をじぶんのうちに見つけることはできなかった。世界には、すくなくとも人外がいま身を置くこの世界には生あるものとそれのないものとが存在するだけでそのどちらもが結局は物質であり、だから人外が生きのびるために消費する喰いものに当然なりうる。

人外がかつていた、そしていまもなおそこに惹かれそこへの回帰に誘惑されつづけているあの場所——世界ならざる場所、つまり世界の外部でも、やはりそこに固有の生というものが存在するのだろうか。そこには生あるものとこの世界で言うのとはことなる意味での生あるものが、存在するとこの世界で言うのとはべつのしかたで存在するのだろうか。そうした問いにねむりのなかで漠としたおもいをめぐらせることもなくはなかったが、目醒めているあいだの人外の関心はじぶんがいかに生きのびてかれをさがす旅をつづけるかということにしかなかった。ただ生きのびようとして生きているのであり、なんのために生きのびるのかと言えばそれは生きるためであり、その堂々めぐりの同語反復の内部にとりたてて幸福でもなく不幸でもなくただ閉じこめられてあるということじたいが生の本質でありその意味であるのかもしれなかった。そしてその生を維持するためには喰わなければならなかった。

ただし酷さやおぞましさを感受することのない人外の心も、ヒトの子どもの股のあいだにちょこなんとちぢこまった、結局は生殖に役立つことなく終わった皮かむりのちんぼこを目にして一瞬なりとほのかな憐れみを感じるということはあったのだ。それではなにかを憐れむとは、なにかを酷いだのおぞましいだのと感じるよりももっとふかい、もっと執拗な、もっと本源的な心の動きなのだろうか。それはさびしさと同じくらいふかくて執拗で本源的な感情なのだろうか。ひょっとしたら憐れみとさびしさは同じひとつのもののべつの呼び名にすぎないのか。しかしそれならばさびしさが日常坐臥こんなにも強く人外を支配しているのに対して、なぜ憐れみのほうは心の奥底に封じこめられているのだろうか。ふとした瞬間にそれが洩れだし意識の表層に立ちのぼってくることがなぜこれほどまでに人外を困惑させるのだろうか。それを心の奥底に押しもどすことでようやく気持ちの安定と平穏をとりもどせるのはいったいなぜなのか。

それにしてもこの子はいつ橋から落ちたのだろう。血や血膿がまだあたらしく濡れ光っていることからかんがえて、そう遠い過去のことではないと人外はかんがえた。橋から川になにかが落ちて水中に呑まれたときに立ったとおぼしいさきほどのおおきな水音をおもいださざるをえないが、あの水音はたしかに三つか四つ、ないし四つか五つ聞こえたのだった。それに、この子は中洲のごろた石に頭をぶつけ頸骨を折って死んでいるのだから、この子の墜落で水音が立ったはずはない。いや膝からしたの部分は水に漬かっているのだから多少の水音は立ったにはちがいないが、人外のねむりをやぶったのは子どもの軽いからだのふくらはぎやくるぶしが水に落ちて立つといったていどの音ではなかった。

では、こういうことはかんがえられないか。だれかが――それは複数のヒトたちであったかもしれない――いくつかの重いものをはこんできて橋のうえから川に投げすてた。そのうちのひとつがこの男の子の死骸だった。ほかのものは投げすてた者の意図したとおり川に落ちて水中に没し――そのとき立った水音を人外が聞いたのだ――流れがそれらをただちに下流にはこび去ったが、この子の死体だけは投げすてた者がうかつだったせいで落下地点がすこしばかりずれ、川のなかではなく中洲のへりに落ちてしまった。そういうことだったのではないか。だとすればその「ほかのもの」というのもやはりヒトの死骸だったのかもしれない、その可能性が高いと人外はかんがえた。

とすれば――とかんがえはさらにすすむ。川のこのあたり一帯にたくさんの魚がむらがっているという事実があらためておもいおこされる。この場所に死体をすてるという行為は今日いちどかぎり起こったことではなくこれまでしばしばくりかえされてきたのではないか。この橋のしたに魚がおおいのはごく単純に、ここがヒトの死骸の捨て場になっていて魚たちの餌が豊富だからではないのか。

夜の闇が急速におりてきてあたりを翳らせていき、それとともにまた霧が出てそれは刻々濃くなってきていたが人外はごろた石のうえに座りこみ、血膿でよごれた子どもの顔を長いこと見つめながら、かんがえるとは不思議なことだとかんがえていた。見たこと、聞いたこと、知っていることがあり、見もせず聞きもせずだから知らないままでいることがある。ただし、知っているいくつかの事実をつきあわせ、つなぎあわせてみると、突起が窪みに嵌まりこみ、過剰が空白をみたすようにしてそれらがとつぜんくみあわさり、そこから不意にべつのことを知ってしまう。知りようのなかったことをおもいがけず知ってしまう。そういうことが起こるのだった。推論するという行為がそれだった。なるほどじっさいに見たり聞いたりしたわけではない以上、推論によってみちびきだしたかんがえを事実とまでは呼びがたい。だがそれは漠としたうたがいという以上に蓋然性のたかいかんがえではある。それは知っていることとの確実さとうたがっていることとの曖昧さの中間あたりで不安定にゆれている、鮮烈ではありながらあやふやな、とらえどころがないと同時に隅々まで明瞭なかんがえでありおもいだった。うたがわしさを含み持つことによってかえっていっそうなまなましい現実感を帯びずにいないそうしたかんがえが、人外の頭のなかでとめどなく展開してゆく。

対岸の集落からなんにんかの男たちが血膿にまみれたヒトの遺骸を何体か荷車にのせ、橋の真ん中あたりまではこんできて、川の流れのなかへつぎからつぎへと投げ落とす。顔のないその男たちがどんな表情、どんな物腰でその弔いの儀礼をとりおこなっているのかはわからない。沈痛な表情を浮かべ重い足どりで荷車をごろごろところがしてきた男たちは、かんたんながらも真情のこもった祈りの言葉でもとなえ死者たちのたましいの平安を願いつつその一体一体を投げ落としていったのだろうか。それともあまりにしばしば繰り返され習慣化したあげく、気楽なおしゃべりでもしながら荷車を引いたり押したりしてきた男たちは、ごみを投棄するのと変わりないような事務的な所作でそれをおこなったのだろうか。遺骸をはこびながらまたそれを無造作に投げ落としながら、たとえ無遠慮なおしゃべりにふけりにぎやかな笑い声さえあげていたとしても、それは内心の恐怖や不安や罪悪感をじぶんにも他人にも押しかくそうとするためにことさらに誇張されて演じられたものだったのだろうか。

事実ともうたがいともつかないことを出発点におくと、思考の運動はひとりでに展開していきほとんど暴走しはじめ、事実からもうたがいからもはみ出して明らかに空想ないし妄想の領域にぞくするさまざまなおもいまでもが叢雲《むらくも》のように湧きおこりとめどなく増殖してゆく。かんがえるとはそうしたことまで含めてかんがえるということなのだった。それは過去をおもいだすこと、未来を予見することともまたまったくことなる心のはたらきで、おそらくそれに習熟することでじぶんが生きのびる可能性はよりたかまるにちがいないとおもわれた。しかしそれで人外が幸福になるか不幸になるかはまたべつの問題だった。それにしても事実と空想とを截然と分かつ境界線などそもそも存在するのだろうか。

もうすっかり暗くなっていた。霧もふかい。対岸の集落のどこかから言葉のていをなしていないヒトの女のさけび声のようなものがとつぜん聞こえてきて人外はぎくりとした。それともあれは丘の斜面をくだってきた風の吹きすさぶ音だったろうか。それはほんのひと声だけで、ないしひと吹きだけで終わってそれがかき消えたあとには川のせせらぎが以前よりも耳の間近にせまって聞こえるようだった。ところがしばらくたつうちにこんどはそのせせらぎによってかえって静寂がいっそうふかまるような気分になってゆくのが不思議と言えば不思議だった。その静寂をやぶってぴしゃりとひとつかすかな水音がたったのは、あれは魚が跳ねたのだろうか。

このままこうしているわけにもいかなかった。人外はつい今朝がたじぶんが土手のきわにつくった即席の巣穴のことをかんがえ、そこにもどろうかとしばらくためらった。移動をつづけたあげくこの鉄橋のたもとにたどり着いたときにはようやくここで休息するのだと心にきめ、あの巣穴のなかでからだを丸め何日かうつらうつらしていようとたのしみにしていたのだった。豊富な漁場の恩沢に浴してのんびりした日々をおくれるだろうとてっきりおもいこんでいたものだ。が、しかしあの魚たちはわるい病で死んだヒトのからだの肉を餌にして繁殖しているのではないかといううたがいが浮かんだいまになってみると、その魚をじぶんがさらに食べて生きのびてゆくというもくろみにはもうさしたる魅力はない。というよりそれをおもっただけで吐き気がこみあげてくる。

この中洲で過ごした時間が少々長すぎたせいだろうか、いまさらもとの岸にもどるという未来におもいをいたすとどうにもけうとくてならなかった。じぶんは後もどりするのが嫌いな生きものなのだと人外は不意にさとった。ではやはり、前へすすむことにしようか。世界のうちと世界のそととのあいだにはしる境界線上に身を置きその特異な場所に固有のさびしさ、よるべなさ、せつなさを感じつづけていたのが人外だった。が、このあたりでいったん身をひるがえし世界そのものの内部へためらわずはいっていってみてはどうか。橋をわたって対岸をめざしてみてはどうか。かれのゆくえを探すにはいずれにせよ早晩そうせざるをえなかったのだから。そしてもしそこに身を置いてもこのさびしさが消えず、なお人外の心を浸しつづけるようであれば、それがたとえ本意ではないとしても世界と世界ならざるものとを分かつ境界はじつは人外じしんのうちにあるということになるだろう。ならざるをえないだろう。

人外は立ちあがった。行くまえにやっておきたいことがある。人外はよこたわった子どもの頭やら肩やら横腹やらにじぶんの頭をつけ、前足をふんばり後足でごろた石を蹴って、その死骸を川のなかへ押しやろうとした。ヒトの子どものちいさなからだだが、それでも人外には手に余る重さがあって最初のうちはまったく動かなかった。しかしたまたまおおきな川波がひとつきて子どもの腹のあたりにざぶりとかかり、そのはずみで下半身がわずかにずれたのがきっかけとなって、人外が力をこめて押すとそのからだは川面にむかってくだっている斜面をすこしずつすこしずつずり落ちていった。そうしているさなか子どもが不意におとなびた目を見ひらいて、おかあさんごめんね、とつぶやいたのはむろん人外の妄想であり幻聴だった。とはいえかんがえるとは不思議なことだとかんがえるついでにはたして事実と空想とは截然と分かたれうるものだろうかと自問したのはついいましがたのことではないか。年齢不相応のおとなびた色をたたえる子どもの目も、おかあさんごめんね、と心もとなくつぶやくほそい声も過去からつたわってきたものかもしれないが、そうしたことがいまこの場で起こったとしても人外のかんがえのなかではそれは現実そのものだった。

胸をつかれてよくよく顔を見なおしてみればもちろん子どもの目も口もかたくとざされ、それらはもう二度とふたたび見ひらかれることもなく言葉を発することもない。子どもは死んでいた。そして死んだものはもしそれを喰らいつくしてじぶんのからだにとりこむということをしないのであれば川に流してしまうのがいちばんだった。気をとりなおした人外は死骸を押しやって川のなかに落としこもうとする作業にまたもどった。途中でどうにも動かなくなったのは腰のあたりに埋まっている石にひっかかってしまったからだとわかり、石のしたの砂地を前足で掘りかえしてそれをどけ、またもどって死骸のあちこちに頭をつけうんうん押す。しまいには筋肉がびりびりふるえてくるほど押して押して押しつづけるうちにやがて子どもの死骸は川水のなかにずるりとすべりこみ、夜になってこころもちいきおいを増したかに見える流れがそれをたちまち川下へはこび去っていった。放っておいても遅かれ早かれそういうことになったにはちがいなかろうが、人外はじぶんが力を貸してそれができるのであれば一刻も早く子どもを川下へ流してやりたかった。

やりなれない労働で荒くなった呼吸がしずまり筋肉のふるえがおさまるまでにずいぶん時間がかかった。ようやく息遣いが平常にもどると人外は中洲をよこぎって反対側の岸へ行き、そこから川の対岸に視線を投げた。橋をわたって対岸をめざす。そうは言っても頭上に架かる鉄橋を文字通りわたってゆくには及ばない。人外は泳ぐことができる。もうこの中洲まで来て川はすでに半分わたっているのだから、あとは残りの半分をわたればよいだけのことだ。斜面にへばりついた集落の家々にぽつりぽつりと灯がともりはじめているのが闇と霧を透かしてぼんやり見えた。人外は川のなかへひっそりとからだをすべりこませ、じぶんを押し流そうとする水のいきおいにあらがいながらその灯の明るみをめざして泳ぎはじめた。

3　見張り小屋

ねこでもかわうそでもない――対数らせんのやすらぎ――ベッドによこたわる老人――記憶のコレクション――見張り番の任務――双眼鏡と電話機――終わりをむかえるということ――申し送りはない――わたしたちのひとりになりなさい――観覧車とプリズム――きらきらしいスペクトル――逆回りの軌跡

闇をついて見知らぬ集落にはいってゆくのはためらわれ、人外は川辺の草むらにうずくまって夜が明けるのを待った。あたりが明るくなり鳥のさえずりが聞こえはじめたころあいを見はからって土手の斜面をのぼり、そろりそろりとヒトの気配のする方角へちかよってゆく。

陋屋がごたごた建ちならぶほそい路地を物陰づたいに歩きながら、川の対岸からはたしかに人影が見えたしいまも家々のなかにはヒトの気配が濃密に感じられるのに、なぜ人々の往来がないのだろうと人外はいぶかった。まだ時刻がはやすぎるせいだろうか。しかしかれらはたんにそとに出てこないというだけではなく、家のなかにとじこもって息をひそめ、路地をひたひたと歩いてゆく人外の動きをこっそりと注意深くうかがっているような気がしてならない。実際、通りすがりのある家になにげなく目をやったとき窓のはしでなにかがかすかに揺れ、おもわず注視すると、とざされたカーテンの陰からヒトが顔をわずかにのぞかせているのがかろうじてみわけられた。人外は好奇心から立ちどまり、そちらへ顔を向けたまま、そっと足を止め路上にすわりこんだ。

ねこだよ、ねこがいるよ、という男の子のかぼそい声が窓ガラスを透かして洩れ聞こえてきた。

ねこなんか、いまどきもう、いるわけがない、ともうひとつの声が――もうすこしおとなびた、しかしこれもやはり男の子の声が小馬鹿にしたように答えている。

ほんとなんだって。川のほうから歩いてきて、いまうちのすぐまえにすわってる。来てごらん、ほら、ほら……。

すこし間があって、

……でも、あれ、ねこじゃないだろ、とおとなびたほうの声がためらうように言う。

ねこさ、ねこだよ。

いや、あなぐまか、いたち……。あなぐまみたいな、あのながい灰褐色の毛並み……。それとも、かわうそかな。あんなみじかい前脚に、ふとい胴は……。あっ、指のあいだに、ほら、水かきがある。

でも、顔はねこだよ。碧《みどり》いろの目に、ぴんと立った耳……。

しばらく間があった後、

何だか、まだ子どもみたいだね、とつぶやいたのはどちらの声かわからなかった。つぎの瞬間、カーテンがおおきく揺れ、けわしい表情をうかべた痩せた中年女がすがたをあらわして、あんなものにかまうんじゃない、病気が移るよ！　と、ぴしゃりと叱りつけるように言った。同時に窓ががらりと開けられ、人外に向かって石つぶてが飛んできた。人外はからだをひねって跳躍しそれをかろうじてかわした。しっ、しっ、という怒声がそのあとを追うように飛んでくる。

人外は走って逃げ、しばらく走ってそれきりだれもじぶんを追いかけてこないことをたしかめると歩調をゆるめ、それではこの人々はそとに向かって投げつける石つぶてを家のなかに用意しているのかとひるみながら、さらに歩をすすめていった。みぎへひだりへ、あちこち一定せず変則的に曲がってゆく路地はやがてのぼり坂になった。勾配がすこしずつ急になり、最後にはくずれかけたせまい石段になって、もう脇道はないので仕方なくそれをひたすらうえへ、うえへとのぼってゆく。やがてみぎへひだりへではなくなって、いまやみぎへみぎへとらせんをえがくように石段はつづき、らせんの弧がだんだんちいさくなってゆくようだ。川に沿ってくだってきたあいだになんどか見たらせんをのぼる夢は、ではこの石段を予告していたのだろうか。

らせんをのぼるという言いかたはしかし正確ではなく、夢のなかでときに人外はずるずるとくだってゆくようでもあった。のぼりつつかつくだってゆく、くだりつつかつのぼってゆく、それならのぼるとくだるが相殺しあい、結局は水平面をぐるぐるまわっているだけということにもなりかねないが、人外は一本の道筋をたどりつつやはりときにはのぼりときにはくだっているのだった。それは対数らせんと呼ばれる曲線で、しかしじぶんがなぜそんなことを知っているのかわからない。対数らせんとは回転の中心から引いた直線とらせんの曲線との接線がなす角度がつねに一定のまま、中心へ向かって収斂してゆく、ないし中心からそとへ向かって放散してゆく、見つめているとめまいをもよおすような渦巻きのことだ。

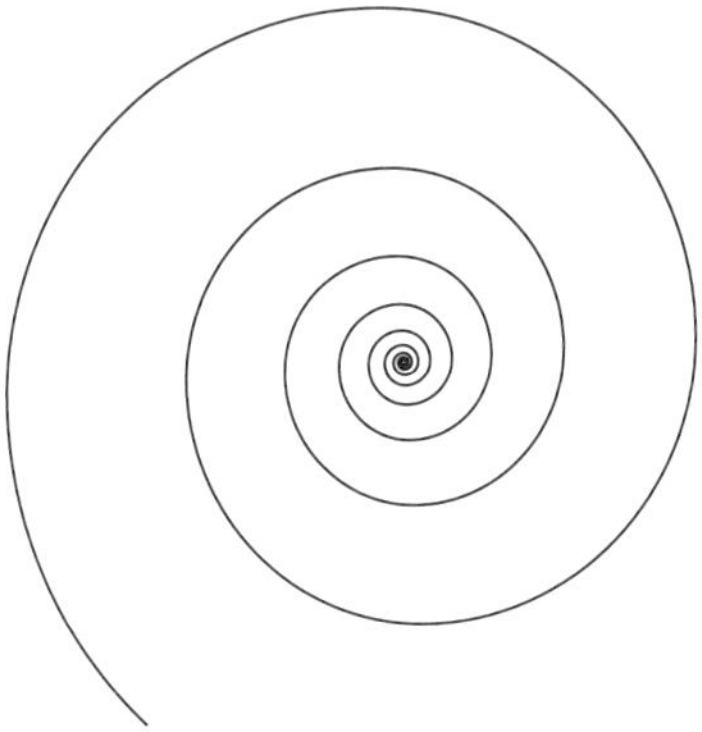

巻き貝の殻のかたちも、牛や羊の角の巻きかたも、象の牙の曲がりようも、蝶が花に向かって接近していったり高空のはやぶさが地上の獲物をめざして降下していったりするときえがく軌跡も、すべて対数らせんである。対数らせんの特徴のひとつは自己相似、すなわち全体と部分が絶えず相似であることだ。任意の倍率で拡大しあるいは縮小しても、適当な回転をあたえ

ればもとのらせんと一致してしまうのだ。だから対数らせんの中心へ向かっていくら接近しつづけようとそこへ至り着くことは永遠にできないし、逆に中心からそとへ向かっていくらとおざかりつづけようと中心からのへだたりは永遠に変わらない。

だとしたら対数らせんの軌跡をたどりつづけるおわりのない行為はあからさまに不毛であり無益であり、陰鬱な徒労感を惹起しても不思議ではなさそうだ。しかし、夢のなかでらせん状にのぼりながらあるいはくだりながら、中心をめざしながらあるいはそこからとおざかりながら、人外のからだをひたしていたものはむしろこのうえもないやすらぎだった。もし世界がこのらせんのような構造を持っているのであれば、もし時間がこのような無限のループのなかに巻きこまれつつ経過してゆくのであれば、これほどおおきな救いはない。そうではないか。

しかしそんな数学的なユートピアがこのうつし世に存在するはずもなく、人外がぼんやりおもいだしていた夢のなかのやすらかな行程とは無関係にのぼり坂の石段はいきなり尽きて、すぽんと投げだされるように人外がでたところは見晴らし台のような小ぢんまりした空間だった。いつまでも行き着けないと最初からあきらめていた終着地点に呆気なく到達してしまったように感じ、人外はすこしばかり拍子抜けしないでもなかった。

見晴らし台と言ったのはそこから眼前にふいにひらけた眺めがいかにもひろびろとして、そこまでの狭い石段の圧迫感を一挙に払拭してくれるような爽快感をたたえていたからだ。眼下には川が流れ鉄橋が架かり、その向こうは赭土のひろがる荒野に霧がたなびき、かなたには緑のとぼしい山々のつらなりがとぎれとぎれに見えている。人外のやって来た上流に向かって川はうねうねとのび、また鉄橋を越えてそれが流れてゆくさきを見やると川幅はどんどんひろくなって、海だかおおきな湖だかにそそぎこんでいる。海とも湖ともつかないのはそこにも霧か雲かが立ちこめて沖のかなたにあるものをおおいかくしているからだった。朝がたの陽射しはまだよわく空には暗い雲がおもくるしく垂れこめ、つめたいこがらしがびゅうびゅう吹きつけてきて目をあけていられないほどだったが人外には世界のこの身を切るようなさむさが心地よかった。

そこにぽつんと一軒の家が建っていた。川から吹きあがってくるこがらしに吹き飛ばされてしまうのではないかとおもわれるほど粗笨なつくりの、家というよりむしろ小屋にちかい建物だった。人外はそのなかにもヒトの気配があるのを感じた。しかしここまで通りすぎてきた家々の内部によどんでいたような敵意や警戒心はその気配のうちに感知されず、おおきな窓が、あけはなたれてはいないまでもすくなくともカーテンでとざされていないことひとつとってみてもそれはあきらかだった。なかにはいれないものかとおもい人外は家の外壁に沿ってぐるりとまわってみた。家の裏側の小窓がわずかにひらいてすきまができている。窓框に飛びのりそのせまいすきまに頭を押しいれてぎゅっと力をこめると、からだがこすれてすこし痛かったがなんとか通りぬけ、家のなかにはいることができた。

そこはちいさな台所だった。流しには水の跳ね飛んだあとがあるが空気にはかすかに饐えたにおいがただよい、煮炊きがおこなわれないままもう何日も経過しているような感じがする。その台所からみじかい廊下がつづき、そのつきあたりに家をそとから見た印象をうらぎって意外にひろい部屋があった。ドアがあけはなたれているのでかまわずそこへ足を踏みいれると奥の壁にぴったりと寄せて置かれたベッドがすぐ目についた。

人外が台所の窓のすきまを押し抜けて床に飛びおりた物音にすでに気づいていたのだろうか、ベッドにあおむけによこたわり毛布をのどもとまで引き上げている老人が顔だけこちらに向け無表情に人外を見つめていた。また石つぶてでも投げつけられるかと一瞬おびえたが、老人がすぐに目をつむったのでそんなことをする気がないことがすぐにわかった。そうするつもりがないというよりその力がないのだろうと次の瞬間おもいなおした。老人は病んでいた。たぶん川の中洲で死んでいるのを見つけたあの男の子とおなじ病気に罹っているのではないか。あの男の子とおなじような腫れものがからだじゅうにできているのではないか。

腹がへっているのか、と老人は目をつむったままひくいしゃがれ声で言い、しばらくたって目をあけるとゆっくりとゆっくりとからだを起こしはじめた。ようやく上半身を起こしきると、毛布をどけて床に足をつき、立ちあがろうとして立てず、もういちどこころみてこんどはやっと立てた。老人は案外清潔な薄茶色のフランネルのパジャマを着ていてそこに人外がおそれていたような血の染みはなかった。ともするとよろけかかる足を一歩一歩踏みしめるようにして廊下へ出てゆく。人外が待っていると、ほどなく片手に干し肉と腸詰めを盛った皿、もういっぽうの手に水の入ったおおぶりの茶碗を持ってそろりそろりともどってきて、それを床に置いた。人外は老人がベッドにもどり、またゆっくりとゆっくりとあおむけにからだをたおし毛布をあごまで引きあげるのを見とどけ、それから用心ぶかく皿と茶碗にちかづいた。においを嗅ぎじゅうぶん時間をかけてしらべてからありがたくその塩からい干し肉と腸詰めを食べ水を飲んだ。そのさまを顔をよこに向け見るともなく見ていた老人は、
もっと食べるか、と困憊の吐息とともにつぶやいた。まだあるぞ、台所に……。あとでもっと出してやろう。いまは、すまんが、ちょっとつかれた……。
部屋の中央に老人が食卓につかっているとおぼしい粗末な丸テーブルがあり、そのうえに水がはんぶん飲みのこされたよごれたコップがのっている。腹がくちくなった人外はその丸テーブルに飛びのってすわりこみ、周囲を見まわした。
家具としてはベッドとこの丸テーブル以外に、そとからも見えたあのおおきな窓のきわにぴったり寄せたちいさな文机とそれに向かい合う椅子しかない質素な、しかし居心地のよさそうな部屋だった。ただ、四囲の壁のうちのふたつがいちめんぜんたい作りつけの棚になっていてそこにさまざまなものが置かれている。そのなかには実際に日常の用に供されているものも多少は混ざっているのかもしれないが、大部分はなんの役に立つとも知れないがらくた同然の品々だった。ふるびた羅針盤や六分儀、こうもりやいんこやかめやももんがの剝製、奇怪に曲がりくねったかたちの刃をもつナイフ、どんな鳥のものとも知れぬ茶色い斑点の浮いた巨大な卵、アンモナイトや三葉虫の化石、象牙や石英やサンゴを加工したアクセサリー、秘密の嵌め板をすべらせないと開かないチーク材の小箱、時代遅れの二眼レフ写真機、万華鏡、三角プリズム、ぜんまいで動くブリキ製のおもちゃの自動車やロボットや遊園地の観覧車、天球儀や地球儀、チェスの駒と盤、花模様で彩色された高価そうな茶器、杖をもち真っ赤な口をゆがめた

魔女や腰に軍剣をさげ長靴をはいた兵士の糸繰り人形……。

まだまだあった。鍵と錠前、ひとで、松毬《まつかさ》、水牛のつの、鉱物標本、覗きからくり、吹き口の欠けたクラリネット、ばね仕掛けの罠、ぬめぬめしたあおぐろい腹を見せているホルマリン漬けのさんしょううお、からっぽの香水壜、ボクシング・グローブ、旧文明遺跡の出土品のまがいもの、レンズが片方とれためがね、人形の家のためのミニチュア家具、精巧な機関車の模型、よこに回しハンドルのついた旧式のキャッシュレジスター、スタンプが押されていたり未使用だったりするたくさんの絵葉書……。

これらとりとめのない収集品のひとつひとつに、この老人がおくってきた人生のそれぞれの瞬間にまつわるなんらかの記憶のかけらがとじこめられているのか、と人外はため息をつくような気持ちでかんがえた。この部屋をなんとなく居心地よさそうに感じるのは、老人がながい時間を一緒に過ごしてきたこれらのもののうちにはらまれた時間のおもみと厚み、そのゆたかさのせいなのかもしれなかった。人外はテーブルからおりて棚に近寄りその三段目に飛びのり、ほこりのつもったレコードプレーヤーのうえに這いのぼってそこに身を伏せた。

気がつくと老人がまた目をあけて人外をじっと見つめていた。すこし面白がっているような顔つきになっているのは老人の目に、棚のうえでじっとしている人外もまたじぶんの収集品のひとつのように映るからかもしれないと人外はおもった。しかしその表情もすぐらしなわれ老人はまた目をつむった。老人の瞳にいたずらっ子のような表情が一瞬ちらりとおどったのが人外は気に入ってもういちどそれを見たいとおもい辛抱づよく待ちつづけたが、それきりもう老人は目をひらかない。呼吸のリズムがいつの間にか寝息のそれに変わりかけていた。

あなたはだれ、という質問が人外のうちでかたちづくられ声にのることなしに老人に投げかけられた。一拍置いて、ねむりに落ちかけて目も口もとざしたままでいる老人から、

儂《わし》は見張り番だ、という答えがかえってきたのはまったく予期していないことだったので、人外は驚きのあまりびくりとからだをふるわせずにはいられなかった。それではじぶんはしゃべることなしになにかを言う、しゃべらずにいるヒトの心の声を聴きとる、そんなことができるのか。老人の答えもまた空気の波動にのって人外の鼓膜につたわってきたコトバではなく沈黙の声、無音の声だったことは言うまでもない。そこで人外は、

見張り番ってなに、というつぎの質問を投げかけてみた。もう寝息をたてはじめている老人は、

見張り番は、見張りをする番人さ、とつまらなそうにぼんやり言う。

なにを見張るの。なにの番をするの。

しばらく返答がないので老人の意識がもうすっかりねむりのなかにひたりこみそのなかに溶けこんでしまったのかとおもったが、ずいぶんたってから、

なにを見張るのか、なにの番をするのか、わかっていたらよかったのにな、というかなしそうなつぶやきがかえってきた。老人はなかばねむりながら語っているのだった。川の向こうを見張るのが儂の仕事だった。もう何十年もそれをずっとやってきた。あれを使ってな、と老人の意識が指ししめしたのは文机のうえに置かれたおおきな双眼鏡だった。あれで毎日毎日、窓

から見える風景をすみからすみまで見つめつづけて、木の一本一本、川原のごろた石のひとつひとつまでおぼえてしまったような気がする。春、萌え出た若い葉むらの緑が濃くなっていき、夏、それがゆたかに茂って、秋、だんだん黄ばんでしおれて落ち、冬、木がはだかになってさむざむと立ちつくし、またつぎの春、あたらしい新芽がでる……。そのくりかえし。いろんな動物を見たよ。ちいさいやつからおおきいやつまで。雨が降る日も雪が降る日も、儂は見張りつづけた。だが、なにを見張るのか？　儂にはわからなかった。いまでもわからないままだ。「なにか」が起きたら、それを電話で報告するのが儂の役目だった。見張り番の老人はまた文机のうえを指ししめした。そこには双眼鏡のよこに黒い電話機が置かれている。

その「なにか」は起きたの、と人外は訊いた。

いいや、と言って見張り番はしばらくだまりこんだ。起きなかった。まったく。いちども。それとも……起きたのかな。もしそれが起きていて、儂もそれを実際に目にしていて、しかしそれがそれだとわからず、結果的に報告をおこたってしまったのだとしたら……。儂は任務をはたさなかった、はたせなかった、そういうことになるよな。なあ、どうなんだ、そうだったのか。

さあ、と人外はみじかく答えた。

「なにか」とはなにか、知らないまま、教えられもしないまま、「なにか」が起きるのを見張れなんて、いったいどういうことだ、意味をなさないじゃないか、馬鹿にするな、と見張り番は吐きすて、そのときだけかれの心の声が憤然とした調子を帯びた。ずっと花をつけないままだったナツツバキがある年の初夏、前ぶれなしに花をひらかせたのがその「なにか」だったのか。かわうその夫婦が川べりのくさむらに棲みつき巣を作り子どもがうまれ、その子どもたちが一匹また一匹と巣立っていきやがて夫婦が老いて一匹ずつ死んでいったことがそれだったのか。大雨が何日も降りつづいてそのさなかあのかなたの山肌で崖くずれがあり、山のひとつがほんのすこしかたちを変えてしまったことがそれだったのか。儂はそのどれも報告しなかったさ、そうとも！　受話器をとりあげたことはなんどもある、いや、数えきれないほどある。だが、結局おもいなおして受話器を置いた。こんなささいな、つまらぬことを通報したら馬鹿にされるにちがいないとおもったからさ。だから電話はやめた。それでよかったんだろ、なあ、ちがうかね。

さあ、とまた人外は言った。

それからとうとう、あれがはじまった。すっぱだかに剝いた死体を村人たちが橋の真ん中まではこんでいって、そこから川に投げ落とす……。その死体の数がだんだんふえていった。とうとう「なにか」が起きたのかもしれない。いや、たしかに起きたんだろう。ついに、とうとう、こんどこそ……でも、そのときには儂はもう、どこにも電話を掛ける気はなくなっていた。

なぜ、と人外はたずねた。

さあ、なぜなんだろうな、とまるでいまはじめてその理由を自問するように、ついに「なにか」が起きた、じぶんがそれを発見した――そう胸をはって通報できたのにそれをしなかった、そのことの不思議さにはじめて気づいてとまどうように、見張り番はよわよわしくつぶやいた。儂が通報するまでもなくそんなことはもうだれもが知っている、そうかんがえたからか……。いや、それもあんまり説得力のない言いわけか……。結局、どうでもよくなってしまったんだろうな……。見張ること、「なにか」が起こるのを待ちつづけることが儂の人生で、それはもう終わろうとしている。ならばもうあれこれさわぎ立てず、しずかに終わりをむかえたい。そういうことさ。

終わりをむかえる……終わりをむかえる……。人外はよく理解できないコトバを聞いたように困惑しながらくりかえした。終わりとはいったいなんだろう。どこまでくだっていこうとのぼっていこうと、中心にちかづこうとそこからとおざかろうと、スケールをしかるべく変えほんのすこし回転させ、そうしてあらためて見なおしてみればらせんはいつでももとのらせんのままだ。そこに終わりはない。

儂は見張り番だ、と老人はまた言った。双眼鏡で見張り、「なにか」あったら電話で知らせる。たえず使いつづけた双眼鏡、そしていちども使わなかった電話機、そのふたつが儂がこの歳月を生きてゆくうえでの必須のよすがだった。そしてそのふたつはよすがとしての役割をじゅうぶん以上に果たしてくれた。それで、それだけで、もういいじゃないか。

じゃあ、だれかから電話が掛かってきたことは、呼び出し音が鳴ったことは？　それもいちどもなかったの？

間違い電話が二回か三回……。最後は去年の夏ごろだったか。はあ……結局、娘からはとうとういちども掛かってこなかったな……。

　人外は棚から飛びおりて、こんどは文机のうえに飛びのった。見張り番がふたつのようすがと言った双眼鏡と電話機のあいだにすわりこみ、窓のそとを見わたした。強風がびゅうと吹きつけてきて窓ガラスがびりびりとふるえた。まさか家ごと吹き飛ばされはしまいが、しじゅうこんな川風に吹きさらしになっているとしたら真冬にここに住んでいるのはさぞかしさむいだろう、さむかったろう。

　あなたはもうすぐ死ぬんだね、と、人外はそとの景色のほうへ顔を向けたまま言った。意地悪なことを言うつもりも相手を怒らせようというつもりもなくふと頭に浮かんだことをただ事実としてつぶやいてみただけだ。終わりをむかえるはよくわからないが、死ぬならわかる。見張り番の老人にそれが間近にせまっているのは端的な事実でしかなかった。すぐには返事がなく、老人はもうねむってしまったかと人外はおもったが、しばしの沈黙のあと、
　死ぬとどうなるのかな、というつぶやきがかえってきた。ヒトは歳をとるともうあまりふかくはねむらなくなるのかもしれない、というよりねむっていることと目ざめていることとのさかいがあいまいになってゆくのかもしれない。

　儂が死ぬともうだれも見張りをしなくなるぞ。なにが起きてもわからなくなるぞ。それでいいのか。

　代わりのヒトが来るよ、きっと。

　それなら、そいつにつたえておくことがある。申し送りをしておかなくちゃならない。紙に

書いておけばいいのか……。

なにを申し送るの。

しばらく間があって、
そうさな……。ふん、かんがえてみれば、なにも、なあんにもないか、申し送ることなんぞ、と見張り番は自嘲するように言った。そいつがここで暮らすうちにじぶんでだんだん発見していけばいいことばかりだ。ところで……死んだら儂もやっぱりあの川に投げこまれるんだろうか。

そうだろうね。

あんなふうに、モノとしてあつかわれるのは、儂は嫌だな。

だって、モノなんだからしょうがないじゃない。

……そうか。そうかな。

モノの処分は他人にまかせておけばいいだろ。そうするしかないだろ。

ふん……。ほんらいモノだったものが、そのほんらいのモノにかえる。なるほどねえ、ただそれだけのことなのかい。ならば、それでもいいよ。それでいっこうにかまわない。儂はなあ、あんたがいまいるその文机に肘をついて、そとの眺めに見とれているのがほんとうに好きだったんだ。じぶんが心底好きな風景を毎日眺めながら、そう、見張るなんてもんじゃない、ただ眺めながら何十年も暮らした。何十年——ただし、永遠に、とはもちろんおもっていなかった。この風景を見ることができなくなる日がいつかはくると知っていた。いや、それを知っていたからこそ、儂はこの風景を愛したんだろうな。いのちにかぎりがあるからこそ、人はなにかを愛せるのだから……。

なにかを愛せるのだから——という見張り番のコトバの最後の部分がひくいしゃがれ声のひびきによってじぶんの耳の鼓膜をふるわせたことに人外はふと気づき、いつの間にか見張り番が目覚めていたことをようやく知った。心が発する無音の声がいつから現実の声に替わっていたのかわからない。どちらであってもおなじようなものだったがそれでも人外は見張り番のひくいしゃがれ声をまた聴けてうれしかった。人外はその声が好きだった。それはよわよわしいがあたたかな声だった。

いのちにかぎりがあるからこそ、なにかを愛せる——そうか、そうなんだろうなとうなずきながらも、愛という観念じたいに縁のない人外に共感のおもいが湧くということはなかった。無縁、それが人外だった。だれともなにとも無縁、この世にいかなる縁《えにし》も持っていないひとでなし。それは、だれもなにも、愛さない。そして愛するだの愛さないだのとかかんがえずに済むことの平安こそ人外ののぞむところだった。そこで人外はきわめて平静に、見張り番がしみじみと洩らした感慨におだやかに異をとなえるように、

生きるというのは対数らせんをくだってゆくように、あるいはのぼってゆくように時間の経過を耐えることなんじゃないのかな、と言ってみた。しかしそれは見張り番の心へ投げかけたおもいというよりはむしろ波立ちかけたじぶんの心を鎮めようとしてつぶやいたひとりごとだったかもしれない。だとしたら、とそのつぶやきはつづいた。だとしたら、生の時間はいつ

でも自己相似で、スケールをちょいとばかり変えさえすれば部分は絶えず全体と一致する。その相似の連続はなめらかで完璧でなににによってても断たれない。もちろん、あなたじしんの死などというとるにたらないできごとによってもね。だから、わたしたちのひとりになりなさい。
もう返答はなかった。いったん目覚めていたはずの見張り番はいきなりことんとねむりこんでしまったようだった。所在がなくなった人外も文机のうえでからだをまるめ結局ふかいふかいねむりに落ちた。
正午を回ったころだろうか、椅子ががたんと引かれる音が間近で聞こえ人外がはっと目を覚ますと、見張り番の顔がつい間近にせまっていた。ぎょっとしてたじろいだ人外をなだめるように、文机に向かって椅子に腰をおろしながら見張り番が、
なあ、ほら、これを見てごらん、とやわらかな声で言った。見張り番が人外の顔のまえに置いたのは観覧車をかたどった高さ十五センチほどのブリキのおもちゃで陳列棚にならんでいたもののひとつだった。見張り番がぜんまいを巻くとワルツの曲が流れて車輪状のフレームがゆっくりと回りだし、それにつれてそこに等間隔で吊られた指貫《ゆびぬき》ほどのおおきさの八つのゴンドラがかすかにゆれながら円運動をはじめる。赤、青、黄、紫、緑などさまざまな色に塗りわけられたゴンドラひとつひとつのなかにはマッチ棒のさきほどのちいさな人形がちゃんと乗っていて、それはゴンドラごとに恋人どうしだったり若夫婦と子どもだったり老紳士ひとりだったりとさまざまだ。じゃれかかりたくなってつい出しかけてしまった前足を宙に浮かせながら人外は、

子どものころにこれであそんだのかい、とたずねてみた。だが、その質問への答えとしてはちょっとちぐはぐに、

日曜にはよく遊園地へ連れていってもらって、こういうのに乗せてもらったもんさ、と見張り番がひとりごとのようにつぶやいたので、そうか、意識が完全に覚醒している相手にはじぶんの発するコトバはとどかないのだとおもいあたり、その発見は人外の心をすこしばかりかなしませた。見張り番が柔和な笑顔を持つとても小柄な禿頭の老人であることに人外はあらためて気づいた。

らせんと円とはまたちがうものだ。しかし対数らせんの軌跡に終わりがないように円運動にもまた終わりはない。いくら中心へちかづこうとしてもそこにいつまでも到達できないのがらせんであり、中心からのへだたりがいつまでも変わることがないからこそ可能になるのが円運動だった。そして見張り番はその永遠の円運動を内包するこのちいさなオブジェを生涯いとおしみつづけたのだ。

おやじとおふくろのあいだにはさまれて座ってな、ゴンドラがじりじり、じりじりとあがってゆく。いちばんたかいところまで行くと、つい座席からぴょこんと立ちあがって回りを眺めわたしてみたくなってしまう。ゴンドラがぐらんぐらんとおおきくゆれて、こわくなるし、親からは叱られるし……。でも、叱りながらも、おやじもおふくろも笑っていたもんさ。まだ若い女だったおふくろの艶《あで》やかな笑い声……。ふたりの夫婦仲がまだよかったころの話だがなあ……。それから、これだ、これを見てごらん。

人外の顔のまえにもうひとつ置かれたのは長さ七、八センチほどのガラス製の透明な三角プリズムだった。

光には色がない。ふつうはそうだ。ところが、これを通過した光には分散という現象が起きる。虹とおんなじように、ちがう色の光が波長順にならんできれいなスペクトルになる。ほら、こんなふうに……。

見張り番はプリズムを窓に向かってささげ持ち、さまざまに向きを変えてみたが、光のスペクトルは出現しなかった。見張り番は残念そうな表情でプリズムを文机のうえにもどした。スペクトルを見られなくても人外はがっかりしなかった。まるでおさない少年がじぶんの宝物を友だちに自慢そうに見せびらかし、それがどんなにすごいかを夢中になって説明しているような興奮ぶりでしゃべる見張り番の瞳に、朝がたいちど見たあのいたずらっ子のような表情がおどるさまをまたみとめることができただけで心が満ちたりた。

今日は曇っていて、陽射しがよわいからなあ、と見張り番は弁解した。ほんとうは、ちゃんと見えるんだよ。無色の光のなかに、じつはこんなにあざやかな色のかずかずが秘められているのか、匿《かく》されているのかと、小学生のとき理科の授業ではじめて見たときにはほんとうに驚いたもんさ……。

人外は座りこんだ姿勢のまま前足をのばし、爪のさきで三角プリズムにおずおずとふれてみた。力をこめるとすこし動いたが意外に重い。

それであそぶかね、と言いながら見張り番の瞳にまたあの表情がいきいきとおどる。しかし、床に落として割っちまわないでくれよな。

それからかれはなんとなく窓のほうに視線を投げた。その視線の動きから自動的に誘発されるように、慣れ親しんできたことがわかる一連のなめらかな動作で双眼鏡に手をのばしそれを取りあげかけたが、わずかにためらって、結局また元の場所にもどし、もういいか、と小声でつぶやいた。もうじゅうぶんだ。もうなにもかも見て、見つづけて、見つくして、すっかりおぼえてしまった。もうすべてが記憶のなかにきざみこまれている――。

そこまではとにもかくにもいちおう快活にしゃべっていた見張り番の顔がそのときふいにゆがんだ。からだか心か、どちらがいたんだのか――あるいはどちらがよりいたんだのか――はわからない。かれは片手で胸をおさえながらそろそろと立ちあがり、おぼつかない足どりでベッドのほうへもどっていった。そのうしろすがたを人外はただつめたく見おくった。いたみもくるしみも生の常態だった。いたみもくるしみも疫病の猖獗といった例外的な災禍の有無とかかわりなくもともとこの世に在るということとそれじたいに随伴する自明の前提だった。

人外は結局その日まるいちにち、そしてそれにつづくまるひと晩をその見張り小屋ですごした。夕刻がちかづいても太陽がいっこうに雲間から出ない暗鬱な天候の一日だったが、夕暮れの薄明が夜の闇に溶けこみかける直前、かなたに見える海だか湖だかの水平線がとつぜん鮮血のような朱に染まって、ほんの数瞬ながら赫奕とかがやいた。さっきはあんなことを言ったもののおそらくこの劇的なかがやきならばきっとあの老人ももういちど見たがるのではないかと人外はふとおもった。しかしそうおもったときにはもうかがやきはおとろえはじめていたし、そもそも窓のまえへさそったとしても見張り番がそれに応じられるとはもはやとうていおもわれなかった。観覧車のおもちゃとプリズムを人外に見せたあと胸をおさえてベッドにもどり、のろのろと毛布のなかにもぐりこんだ見張り番は、もうそれきり身動きすることもなく目をひらくことさえなく、あるかなきかのかぼそい呼吸を緩慢にくりかえしつづけるばかりだったからだ。夜更けになって見張り番の呼吸と心拍はひっそりと止まりかれはわたしたちのひとりとなった。

夜が明けると快晴の一日のはじまりをつげる明るいつよい陽射しが窓から射しこんできた。それが見張り番が文机のうえにのこしたプリズムを透過すると、なだらかなグラデーションで色から色へ移りかわってゆくきらきらしいスペクトルが生じ机面にはなやかな光の波をひろげた。見張り番のいわば生涯の仕事場そのものだったこのちいさな文机のうえにうつくしい虹がかかっているようだと人外は感じた。しかし、もはやこのうつし世にはいない見張り番にこれを見せてやれたらと残念におもう気持ちはまったくなかった。見張り番はいまやもうわたしたちのひとりなのだから、わざわざ見せてやる必要などないのだ。かれはもはやかれではないがそれでもわたしたちのうちのわたしのひとりとして、人外の瞳をかりていま現にこのささやかな虹を見ているのだから、悔いなければならないことなどなにもないのだ。

ただ、終わりをむかえるというコトバにとまどったじぶんをおもいかえしながら、老人のひくいしゃがれ声や柔和な笑顔やその瞳におどるいたずらっ子のような表情が終わりをむかえたのはなるほどたしかなことなのだと人外はようやく納得した。ベッドによこたわる遺骸にたいして人外にしてやれることはもうなにもなかった。それを見張り番じしんが生前愛した風景の一部をなす眼下の川の岸辺へはこびその流れに乗せてやりたかったが、きのうかれと話したようにそれはもう村人たちの手にゆだねるほかはない。できるだけはやくその遺骸が発見されるようにとねがいながら、入ってきたのとおなじ台所の窓のすきまをするりと抜けて人外は見張り小屋のそとへ出た。そして来たときとは逆回りのひだりへひだりへという軌跡をえがいて石段をくだっていった。

4　タクシー

男根石が立つ三叉《みつまた》の辻——海に入って溶けてしまうこと——朽ちかけた漁船——眼帯をかけた女——どこへ行きましょう、お客さん——滅亡の直前の最期のかがやき——海辺であそぶ——料金はいりません——トンネルと月と階段と列車——車の故障——しかし月はなかった

石段をくだってゆく途中、昨日の朝のぼってくるときには気づかなかった横道があるのが目にとまってそこをみぎへおれ、せまい急坂をくだってゆく気になったのは、海とも湖ともつかないおおきな水のひろがりがあるのはそちらの方角だということがわかっていたからだ。それがわかったのは例の推論という心のはたらきによるもので未来を予見してそうしたわけではない。が、しかし、いずれにせよ水のひろがりのほうへじぶんが向かうはずだ、そうせざるをえないのだという漠とした予感があったのは事実だ。記憶のよみがえりともつかないその予感はこれからおとずれる広大な水景を前にした瞬間の爽快な開放感をすでになかばもたらし、正面から照りつけてくる澄みわたった朝の陽光ともしっくり溶けあって、後もどりせずに前へ前へ

すすんでゆくことの目のくらむような悦びで人外の心をふるわせていた。もう波の音が聞こえはじめている。

それとともに最初のうちほんのあるかなきかというほどだった潮の香がだんだんとつよくなり、あの川が流れこんでゆくさきはやはり海なのだとはっきりわかった。その海が人外を呼んでいるようだった。くだってゆく途中、坂に面したとある家の玄関から無精ひげをのばした人相のわるい男がひとり出てきかけたが、人外のすがたをみとめて、あわてたようにまた家のなかへもどりドアをぴしゃりと閉めた。しかしそんなふうに人が住んでいる家はまだましで、廃屋めいた空き家のほうがおおいように見える。やがて急坂は、これもまたゆるやかに傾斜して左右にのびているやや広い道に行きあたった。その三叉《みつまた》の辻を護るように立つ男根石のかたわらで人外は歩をとめてしばしからだをやすめた。ひだりへ向かうのぼりの道はどうやら集落の中心へもどっていき、のぼりつめたところでは小広場があるようで、ちらちらと行き交う人影がとおくに見えている。人外はまようことなくみぎてのくだり道をえらび、歩をゆるめつつさらに行くうちにほどなく眼下に海が見えた。

風のほとんどない日だった。水平線近くにうっすらたなびいている雲をのぞけばきれいに晴れわたった空のした、白くくだける波頭を陽にきらめかせながらしずかな波が浜にゆったりとうちよせている。海岸沿いに自動車道路がのびているが車の往来はない。見たところ不意にひらけたこのひろやかな風景のどこにも、ヒトの気配はまったくない。海を見わたしているうちに人外のからだの底から、あのなかに入っていって溶けてしまったらどうかというあまい誘惑がこみ上げてきた。それに抗しそれをねじふせるためにふかい息をいくつかつかなければならなかった。

　溶けてしまえばらくになる。そうではないか。人外はいまや飢えや渇きになやまされ、水に落ちれば息ができずにもがきくるしむ始末のわるい生きものなのだった。海に溶けてしまいたいという誘惑にかられるとは結局、そんな厄介な生きものであるじぶんに心底納得してもいないしそれを肯定してもいないということだろう。この世界に生きて在ることをいまだかたくなにこばんでいる部分がじぶんのうちにはやはりあるのか。人外は首をかしげ、うたがい、それとともに、いつも慣れしたしんでいるあのさびしさに寄りそうようにしてある惑いが湧いた。飢えたり渇いたりするからだをもって生きることへのこのうたがい、この抵抗とは、なんとかして克服しなければならない欠陥なのかどうなのかという惑いだった。ものを見る目、音を聴く耳、息を吸いにおいを嗅ぐ鼻をもつ生きものとして、いたみやくるしみとともにこのうつし世に在る、その在りようをじぶんはほんとうには受けいれていないかもしれない、それと和解していないかもしれない。が、そうだとしてはたしてそれはじぶんという存在の本質的な欠陥なのかどうなのか、という問題がひとつ。そしてもしかりにそれが欠陥だとした場合、それは克服すべき、いや克服しうる欠陥なのかどうなのか、という問題がもうひとつ。どちらも解きようのない問題だった。たしかなことは、このおおきな水のひろがりのなかに溶けることで人外がまたふたたびわたしたちという集合へと退行していき、さらにはわたしたちですらなくなって、無数の微小なモノのかけらと化しばらばらに散逸し去っていってしまいさえすれば、そのどちらの問題もおのずと消滅するという一事だった。

しかしいまはそれも人外を責めさいなむほどに深刻な惑いではなく、深呼吸をいくつかして気をしずめればそれきりわすれてしまえる程度のことだ。なにより空は快晴で波はおだやかで世界はそのぜんたいが疵ひとつないようにかがやいていた。これから読みはじめようとするあたらしい本の最初のページのように新鮮でけざやかな朝の光がどこにもかしこにもみなぎっていた。人外は坂道ののこりを駆けくだって自動車道路に出ると、そのいきおいのまままいっきに道路をよこぎってガードレールのすきまをするりとかいくぐるや、波止めのブロックの列をひらりと飛びこえて砂浜のうえにおりたった。あのとき家のなかから人外を覗き見ていた男の子たちがささやき交わしたように、人外はまだ子どもと言えば子どもなのかもしれなかった。

ふたつの岬のあいだにはさまれて波うちぎわが三日月形のカーブをえがく入り江だった。ずいぶんむかしに遺棄されたとおぼしい漁船がななめにかたむいたまま朽ちかけており、それ以外にも廃材やふるい家電製品やふとんや石炭ストーブや本や雑誌やこわれた椅子や机など、放置されたがらくたが山をなす一角がある。がらくたのなかにはなにか腐敗物もまざっているようで気持ちのよくないにおいがかすかにただよってくるが、それも海から吹いてくる微風によって徐々に浄化されつつあるように人外は感じた。これもまた棄てられたものらしいあちこちにへこみや擦り傷のある古ぼけた黒い自動車の後ろをまわって人外は波うちぎわにちかづいた。聞こえるものと言っては潮騒のおだやかなざわめきだけだ。濡れた砂のうえに波紋をのこし泡立ちながらせまってくる波は人外にとどくあたりまでくるとすっかりいきおいをうしなっているからまったくこわくはない。

波のひとつがすべるようにひろがってきて人外の前足をしずかにあらった。人外は濡れそぼったその前足のさきを口もとへもっていき、意外につめたい海水をそっと舐め生命の原基となるにふさわしいその複雑な味わいをたしかめた。ついでもうすこしつよい波がきて、前足にあたってしぶきが跳ねちり顔も後足もしっぽまで濡れてしまったのにたじろいで数歩後じさる。しかしそうしながらも沖へ、さらに水平線へと視線をのばしていき、このなかにどんどん入っていって溶けてしまうのはさぞかし心愉しいだろうが、それはもうすこしさきへ延期することにしようとじぶんに言い聞かせた。

それを延期してもいいとおもったのは、海水を舐めたりそこにからだをひたすことでもともとじぶんのなかには海があるのだとあらためて知ったからでもあった。じぶんもまた海なのだ――突拍子もない思念のようでもある。しかし、あの対数らせんの曲線が拡大しても縮小しても結局はどこまでも自己相似であるように、じぶんと海のおおきさの差など相対的なものにすぎないのではないか。海はじぶんを包含するが、逆にじぶんが海を包含するとも言える。ならばこの海景はつまりはじぶんのなかの光景なのではないか。

からだとは結局、なんだろう。いのちの水でみたされた袋。それでしかない。海を、そのほんの微小な一部分をからだのなかに持ち歩きつつ陸の世界をさまよう。人外にとってそれが生きるということだった。じぶんのからだを海じたいからは切り離したまま持ち歩くことが可能なかぎり、生きるということはつづく。ならばそれをもうすこしだけ、つづけられるだけつづけよう。いずれそのうち、からだを海にかえすときがきっとおとずれる。そのはずだ。

なにかちいさな音が聞こえたような気がして人外は後ろを振りかえった。さっきかたわらを通りすぎてきた黒い自動車のなかでなにかが身じろぎをしている気配がある。そのままじっと見ていると、運転席のよこの窓からふいにヒトの顔がひょいとあらわれた。その顔に目がひとつしかなくそれが炯々としたつよい光をはなっているのでぎょっとしたが、一瞬ののちそのヒトが片方の目に白い眼帯をかけているだけのことだと気づいた。顔はいったん消えたが、数秒たってそのヒトはこんどは上半身のぜんたいをむっくりと起こし、人外に向かってあいかわらずつよい注意深い視線を投げかけてくる。見つめあうヒトと人外のあいだに奇妙に緊張した時間が流れ、それがふとゆるんだのはそのヒトの瞳から攻撃的な警戒の色がふいにかき消えたからだった。警戒の色が消えるやそれはとたんにじぶんがどこにいるのかよくわからないとでもいったおぼつかなさをたたえる子どもっぽい瞳となり、人外はそれがたぶんはたちになるやならずやの、少女と女の中間くらいの雌性のヒトであることを知った。

女は車のドアを開けてそとへ出てきた。ドアを閉めると人外に目をすえたまま車に背をもたせかけ、煙草に火をつけておおきくひと息すい、こんなまずいものというように眉をしかめながら煙をはいた。人外はまったくおびえることなく女にちかづいていき、二メートルほどはなれたところで立ちどまりそこに座りこんで、黒いセーターに黒いズボンというすがたのその小柄な女の顔をつくづくとながめた。女はもう人外に興味をうしなったようにぼんやりと海を見ていた。

顔を見ればそのヒトのいろいろなことがわかる。ひだり目は眼帯でふさがれているが、しっとり濡れたおおきなみぎ目がうつくしい。目をかたほうふさがれていることによるアンバランスがのこった片目をよけいにうつくしく引きたてているのかもしれない。誰にもたよらずひとりで生きている孤独な女なのだと人外はおもった。警戒心は消えたがそれでもなお他人を容易に寄せつけない狷介な光をはなちつづけているそのみぎ目の瞳の底にはしかし、じぶんを開けはなつことのできる相手を、ありのままのじぶんを受けいれてくれるだれかをもとめてやまないはげしいおもいがかくされ、ひそかにゆらめいているようだった。そのおもいがさきほど人外が見てとった、道にまよって途方に暮れている子どものようなおぼつかなさ、心もとなさとなって狷介や自己防衛の裂け目からともすればじんわり滲みでてくるようだった。みじかく切った髪はもうなんにちも櫛を入れていないように見える。

まだ三服か四服しか吸っていない煙草を火がついたままいまいましそうに投げすて、駄目だ、まだ、やっぱり……と女はつぶやいてため息をついた。女の息になまぐさいアルコールのにおいがまざっているのに人外は気づいた。女は車のなかにもどろうとして運転席のドアを開けかけたが、ふとなにかをおもいついたようにいたずらっぽい表情になると、後部座席のドアを開けて、問いかけるように人外の顔を見た。人外はためらわなかった。ゆっくりとちかよっていき後部座席のシートのはしに前足をかけ、悠然とした物腰で車に乗りこみシートによこたわってからだをのばした。運転席に乗りこんできた女は人外のほうを振りかえり、どこへ行きましょう、お客さん、と言ってくすりとわらった。

女は運転席の背もたれを後ろにたおし、あおむけにからだをのばすと、助手席にまるめて置いてあった毛布を口もとまでかけて目をつむった。さっきまでそうしてねむっていたのが、なにかのはずみにふと目覚め、顔をあげたところで人外と目が合ったのだろう。中断されたねむりのなかへまたふたたびもどってゆこうとしてなかなかうまくいかないらしく、女はいらだたしそうにもぞもぞとからだを動かしつづけていたが、それでもようやくとろとろとまどろみかけたようだった。それで人外は、ねむりの浅瀬を行きつもどりつしている女の心にようやくはなしかけることができた。

どこへ行きたいのかわからない、でもなにをしたいのかはわかっている、と人外はまず言った。先ほどたずねられたどこへ行きましょうという問いに答えをかえしたのだ。

なにをしたいの、としばらくたって女がつまらなそうに訊きかえしてきた。

かれをさがす。

かれって、だれ？

わたしたちのひとりだよ。

それには答えはかえってこなかった。なにがなにやらわからなかったのだろう、それも当然だ、と人外はかんがえ、

わたしたちのひとりだけど、でも、どのわたしでもない、それがかれだよ、と言い足した。かれが欠けているかぎり、わたしたちは完全なわたしたちにはなれない。だからかれを見つけなくちゃならないんだ、と言葉を継ぎ、それとともにさまざまな記憶がどっとよみがえってき

そうになったが、そうなる前にそれらすべてをかろうじて心の奥底に押しもどした。

ふーん、見つかるといいね、と女が言ったのがなんの心もこもっていないかたちばかりのあいづちであることはあきらかだった。無理もない、あいかわらずなにがなにやらわからないにちがいない、と人外はおもった。

あなたはだれをさがしているの、とこんどは人外のほうからたずねた。

あたしはだれもさがしていない、と女は言った。あたしはそもそもだれにも会いたくない。だからこの仕事をしているわけだし……。

この仕事って？

タクシー。タクシーの運転手。

そのときになって人外はようやく助手席のダッシュボードのよこに料金表示の液晶パネルらしきものがあるのに気づいた。では、これはうち棄てられた廃車ではなくタクシーなのか。それにしても、こんな砂浜のまんなかに停まってタクシーがいったいなにをしているのか。しかしそれは訊かずに人外はただ、
タクシーの運転手は毎日、たくさんの人と会わなくちゃならないじゃない、とだけ言ってみた。

タクシーのなかでは人と人とが出会うわけじゃないよ。ただ客と運転手が出会うだけ。あたしはただの運転手。運転という労働を提供し、客はその見返りに金をはらう。それだけ。すっきりしていて、いいじゃない？

わからないけど……いいかもしれない。

とてもいいのよ、とにかく、よかったの、とタクシー運転手の女は言った。ときどきこっちにからだを乗りだして、脂ぎった目であたしのからだを舐めまわすように見ながらなんやかやはなしかけてくる気持ちのわるい男もいるけれど、そういうのには、けんもほろろの応対をしていればみんな途中であきらめる。あたし向きのいい仕事だったんだ。ところが近頃じゃあ、一日流してもお客もほとんどつかないし、ガソリンも手に入りにくくなっているし……。もう駄目なんだろうね、この商売は。

人外は車のなかを見まわしてみた。さすがに「営業中」はかたづけておくのだろうが、着替えの衣類なのだろう、あまり清潔そうに見えないセーターやら革のブルゾンやら靴下やらがシートのすみに雑然と積みかさなっている。文庫本やCDケースや雑巾や紙くずが座席のまえの床に散らばっている。どの窓もよごれている。彼女の吐く酒くさい息が車内に立ちこめている。ろくでもないタクシーだな、とおもった。やっぱりホームレスが勝手に入りこみ雨露しのぎの仮住まいにしている廃車みたいだ。

ガソリンが切れて動かなくなっちゃったの、この車は？　と訊いてみる。

そうじゃないの。町へもどるくらいならじゅうぶんあるの。でも、砂にはまりこんで動かなくなっちゃったんだよね……。昨日の夕方、客をここの集落まで乗せてきたあと、帰るまえにちょっとやすんでゆくつもりで、うっかりこの浜に乗り入れちゃったらそのとたん……。夕焼けがものすごくきれいだったからなあ……。とうとう世界が滅亡する、その直前の最期のかがやきみたいな……。でも、一夜明けてみればこんなにいいお天気で、世界はなにごともなかったようにあたらしく生まれ変わって……。そんなふうに、なんとかかんとかつづいてゆくのかなあ……。でも、あたしは生まれ変わるどころじゃない……。ウィスキー、飲みすぎて……。ものすごく気分がわるい……。

運転手がふともらした「町」という言葉に引っかかって人外はいきなり興奮しじぶんのものおもいを追いはじめてしまったので、それにつづいてだんだんとりとめがなくなってゆく言いかたで彼女がつぶやいたことはほとんど耳に入らなかった。町へもどる、と彼女は言った。町、それだ、と人外は夢中になってかんがえた。空にそびえ立つビル、行き交うひとびと、信号機、商店街、地下鉄……。「町」というその言葉を聞いたとたん、あまりにあたりまえすぎてかえってわすれてしまっていた真実がいきなり啓示のようにひらめき、心のなかにぱっと光がさしたようだった。

町へ行きたいな、と人外は運転手の女に言った。どこへ行きましょう、とあなたはさっき訊いたね。町だ、町へつれていってくれないかな。

そう言ったつぎの瞬間、そうだ、この車は砂にはまりこんで動かないのだ、とおもいだし、それで興奮がすこし冷めた。いずれにせよ、運転手からの返事はなかった。たぶんもうふかいねむりの底にしずんでしまったのだろう、そのすこしまえからすでに間遠になっていた彼女の言葉はいまやぷっつりととぎれていた。寸秒をあらそう緊急事でもないのにとつぜん気持ちをたかぶらせてしまったことを人外はすこしばかり愧じ、ふん、付き合ってこっちも少々ねむるか、とおもった。昨夜は見張り番の遺骸のかたわらに寄りそってお通夜の真似ごとというわけでもないけれど結局とうとう一睡もしないまま朝をむかえたのだった。目をつむるやいなやねむりは人外にもすみやかにおとずれた。

がちゃりという金属音で覚醒しうす目をひらいて首をもたげると、運転手が運転席のドアを開けてそとへ出るところだった。彼女はそのまま波うちぎわへまっすぐに向かっていったが、途中で急に引きかえしてきた。そとから後部座席の窓に顔をよせ、からだを起こした人外の瞳をガラス越しにじっとのぞきこんでくる。それから後部座席のドアを開け、問いかけるようにまた人外の顔を見た。出たいのなら出なさいという意味だろう。人外はおおきなのびをしてからさそいに応じて砂浜に飛びおりた。ウィスキーの瓶を手にさげて波うちぎわに向かう運転手のあとになんとなくついて行く。

正午をいくらかまわった頃だろうか。海のうえにはあいかわらずどこにもかしこにもきらきらした光がおどっているが、それでも降りそそいでいるのは力の充実が頂点にたっした夏の直射日光ではなくやはりどこか疲れと翳りの色を帯びたおだやかな秋の陽射しだった。砂浜に腰をおろしぼんやり海をながめつづける運転手に付き合って、人外もかたわらに座ってみたり砂のなかから貝殻を掘りだしてみたり波が引いたばかりの濡れた砂地のうえを歩いて曲がりくねった足あとの軌跡を付けてみたり、寄せてくるつぎの波がじぶんのからだにとどく直前にかろうじて飛びのく遊びを楽しんでみたり、そんなあれやこれやで午後の時間をつぶした。波に乗ってちいさな魚の死骸が流れついたのでひと口齧ってみたが腐りかけているのですぐ吐き出した。運転手は煙草をすいながら瓶にちょくせつ口をつけ、生のままのウィスキーをちびりちびりと胃に流しこんでいるようだった。しかし、その飲みかたからは酒の酔いを楽しんでいるような充足感は人外につたわってこなかった。ときどき眼帯のへりをあげ指さきで目から流れだすものをぬぐっているさまを見ながら、このヒトはなにかをうしなったのだ、うしなったばかりなのだと人外はかんがえた。

いつの間にか陽射しがよわくなり海からの微風がいくぶんつめたくなり、人外も浜辺のあそびにいいかげん飽きて時間を持てあますようになりはじめた頃、これ以上飲んだら、もう運転できなくなっちゃう、とつぶやきながら運転手はふらりと立ちあがった。おおきくのびをすると彼女は車のところまでもどって後部座席のドアを開け、さあ、とうながすように人外の顔を見た。人外はまよった。この動かない車のせまい内部にもどるのはなんとなく気ぶっせいで、それよりむしろ旅のつづきにもどりたかった。

さ、車がうごくかどうかもういちどやってみるから、と運転手は言った。町まで乗せていってやるよ。料金はまあ……サービスということにしてあげよう、と付け加えて笑顔になった。

それでは、人外の言葉はとどいていたのか。人外を後部座席に乗せると彼女は運転席に乗りこみ、中身ののこりが四分の一ほどになったウィスキーの瓶を助手席の前のグローブボックスに乱暴にほうりこんでぴしゃりとふたを閉めるとキーを差しこんでまわしエンジンをかけた。最初のうちタイヤは空転するばかりでこのままではますますふかく砂にめりこんでゆくのではないかとあやぶまれたが、前進と後進を切りかえてゆっくりと車をゆすっているうちにふいにタイヤがしっかりと地面をつかみ、車はバックで走りはじめた。方向を見さだめようと背後を振りかえった運転手が、もうこんなもの、うっとうしいとでもいった苛立たしげなしぐさで眼帯をはずし、わきに放り投げたので、かくされていたひだり目が人外の前にふいにあらわになった。それがなにかおぞましい病態を呈しているのではと想像していなくもなかった人外は一瞬ひるんだが、赤黒く腫れあがったまぶたが目をなかばふさいでいるさまは結局、たんなる打撲によるものでしかないようなのにほっとした。だれかに殴られた、というのがいちばん蓋然性のたかい推定だろうか。

ほどなく固い砂地に入ったのかゆれが減って走りが安定し、それをきっかけに運転手は車を方向転換した。前進しはじめた車はゆるい坂をいっきにのぼりつめ砂浜から自動車道路に出て速度をあげた。

三時間くらいかかるよ、寝てな、と運転手は前を向いたまま言ったが、人外はからだを起こし窓越しにそとの風景をながめつづけた。平穏な農村風景と見えたが田にも畑にも実りはなく、土に向かってはたらくヒトの姿もなかった。野に出ているヒトがいてもなにか茫然と虚脱した表情でのろのろと歩をはこんでいるばかりだ。他の車にも最初はまったく行き会わず、かなりの量のウィスキーを飲んでいるヒトの運転する車に乗せられてさほどの不安を感じなかったのはそのせいでもあったのだけれど、それでもやがて対向車線を走ってくる車がちらほら現われはじめ、その数が徐々にふえてきた。ずっとそとの風景を見つづけていたかったが、道路のいたんでいる箇所がおおいのか車のサスペンションがへたってきているのかかなりの振動があり、それに抗してたおれないように足をふんばりつづけているうちになんだか気分がわるくなってきて、人外はからだをよこたえていることにした。

いつの間にかトンネルのなかに入っていた。夕暮れがちかづいているのはたしかだが、こんなふうにいきなり夜の闇にとざされてしまうというのも変だからこれは車がトンネルに入ったということにちがいない。トンネルはどんどんせまくなっていき気がつけばもうヒトが身をかがめてもくぐれない、よつんばいになって這っていこうとしても抜けられないというほどの窮屈さになっている。しかし人外ならば身ひとつでそこを通ってゆくことができる。だから人外はもう自動車に乗ってはいない、金属のよろいで護られて内燃機関の動力で道路を疾走しているのではない、またふたたび裸身《はだかみ》にもどって歩いているのだった。自動車や運転手がどこへ行ってしまったのかわからない。真っ暗闇のなか、濡れた地面のうえをぴとぴとと歩きつづけトンネルを抜けるとそとはもうすっかり夜になっていて、とおくになだらかにつらなる丘のうえには空ひくく明るいおおきな満月が懸かっていて、すべてを浄化してくれるようなつめたい光を地上のすべてのものに降りそそいでくるその月のかがやきに人外はうっとりと見とれずにはいられなかった。このきららかな満月が体現している完璧な円の現前が、かぎりなくくだりつづける、ないしのぼりつづけるあのらせん状の時間の牢獄からじぶんを解きはなってくれる鍵なのではないか。なんの根拠もないそんな妄念がふと心をよぎる。そのさきには階段がありそれをのぼりつめるとすぐ目の前に列車が停まっていてそれに乗らなければならないことはわかっていたが人外はなぜかそうしたくなかった。逆光になった月の光をうけくろぐろとしたシルエットを浮かびあがらせた列車は、その鋼鉄製のかたまりの重量と存在感で、ねこともかわうそともつかないちいさな生きものにすぎない人外を無言のうちに威圧し恫喝しているようだった。

しかしそのとき、がりがり、がりがりという不快な異音が聞こえ、車体ががたがたとはげしくゆれて人外をうたたねから引きずりだした。とっさに爪を立てシートをしっかりつかんでこらえなければ座席のそとに投げだされかねないところだった。運転手が舌打ちし悪態をついている。車はどんどん速度を落とし、ゆるやかに路肩に寄ってそこに停まった。かすかながらなにか焦げくさいにおいが車内にただよい出している。

とうとうミッションがかんぜんにいかれちゃったんだな……と、運転手が肩を落として嘆息している。ずいぶん前からギアが入りにくくなってたからなあ……。もっと早く修理しとけばよかったなあ……。

気を取り直したように運転手はドアを開けてそとに出たが、人外はすばやく運転席に飛びうつり運転手がドアを閉めるまえにそのすきまから彼女につづいてするりとそとに出た。最初に会ったとき浜辺でそうしたように彼女は閉めたドアに背をもたせかけ、ズボンのポケットから煙草の箱を取り出し一本ぬいて火をつけた。お客さん、ここまでです、と路上に座った人外を見おろしながら彼女はつぶやいた。もう、動きません。もう、走りません、走れません、ここまでです、ごめんなさい。運転手の目にまた涙が滲んでいた。ごめんなさい……ごめんね……ごめんね……。だれに向かってあやまっているのだろう、と人外はいぶかった。人外の顔を見つめているけれど人外に向かってではない。それだけはたしかだった。あたりに夕闇が立ちこめはじめていて、それとともに空に急速に雲がひろがってきている。

修理屋、呼ばなくちゃなあ……。どうやって呼んだらいいんだろ。もうこんな時間だしなあ……。しばらくだまって煙草を吹かしていた運転手は、みじかくなった煙草を指ではじいて投げすてると、かたわらに座って立てつづけにあくびをしながらぼんやりと周囲を見まわしている人外に向かって、ねえ、きみはどうする？　ここからはひとりで行くかい？　とたずねた。車の修理がおわるのを待っていてくれれば、乗せていってあげるけど。でも、どのみちあしたになってしまうだろうなあ。いや、あしたじゅうじゃあ、きっと済まないだろうなあ、ミッションやクラッチ板をぜんぶ取り替えるとなると……。部品を取り寄せなくちゃならないし……。ここから町まで、あともう一時間くらいのものなんだけどね。

しかし、人外はもうすでに心をきめていた。百メートルかそこら前方に真っ暗な口をあけたトンネルが見えているのに気づいていたからだ。それまで運転手のからだにはいちどもふれずにいた人外――彼女のほうからも人外にはふれようとしなかった――は、立ちあがって彼女のズボンの脚にゆっくりと横腹をこすりつけた。向きをかえ、反対側の横腹をこすりつける。また向きをかえ、もういちどこすりつける。運転手が身をかがめみぎ手を人外の頭にそっとおき、すぐにはなした。つめたい手だった。その一瞬で人外はこのヒトはじぶんの子どもを亡くしたばかりなのだと直覚した。じぶんの頭からはなれてゆく彼女の手を追うように見あげると、その中指に魚がかたどられた銀色の指輪がぴかりと光った。

それきり人外はついと身をひるがえし、トンネルをめざして歩きだした。運転手のほうはいちども振りかえらなかったから彼女がどんな表情を浮かべていたかわからない。その場に立ちつくして人外がはなれてゆくのをしばらく見おくっていたかもしれないし（ただしもしそうだとしても名残り惜しげにでも心配そうにでもなく、ただちょっとした好奇の表情が浮かんでいただけだろう）、それともまた人外への興味はたちどころに失せ、助手席のグローブボックスのなかによこだおしに突っこんであるウィスキーの瓶のほうへすぐさまもどっていったかもしれない。

道路をすすんでいってほどなくトンネルの入り口に着いた。深呼吸をひとつして身構えながらそのなかに足を踏みいれてゆく。空気の感触がいきなりつめたく、湿っぽくなり、入り口から二十メートルほどもはなれるともうほぼ完全な真っ暗闇だった。照明灯が間遠にしかともっていない長いトンネルで、前方とおくに出口の輪郭がぼんやり見えているのはそとがまだ暮れきっておらず明るみがのこっているからだが、そこにたどり着くころにはそれももう闇のなかに溶けこんでしまっているような気がなぜかした。ときおり向こうから走ってきて人外とすれ違ってゆく車があり、また背後からせまってきて人外を追いこしてゆく車もあるが、たいした頻度ではないので轢かれるおそれはない。

いくつめかの照明灯のところで壁の地面すれすれの位置にちいさな横穴の四角い開口部があり、ふだんはそれをふさいでいる仕切りらしい鉄の格子がはずれてわきに落ちている。トンネルの本道をそれてその横穴へ入ってゆく気にふいになったのは、海に溶けこんでしまいたいというあの気持ちとどこか通じる欲望に衝きうごかされてのことだったかもしれない。頭をさしいれてみると風とまでは言えないかすかな空気の動きがあって顔にあたる。人外はそこにずいとからだを入れ、もうこんどこそ両目が顔のおくへ押しもどされてしまうようなほんとうの暗闇にからだがつつまれることにふかい安息を感じつつ、慎重な足どりで前へ前へとすすんでいった。せまいけれどもすこし身をかがめれば人外が立ってふつうに歩いていけるほどの幅と高さはある。上下左右をかこむコンクリートからは水滴がじっとりと滲みだしていて、ところどころあさく水がたまっている箇所もあり、人外の四本の足はほどなくずっぽりと濡れそぼってしまった。当初はことによったらいつでも後もどりできるというつもりでいたが、ずいぶん長いことすすんでしまったいまとなってみればもう行くところまで行くしかあるまい。なんのためのものとも知れぬその穴ないし通路は行き止まりになることもなくどこまでもどこまでもつづき、いつの間にかゆるやかなくだりの勾配になっているようだった。すでに水はところどころにたまっている状態ではなく人外がすすむのとおなじ方向にたえまなく流れつづけている。ずっと一本道だった。四方八方漆黒に塗りつぶされた真っ暗闇のなかで人外が分かれ道に気づかなかっただけかもしれない。

やがて顔にあたる空気の流れがほんのすこしつよくなったように感じ、その変化は歩をすすめるほどにはっきりしてきた。いまやそれは微風と言ってよいものになり、そとの世界の土や草のにおいをはこんできた。闇からくっきりと切りとられた四角い輪郭のほのかな明るみが見え、最初はほんのけし粒ほどだったそれがだんだんおおきくなってくる。くだりの勾配がますます急になるにつれて人外の足どりもはやくなり、ともすれば水の流れにさらわれて足がすべりそうになる。まだずいぶん距離があるとおもっていた出口が気がつくともういきなり目の前にきていた。

穴のへりからおそるおそる首をのぞかせて外界の様子をうかがってみた。その開口部は崖の横腹かなにかにあるようで、穴から流れでた水は穴の周囲をかためていたのとおなじコンクリート製の樋《とい》をつたって崖下に流れる堀だか小川だかに合流してゆく。人外はからだを乗りだし、樋のでっぱりをつたってうまく落下のいきおいをやわらげながら二メートルほどしたの草むらにおり立った。

もうすっかり夜になっていた。ふうとため息をついた人外は、いまやどこもかしこもびしょ濡れになってしまったからだをとにかくなんとかしなければとかんがえ、まずは座りこみ、あれこれ姿勢を変えながらからだじゅうをていねいに舐めた。毛皮の水気をある程度舐めとるとようやくあたりを見わたす余裕がうまれ、そこが林のあいだにひらけたちいさな空き地で林の間からは人家の灯もちらほら見えることを知った。視線をとおくにやると夜空のしたになだらかな丘がつらなっている。

しかし、なにかが変だとただちに感じ人外はおちつかない気持ちになった。その丘のつらなりの上空には明るいおおきな満月が懸かっていて、すべてを浄化してくれるようなつめたい光を地上のすべてのものに降りそそいでいるはずではなかったか。その月のかがやきにじぶんはうっとりと見とれいっときささやかな恍惚に浸るはずではなかったか。そしてそのきららかな満月が体現している完璧な円の現前こそ、かぎりなくくだりつづける、ないしのぼりつづけるあのらせん状の時間の牢獄からじぶんを解きはなってくれる鍵なのではという無根拠な直感に心をふと刺しつらぬかれるはずではなかったか。その「はずだった」というのは過去の一時点から未来へ向けて投射されたおもいのことだ。しかしその未来が現在となったときおもいは結局うらぎられなければならないのか。らせんを三六〇度ぐるりとまわってもどってきたとき到着点の位置はいつでもかならず出発点からずれていて、らせんのその幾何学的宿命からじぶんはけっしてのがれられないのか。

月はなかった。空はぶあつい雲におおわれ月も星も出ていない。ただそれでも雲越しに月の光が多少は洩れでてくるのか空ぜんたいにほのかな明るみが揺曳し、林のてまえに群生しているススキの花穂のいっぽんいっぽんを人外の碧いろの瞳ははっきりと見わけることができた。

5　偽哲学者

からだのうちからほんのり照らされる――鈍重にうずくまる鉄のかたまり――それが走りだす――死者たち――神にしてけだもの――極限環境微生物をめぐる閑話――前歯のあいだで見ひらかれた少女の眼球――微細な金いろのつぶつぶ――真理について人外がかたったこと――うつつはうつろのうつし――列車は徐行する

視えない月であろうと心のなかにひろがる夜空に浮かべることはできた。死者のたましいをおくる灯籠を暗くしずまりかえった思い川に流すように、みだれ飛ぶほたるたちをページのうえで文字のたわむれへ溶かしこむように、皎々とかがやく満月をじぶんのなかにぽかりと浮かべてみることはできた。視えない月が空に懸かり視えない灯籠が流れをくだり視えないほたるが音の火花となって一音一音はじけつつ読みくだされ、人外はそんなふうにあわい光にからだのうちからほんのり照らされて、しかしおちつかない気持ちがおさまらないままススキの群生をかきわけかきわけ歩いていった。身のうちから発するその光に温められたおかげか濡れそぼったからだがすこしずつ乾いてくるように感じた。たえず遠ざかってゆくかなたの一点からふんだんに湧出しこちらにむかってうち寄せてくる可能性と偶然性の水を押しわけ押しわけ、ともすれば流されそうになるのをふんばってこらえつつ、前へ前へとすすんでいった。らせんをぐるりとまわってもどってくるとそこはもうすでにもともとの出発点とはずれている。月はあり、また月はない。それは無数にある可能性のうちのどれかひとつが現実と化す各瞬間ごとかならずなんらかの偶然が介入せずにはいないからだろうか。しかしそれでも対数らせんはつねに自己相似で、だから部分は全体にひとしく全体は部分にひとしいままなのだ。

人家の灯をさけぐるりとおおまわりして荒れほうだいの草むらをぬけてゆくうちに舗装された道路に出て、いきなり歩きやすくなったことにいささか安堵しながらそれをたどっていった。間遠ながら街路灯はともっているものの車の往来はなく通行人の影もない。やがてその道路が行き止まりになったところにちいさな駅舎があった。案の定、と言うべきだろうか。

廃駅かもしれない。灯も消えているし駅員の姿もない。それでももし列車が停まっているとしたらここしかない。それとも月がなかったように列車もまたないのだろうか。無人の改札口をすりぬけ紙くずや枯れ葉が散らばった階段をのぼってゆき、それをのぼりつめるともう人外は吹きっさらしのプラットフォームに立っていた。そこにはたしかに四輛か五輛立ての列車が停車していて、それがまとっているなにやら言いようのない威圧感にたじろがずにいられなかったのも予知していたとおりだが、ただし空に月がない以上、逆光になった月の光が列車の輪郭をきわだたせているということはない。鈍重な鉄のかたまりがただ薄闇にとけこんでくろぐろとうずくまっているばかりだった。いまにも獲物が飛びだしてくるのをひっそりと息をころしうずうずしながら待ちかまえている、身のうちに兇暴な飢えをたぎらせたおおきなけだもののようにそれはたけだけしかった。猥《みだ》りがわしかった。

それでもこの列車に乗らなければならない。すべての車輛の扉が人外をさそうように、さそいこむようにひらいていた。びゅうと木枯らしが吹きつけてくるプラットフォームに人外はしばし立ちつくしていた。海があったとおぼしい方角に目をやってみても、ちらほらともる家々の灯の向こうは森とも畑とも野原ともつかぬ真っ暗なひろがりがあるだけで、地と空とのさかいめもはっきりしない。人外はさむくてつかれていた。ひどく腹を空かしてもいた。このままここにいつまでも立ちすくんでいるわけにはいかない。人外はたまたま目の前にあった最後尾の車輛におずおずと足を踏みいれていった。と、まるでそれを待ちうけていたかのようにいきなり列車のエンジンが始動し車輛の床が小刻みに震動しはじめる。

罠にかかったように感じ、すぐさま飛びおりようとおもった、が、つぎの瞬間、なにか不思議ななつかしさをかき立てるにおいが車内に立ちこめていることに気づき、それに気をとられてためらっているうちにもう扉は自動で閉まり、数瞬ののち列車はすでにゆっくりと走りだしていた。

罠なら罠でしかたあるまいと腹をくくるほかはない。通路を歩きはじめるや、あまい郷愁で脳をしびれさせるようなこのにおいが腐爛しはじめた肉から立ちのぼるものであることはただちにわかった。車輛は無人ではなくちらほらとながら乗客がいる。二人掛けのシートを向かい合わせにした四人掛けのボックスが通路の両側にならんでいるその車輛の、半分以上のボックスにはひとりかふたりの客が座っていて、なかには家族なのだろう、おとなの男女のカップルと兄妹らしい子どもふたりで四席ぜんぶを占めているボックスもある。

それらはみな死体で、かれらに死がおとずれたのはさほど以前のことともおもわれないが腐敗はたしかにはじまっていて、うっすらと揺曳する死臭にとりまかれ人外はかるく酒に酔ったような気分になり、足どりがふとおぼつかなくなったのは速度をあげはじめた列車の揺れによるものばかりではなかった。死者たちはだれもかれも平静な表情で、見たところ外傷らしい外傷はなく着衣にもたいしたみだれがない。顔や手などからだの外気にさらされた部分に、あの川の中洲で見た素裸の子どもの死骸にあったのと同じ腫れものや発疹があるかと目を凝らしてみたがどうやらそれも見当たらない。もとよりもしこの人数の死体すべてにそれがあって腫れものからくさい血膿が噴き出しているといった事態であれば、車内に立ちこめる悪臭はこんな程度のものでは済まないはずだった。これほどのヒトたちが苦痛に顔をゆがめることもなく平時の旅客姿のままふいに息を引きとったのはどういう原因によるものなのか、人外には見当もつかなかった。

通路をゆっくりと歩いてゆく。車内灯が点いていないのですべてが暗がりにしずみこんでいるが、雲のたれこめた夜空のほのかな明るみが車窓ごしに洩れ入ってくるのでおおよそのところは見わけることができた。ネクタイを締めビジネススーツに身をかためた中年男……茫然と顔をあおむけ口のはしからよだれのすじを引いている。向かい合って座ったおない年くらいの若い女のふたり連れ……そのうちひとりは上半身が横倒しになり、走りだした列車の揺れのせいでいまやからだ全体がすこしずつ床にずり落ちかけている。両手を下腹のところでちんまりと組んだ小柄な老婆……首をこくりとふかく垂れてじっとしているさまは一見ぐっすり眠りこんでいるようだ。外傷はみとめられないものの鼻の孔や耳の孔からひとすじ、ふたすじ血をしたたらせている者がおおい。中年男がたらしているよだれもうす赤く染まっているようだ。列車はいまや轟々と音をたてて疾駆している。

最後部まで行ったところで振りかえると、車輛の反対の端ちかくの座席に腰かけてこちらを向いている男と目が合った。それは明らかに死人の目ではなかった。しばしの沈黙のあと、男はずいぶん距離をへだててではあったが明らかに人外の瞳をまっすぐにのぞきこみながら、

神さまのご降臨か、と言った。

人外はそのコトバの内容にというよりコトバが発せられてそれがじぶんにつたわったということじたいに驚いた。それは明らかに男が声帯を震わせて発し空気中を波動となってつたわってきた声ではなかった。しかしヒトとそんなふうに心と心で会話できるのは相手がねむりに落ちかけたときだけのはずではなかったか。

神さまってなに？　と驚きがおさまらないまま人外はとりあえずたずねてみた。

奇蹟を発明して人間をたぶらかすやつのことさ、と男が答える。

奇蹟ってなに？

手のこんだ、でもネタは呆気ないほど単純な、手品のことさ。

手品ってなに？　ネタってなに？　とは訊きかえさずに人外は男の風体をじっと観察した。

見るからに着古した濃緑色のツイードの上着、ながいこと櫛をいれていないようなぼさぼさの髪に無精ひげというむさくるしさと、それでも皺のよった白いワイシャツののどもとをこげ茶色のネクタイできっちりと締め上げている律義さの共存がどこかちぐはぐな、四十がらみの男だった。とがった頬骨が浮きあがった肉のうすい顔のその男は、人外の目を見すえたまま片手ににぎった瓶を口もとまでもっていき、なかの液体を瓶の口からじかにぐびりとひと口飲みくだした。そのときようやく人外は男の手がぶるぶると震え目が血走って酒の酔いに瞳の色がにごっていることに気づいた。声としては発せられない男のコトバがつたわってきたのはかれがひどく酩酊しているせいかもしれなかった。

ところがその神さまじたい、人間の発明品だ、と男がコトバを継いだ。あんまり出来の良い発明品ともおもわないが、それでもいまもってゴミ捨て場行きにならずにいるのは、やっぱりなにやらものの用をなしてはいるのか……。なあ、あんた、神さまでもけだものでもなんでもいいが、こっちを見ないでくれないか。

なぜ？　と人外は言った。

あんたの目の色が、なんだかこわいんだ。暗がりのなかでぴかーり、ぴかーりと妙な色で光る。

じゃあ、つむっていよう、と言って人外は目をつむった。だがしばらくして、

おい、そんなふうに目をつむっていられるとどうも不安になってきていけない、やめてくれ、という苛立たしげな男の声が聞こえた。

なんだよ、面倒くさいなあ、と言いながら人外がそれでも素直にまた目をあけてやると、男はもう人外には興味をうしなったように車窓のそとにぼんやりと視線を投げている。どうやら雨が降りだしたようで、車窓に当たったこまかな水滴があつまりななめのすじを引きはじめている。男は横顔のシルエットを見せていて、骨のうえにうすい皮膚をぴったり張りつかせたわし鼻が見るからに傲慢そうな印象をかもし出しているが、視線は不安定にゆれうごいてどこか自信なさげだ。そのゆらゆらした視線を一瞬ちらりと人外のほうへもどしながら、

なあ、人間であることに倦んでしまった者はどうしたらいい？　と男は言った。けだものたらんとするか、神たらんとするか、そのどちらかだろうな。ふたつの方途がある。ところがな、第三の方途がある。わかるか？　それはだな、けだものとなり、かつまたそれが同時に神となることでもある、そういう方途さ。神にしてけだもの――そして、哲学者とはまさにそれなんだ。

哲学者ってなに？　と人外はたずねてみたが、その問いへの答えがいつまで待ってもかえってこないので、あなたは哲学者なの、とたずね直してみた。

男がどこか挑発的な所作で人外のほうに顔を向けると同時に、コトバの体はなさなかったが肯定の波動がつたわってきて、そのあとを追うように、

われこそ哲学者なりと自称するようなやつに、哲学者の資格はないな、というコトバがつぶやかれた。羞じらいが必要だ。哲学の本質は羞じらいなんだ。知を謙虚に愛し、かつまたその愛をたえず羞じらっている、神々しいけだもの、哲学者……。

神にも哲学にも興味がない人外にとってはじつのところどうでもいいことだった。どう応じていいかわからず、人外はちいさなあくびをひとつして、腹がへったなとかんがえた。しかしそんな人外の反応――というか無反応――にはかまわず、

論文を書く書かないなんぞということはなんの関係もない、と男は喋りつづけている。なあ、哲学とはいったいなんだ？　真理の追求だ。しかしそもそも書かれたコトバなどに真理がやどるはずがない。真理は声にしか乗らない。わかるか？　文字というものは当座の間に合わせ、実物が消えたあとそれが残した痕跡にすぎない。光に照らされたものの背後に落ちる影にすぎない。そもそもだな、コトバそれじたいに根本的な欠陥があると俺はおもっている。どこの国の言語であれ、ともかく語彙があまりにすくなすぎる。存在とはなにか、時間とはなにか、意識とはなにか、そんなことを何百ページ、何千ページもついやして論じるやからがいるが、ああいう駄弁の膨満の原因というのはつまるところ、かぎられた貧弱なコトバかずでもって、その素朴な順列や組み合わせていどではとうてい追いつかないほど錯綜し入り組んだ、微妙、玄妙、霊妙なことがらをかたろうとするところからきているんじゃないのか……。

軽く身じろぎしてアラカシの枝の股からずるりと滲みだし地面にぽとりと落ちていらい、アラカシ、エダ、イシキからはじまって、ウエ、シタ、クサ、ソラ等々、コトバの群れがだんだん増殖していき、それらが意識をかたちづくり、その意識がじぶんを意識と呼びまたわたしたちとも呼んで、やがてワタシタチ、ハ、カンガエルとかんがえるにいたったた一連の過程がおもいおこされた。しかし人外はなにも言わずにだまっていた。ただしだまっているつもりでも思

念は意識のひびわれのすきまからかぼそくもれて男につたわったのかもしれない。というのも、哲学者を自負しているらしいその男がぽつりと、

コトバの発生……とつぶやいたからだ。発生する……。なにごとにも発生の瞬間がある……。発生の機序というものがある……。むかしむかし、いまよりはずっと星がすくなかった宇宙の一隅で、どこからか出現したひとったらしの泥が、超高温のまま、くるったように回転しつづけていましたとさ、とそんなふうにかたりはじめてもいい……。ながいながい時間が経って、回転速度がすこしはゆるまり、熱もすこしはさめて、泥の粒は安定した球のかたちをとるようになっていった。中心の固い核、中間のそれより少々やわらかいところ、表層の液体、それよりさらに外側の気体——そんなふうに物質層が分化していった。その液体のなかにアミノ酸をふくむ有機化合物が出現し、それがさらに膜をそなえた粒状の組織へと進化していった。それがあるときふいに自己増殖の能力をもつようになってしまった。生命の発生……。そこからがまた、ながいながい道のりだ。生命に意識が発生する、意識にコトバが発生する……。発生というコトバはあんたの趣味に合わないかな？　発生ではなくて創造だと、そう主張なさるおつもりかな？　すべてはじぶんがしくんだことだ、じぶんが構想し設計し実現させたことだ、もとはと言えばなにもかもじぶんのたくらみだ、と？

男は瓶の口からまたぐびりと飲んでから、挑戦するようにそう問いかけ、人外の返事を待たずに、

それなら、かりにそうとしておこう、と意外におとなしく譲歩してみせ、さらに話をつづけ

た。ところで、とうぜんご存じだろうが、極限環境微生物とか呼ばれる連中がいるだろう。深海の熱水噴出孔付近の、高温の海水中に生息しているやつら。pH9以上のアルカリ性条件下こそが生育に最適というやつら。ふつうの生物にとっては猛毒の、アセトンやヘキサンのような有機溶媒の存在するただなかで増殖できるやつら。そういうとんでもない環境下で平然と生きている古細菌のたぐい……。しかしなかでもすごいのは、デイノコッカス・ラディオデュランスというやつだ。放射線耐性菌。十グレイの放射線は人間にとっての致死量だ。六十グレイで大腸菌も死ぬ。しかしこのデイノくんはだな、五千グレイを浴びても死滅しない。一万五千グレイでも三十七パーセントは生き延びたというデータがある。すごいねえ。並みはずれて強力なDNA修復機構をもっているということだろうな。デイノコッカス・ラディオデュランス。俺の心からの讃嘆の対象だ。われわれ地球上の生きものすべてにとって、希望の星と言うべき存在じゃないのかね。そして俺があんたを尊敬するのはだな、そういうとほうもなく愉快なやつらまでちゃあんと創っておいてくれたってことさ。だって、ふつうはおもいつきもしないだろう、そういう極端な生きものまでデザインし造型しておくなんていうことは。ヒトがこの地球をどういう場所へ変えてしまうか、あんたはあらかじめ見透していた。神慮の奥深さ、その徹底性、まことに畏るべし――。おい……おい、あんた、さっきからなにをやってるんだ、その座席の陰で……?

ぼそぼそとつづいていた男のお喋りがとぎれたので、人外はあまい法悦状態から喚《よ》びさまされてふとわれにかえった。少女の顔に食いこませていた爪をゆるめ、前足を座席の背もたれのふちにかけ後足立ちで伸びあがり、背もたれのへりのうえに頭だけ突きだして男のほうを見た。男はあおざめた顔をこわばらせいくらか呆気にとられた表情で人外をまじまじと見つめている。一瞬おくれて人外は、男の目には口のまわりを血だらけにしたじぶんの顔が映っているのだと気づいた。舌を口のまわりにぺろりと這わせると、口中に流れこんだあらたな血の味が、またふたたび人外の意識をしびれさせにかかる。

中断された法悦のなごりがしきりに人外を呼んでいてそれに人外はとうてい抵抗できなかった。人外は男を無表情に一瞥するや、座席の背もたれの陰にまた顔を引っこめて、七、八歳と見える少女の死体の顔のうえへ前足をもどした。一方の足をその顔のこめかみに、他方の足をのどもとにあてがい爪をしっかり食いこませてふんばって、少女の唇から頬にかけてのやわらかい肉をすこしずつ嚙みちぎっては咀嚼してゆく行為にもどった。すでに顔の左はんぶんの歯茎はすっかり露出し、真っ白な顎骨や頬骨の一部分も見えている。腐爛がはじまるかはじまらないかというていどに熟したヒトの肉は嚙みちぎりやすく特有の風味もあって、食べものとしてはこれ以上のものは望むべくもなかった。少女のとなりにはその母親とおぼしい女性が死んでおりふたりは手をつないでいたが、少女の若い肉の、茴香のさわやかな苦味のようなものをわずかにたなびかせた、くせのないあまさを、またやわらかさとぷりぷりした弾力とを兼ねそなえた新鮮な触感を前にしたとき、母親のほうの死体は人外にとってはさして興味を、というか端的に言ってしまえば食欲をそそられなかった。もっと時間が経ってほかに選択肢がなくなればどうかわからないが、いずれにせよこの車輛だけでも子どもの死体はほかに六つも七つもある。そもそも人外ていどのおおきさの生きものの胃をみたすのにそうそう大量の肉が必要なわけではなく、実際のところ、少女の顔から首すじにかけて骨がむきだしになった箇所がそうひろがったわけでもないのに人外はすでに腹がくちくなりかけていた。食欲がおさまり味覚と触覚の法悦がうすれてゆくのと並行してまたふたたび外界への注意力がはたらきはじめ、いつの間にかまた喋りだしている男の声がふと意識のなかにはいってくる。

……そうかい、ふーん、と彼は感心したような唸り声をだしていた。そこにはくすくす笑いもまじっており、嬉しさがおさえきれないとでもいったふうにかるく足を踏み鳴らしてもいる。なるほどねえ、やっぱりあんたは神だ。俺にとっていちばんあらまほしい、理想の神さまそのものだよ。宗教の発生……。人肉嗜食教とでもいうか……。いやいや、俺がいま即席にでっちあげようとしている宗教の教義は偶像崇拝を禁じているわけではないから、口のまわりを血まみれにしたあんたのすがたを金箔入りの図像にして大量にばら撒いてやることにしよう。だれしもぞっとして、つぎの瞬間恍惚とするのは必定だ。屍肉を喰らうけだものの神――こいつは豪儀だ！　ゴージャス！　チャーミング！　ファンタスティック！　たちまち爆発的に信者がふえて、あんたをひと目見ようと列をなして押し合いへし合いするだろう……。

くだらないやつだと人外はおもった。それより、食べることの法悦がひとたびおさまるやあらためてすこしばかり気にかかりはじめたことがある。おさない少女とその母親らしき女性がぴったり寄りそって手をつないでいるこの光景のなかのいったいなにがこんなふうにじぶんの心を震わせるのか。その問いとからまりあいひとつに溶けあうようにして、病室のベッドによこたわっていまにも息たえようとしている少女が、その子にはもちろんなんの過失も落ち度もないのになぜふいに目を見ひらきこちらの目をまっすぐに見て、おかあさんごめんね、などとつぶやいたのかというもうひとつの問いが過去のかなたからまたしてもよみがえってくる。あのとき起きたこと……少女はその数分後にはじっさいに息を引きとらなければならなかった……。このくるしみは声をかぎりに号泣しようといささかもうすらぐものではなく、じぶんが生きているかぎり毎分毎秒まったくおなじつよさとするどさでよみがえってきてからだを刺しつらぬきつづけるにちがいないと、あのときただちに直覚された……。しかしそのときそう直覚したわたしは以来どれほどとも知れぬ時間が経過したいまやすでにわたしたちのひとりでしかなく、しかもそのわたしたちも神ともけだものともつかない、あるいは同時にその両方である人外と化してしまった。あのくるしみももはや過去からつたわってくるとりとめのない残響、あるかなきかの残り香、ぼんやりした残像のなかにひとすじ織りこまれた心の震えの糸以上のものではない。ただ、それでも心は震える。震えずにはいられない。

もう飢えはおさまっていたから少女のからだからはなれてもよかったのに、この子の目の色をふと見たくなったのはその心の震えのせいかもしれなかった。人外は、じぶんの顔を少女の顔に寄せその左目のまぶたのへりを前足の爪のさきに引っかけてぺろりと捲りあげてみた。濃灰色の聡明そうな瞳があらわれてほんの一瞬気持ちが動揺したが、生命力のかがやきはそこにはむろんなく死者の目は結局死者の目でしかない。人外は眼窩のすきまにぐいと爪をさしいれ、少女の眼球をまるごとぬるりとほじくりだした。腐敗がはじまって筋肉も血管も神経組織もろくなっているのかそれは案外かんたんにぽろりと眼窩からころがりでた。妙に粘っこい弾力のあるその球体を人外は前歯でくわえ、座席から通路へすたんと飛びおり、そこからあらためて車輛の端ちかくの席に座っている男のほうを見やった。人外の口中には少女の血がたまり、口のきわからはうす紅色に染まったよだれがあふれだしぽたりぽたりと床にしたたっている。

目がぴかーりと光るのがなんとやら、こいつはさっきぐたぐた、ぐたぐた、つまらぬ難癖をつけてきたが、ならばこれではどうだ？　人外じしんの碧いろのふたつの瞳にくわえてさらに口のなかにもうひとつの目が——ヒトの少女の目が無心に見ひらかれている、このさまはどうだ？　恐怖にたじろいで、あるいは竦みあがってコトバをうしなってしまったように、男はただ唇をわなわなと震わせているばかりで、そのびびりようを眺めて意地のわるい悦びをあじわっていると、とつぜん車窓のそとに銀いろのするどい閃光が走った。稲光だった。雷鳴もほんの数秒しかおくれずにとどろきわたり、その轟音はそとから車内に押し入ってきたというよりもむしろ列車の走行音を圧して車輛のぜんたいをびりびりと震動させ、その衝撃で人外はおもわずふらりとよろめいて少女の眼球を取り落としそうになった。雨はいつの間にかはげしい降りの雷雨になっていて、それをついて列車は走りつづける。車内を一瞬明るく照らしだした稲光が三つの眼球を三つともにそれも同時にかがやかせるところを男はたしかに目撃しただろうか。

もう腹はへっていなかったから人外が少女の眼球を嚙みつぶそうとしたのはたんなるあそび

心からのことにすぎない。ぬるりとした表面をぎゅむっ、ぎゅむっと歯がすべって最初のうちはうまく嚙みしめられなかったが、やがてからだや頭部のおおきさに比してやや不相応にふとくながい人外の牙が、眼球上のやわらかな一点をとらえてぐっと食いこむや可憐な球体は一挙につぶれてかすかにあまい薄荷のような味とかおりの粘液がどろりとあふれでた。人外はそれを陶然としてすすりこんだ。

こいつはじつに傑作だ、まいったねえ……なんともかとも……などと男は意味のとおらないことをぶつぶつつぶやいている。神さまはとんでもなく悪趣味でいらっしゃる……。まこと、爽快なまでの悪趣味……。しかし、そんなものまで食うと腹をこわすぞ……。まあ、なんでもいいさ、勝手にしろ……。俺が死んだら、俺の目玉だろうが内臓だろうがきんたまだろうが、好きなだけ食い散らかすがいいや……。むかしむかしのそのむかし……。ひとったらしの、ちいさな泥のかたまりが、真空状態の虚空のただなかで、ぐるぐる、ぐるぐる……。くるったような勢いで回転しつづけていました、とさ……。

声はだんだんちいさくなってゆきやがてぱたりととだえた。これもまた、さびしいヒトなんだろうかと人外はかんがえ、そのかんがえを追いながら通路に座りこんでじぶんの前足のさきを舐めて唾液でしめらせ、その前足で口のまわりをよごした血を丁寧にぬぐいとっては舐めつくすという作業に没頭した。この男がなにかひどくねじくれた、屈折した、曲がりくねったもののの言いようでうったえつづけているのは結局、世界のうちにとどまりながらしかしたえずそのそとになかばはみだして生きてきた、生きている、生きていかざるをえないものが身にしみてあじわうあのさびしさのことなんだろうか。これもまたわたしたちのひとりなんだろうか。はみだし者、ひとでなしなんだろうか。だが、どうもそうではないようにおもわれてならない。世界のそとへ越境する、ヒトでありながらヒトならざるものへはみだしてゆく、神への、またけだものへの化身をとげる——そうしたできごとを夢見てないしあこがれて興奮し、たんに軽率な虚栄心からさわぎ立てているだけではないかとうたがわれてならない。もし男の言うように神たらんとしそれが同時にけだものとなることでもあるといった存在が哲学者であるなら、この男じしんはそれには当たるまい、と人外はかんがえた。こいつはつまるところ偽哲学者なんだろう。

人外はその偽哲学者がいる車輛の最前部へむかって、つまり列車の進行方向へ、通路をぴとぴとと歩いていった。さきほど銀いろの稲光が走りぬけたがそれが消えたあと車内にもどった闇のなかに、なにか微細な金いろのつぶのようなものがたくさんただよっていて、これはいったいなんだろうと人外はいぶかった。やがて偽哲学者のすぐ前まで行き着いて、その風体をようやく間近からながめることになった。目をつむった偽哲学者はへたりこむように座席にあさく腰かけ、くつを脱いだ片足を前の座席に投げだし、背をだらしなくまるめ、顎をじぶんの胸にがっくりとふかくうずめていた。中身がほとんどからになったウィスキーの瓶の首をぎゅっと握りしめじぶんのわき腹にぴったり引きつけている。

偽哲学者はおそらくもう泥酔状態でほとんど意識をうしなっているようだった。しかし、人外が接近してきてつい目の前で立ちどまった気配を、まだかろうじて目醒めている意識の残滓によってというよりむしろ、かれの内部の意識よりずっとひろくふかい無意識の領野に張りめぐらされている動物的なセンサーのようなものによって感知したのだろうか、呼吸につれて胸がしずかに起伏するほかはからだのどの部分もぴくりともうごかさないまま、

ほう、さっそく俺を喰らいにきたのかね、というコトバを沈黙の声にのせてつたえてきた。

いいや、あなたを食べることはしない、と人外は淡々と答えた。

では、俺になんの用がある？

しばらくだまっていて、それから人外は、

コトバはすくなすぎもしない、おおすぎもしない、そうおもう、と言った。さっきあなたは間違ったことを言った。どんなことでも、ほんのすこしのコトバで、その組み合わせでかたることができる、そうおもう。コトバには不足も過剰もないから。

そうかね、と偽哲学者はあざけるように言った。ならば、だ、さっきも言ったが、存在とはなにか、時間とはなにか、意識とはなにか——。

そんなことは知らない、と偽哲学者の軽薄なつぶやきを途中できっぱりとさえぎって人外は言った。いや、ほんのすこしのコトバでと言ったけれど、ほんとうはひとつかふたつのコトバでじゅうぶんだ、そうおもう。

ほう、じゅうぶんだと。だがいったい、なにをかたるのにじゅうぶんなんだ、え？　とあざけりの調子をさらにつよめながら偽哲学者はわざとらしく語尾をあげて問いかけた。

真理を、と人外は簡潔に言った。

偽哲学者がたじろぐ気配がつたわってきた。

あなたに真理をおしえてあげよう、と人外は言い、しばらく待ち受けたが、相手がだまったままなので、あなたは真理を追求しているんでしょう？　と念を押すように言った。声には乗るけれど文字では書きあらわせない真理を？　じゃあ、それをおしえてあげよう。

……おしえてくれ、と偽哲学者はなにかのとげとげに引っかかってなかなか出てこないような、よわよわしいかすれ声で言った。

うつろうということ、と人外はぽそっとつぶやいた。

え……なに、なんだって？　と多少は力がもどってきた声でつぶやいて偽哲学者は顔をあげた。しかし半眼にひらかれたかれの目は茫然と宙をさまよってどこにも焦点をむすばず、人外の姿がその瞳にはっきりと映っているのかどうかはさだかではない。

うつろうということ、と人外はくりかえした。すべてはうつろってゆく。すべてはうつろいのなかにある。真理とはそれだよ。

ふん、諸行無常、栄枯転変ってやつか。あんた、神さまかもしらんが、それにしてもつくづく凡庸な神さまだな。そんな「真理」なんぞ、いまさらあんたにおしえてもらってもはじまらない。あの「昏い人」ヘラクレイトスもかつてこう言った——。

そんなことは知らない、と人外はもういちどきっぱり言った。すべてがうつろう。そして、それがわたしたちだ。うつろいという名の者、それがわたしたち。うつろうために、ただそれだけのためにわたしたちがいる。いまこの瞬間もすべてがうつろってゆく。列車は走り、稲妻がひらめき、闇が刻々その濃さを変え、死者の肉はくさってゆき、生者の肉はあたらしい細胞とともに生まれかわってゆく。それがうつろいだ、存在であり時間であり意識だ、そしてそれがわたしたちだ。

ならば、あんたは神ではないな、と男はよわよわしくつぶやいた。神とは恒常不変の者、永遠にうつろわずいまここにとどまる者のはずだから。

わたしたちは神じゃない、人外だよ、と人外はひとでなしにはふさわしからざるやさしさをこめてそっと言った。そのあたりからはもう人外が喋っているのか偽哲学者が喋っているのかわからなくなった。すべてがとめどなくうつろってゆくというのは、それにしてもなんと甘美な救いではないか、とつくづく畏れいったように嘆息したのはふたりのうちのどちらだったのか。そのうつろってゆくという動詞を、夢うつつに、うつつなく、と歌うようにおぎなってみたのはどちらだったのか。うつらうつらと、鬱々《うつうつ》と、とまぜっかえすように付け加えてみたのは。このうつし世にうつし身として棲むことの、それが宿命か、とあきらめたように独りごちたのは。空蟬《うつせみ》と言うがあれは中うつろのからっぽの抜け殻なのか、それとも中身の充実したうつし身の実在なのか、と迷うようにつぶやいたのは。いや、現《うつつ》は虚《うつろ》にうらうちされてはじめて現たりえ、虚は現をかくしもっているからこそはじめて虚たりうる、そういう弁証法があるのだ、と真面目くさった教師口調でたしなめたのは。ふん、うつつはうつろのうつしにすぎず、うつろのうちにはたえずうつつがうつっている、ただそれだけのことさ、と相手を小馬鹿にするように吐き棄てたのは。ふたりのコトバはたがいにたがいを写しあい映りあい追いかけあって、終わりのない二重らせんの軌跡をえがいてうつろっていった。存在しない中心をめざして求心化していった。あるいは果てしない外部の時空のかなたへと遠心化していった。求心化するのも遠心化するのもしかしつまるところはおなじことのうらおもてでしかない。

列車の走行音がとつぜんくぐもった重い響きに変わり、同時に窓外がふかい闇にとざされたのはトンネルのなかにはいったからだろうか。闇は車内にも満ちて空気中に揺曳している無数の金のつぶつぶがいっそうくっきりと浮かびあがった。またしてもトンネルか、と人外がけうとい既視感におそわれながらかんがえかけた瞬間、するどいブレーキの軋り音がいくつか立てつづけにひびき列車は徐々に速度をゆるめはじめた。すると、なかば失神しているようにだらしなくへたりこんでいた偽哲学者がふいにからだをぐいと起こし、投げだしていた足を前の座席からおろし、背すじをまっすぐ立てて目を見ひらいた。そして、人外がはじめて聴く物理音としての声で、

さて、そろそろだな、と言った。それがぶざまな酔漢のもらすような不明瞭なだみ声とはまったくちがう、音のひとつひとつがくっきりした、ひくいがよく透る、意外に耳にここちよい声なので人外はこの男をすこしばかり見なおした。

そろそろ、なに？

人外の心が発したそのコトバが偽哲学者にとどいたのかどうかはわからないが、とにかくかれは人外の目をまっすぐに見つめて、

駅に着く、と言った。それから、まだ握りしめたままだったウィスキーの瓶を目の前に持っ

てきて、なかを透かし見ながらほんのすこしのこった中身をちゃぷちゃぷと揺らし、ため息をつき（そのため息の意味はわからない）、じぶんじしんにむかってつぶやくように、もうほんの数分で、町の地下の鉄道駅に、とつけくわえた。

6　ルーレット

駅への到着――下降、空虚と充溢の弁証法としての――雌の動物の膣――すべてはつながりあいながらうつろってゆく――微光にひたされた地下街――カジノ見物――無表情をめぐるみじかい考察――リヤン・ヌ・ヴァ・プリュ――偶然という化けもの――守り神あるいは疫病神――赤の9――クルピエは哄笑する

列車はホームにすべりこみ車輪とレールに金切り声をあげさせながら、最後はほとんど急停止にちかい乱暴な停まりかたをした。揺さぶられてよろけた人外は足を踏ん張りきれずにころりとたおれてしまった。ここまでずっとひびきつづけていたエンジン音、走行音が不意にとだえ、車内にひろがった奇妙な静寂がむしろかるい耳鳴りをさそう。人外はすぐ起きなおって扉の前へ行き、それが開くのを待ちうけたが、一分、二分と時間が経っていってもなにも起こらない。すると、偽哲学者がふらりと立ちあがり、ボックス席の横の車窓を、ぎ、ぎ、ぎ、と古びた木枠が軋むのもかまわず力まかせに押し開けて、

さ、ここから……と人外にむかって言い、つづけてひとりごとのように、おれはもうすこし

こいつらに付き合ってやることにする、とつぶやいた。線香もなにもない、お経のとなえかたも知らないし坊主もいない、おれひとりでただしんみり酒を飲むだけだが、ま、お通夜ってやつか……。

人外は偽哲学者がつくってくれた窓のすきまをするりとすり抜け、すたんとホームにおり立つや、うす暗い構内の四方にすばやく視線をなげた。先頭車輛のほうからホームをこちらへむかって、白衣を着てやはり白いマスクをかけた七、八人の一団が、車輛のなかをガラス越しにのぞきこみつつのろくさと歩いてくるのが見えた。同時にむこうのほうでも人外のすがたが目にとまったようで、かれらのあいだに一瞬のたじろぎ、動揺の気配がさざなみのように走りぬけ、緊張感のたかまる気配があった。一団はおたがいどうしちらりと目を見かわすなり、決然と足を速めて近づいてくる。

人外は身をひるがえし、反対方向へ走ってにげた。白衣の一団が、すくなくともその何人かが人外を追って駆けだしたのが足音からわかった。ホームのはしに近づくと照明がなくなってあたりは急に暗くなり、やがて人外の乗った列車がさっきそこからはいってきた真っ暗なトンネルの口がせまってきた。あのなかに逃げこむのはなにかいやだなとおもった、その矢先、壁際にせまいくだり階段が口をあけているのが見え、人外はそのなかに走りこんだ。

階段を駆けおりてゆく。踊り場をすぎ、ひとつしたの階らしき場所に出て、しかしフロアへの入り口はぴっちりおりた金属のシャッターでとざされている。さらにくだりつづけるほかはない。人外は足がもつれて転びそうになるのをこらえつつ精いっぱいの速さでひたひたと駆けおりてゆき、その間、後方へむかって聴覚をとぎすましつづけたが、追いかけてくる者の気配はどうやらないようだ。

またしてもくだってゆくのかと人外はおもい、しかしそれが不思議とじぶんにとってさして不快な感覚でもないことにいささかとまどわないでもない。重力にさからわずにくだってゆく。それは無と空虚のなかへかえってゆくことでもあり、他方また、みっしりと充実した物質に囲繞されている状態のもたらす安息をもとめて土のなかふかくへもぐりこんでゆくことでもある。おもさをうしなって浮游しながら、しかし同時にじぶんのからだがいやましにおもくなり大地にふかく溶けこんでゆくようでもある。くだりつづけるうちに、アラカシの枝の股からずるりと滲みだしたときより以前のわたしたちの記憶のかけらがことさら色彩あざやかによみがえってきて意識のなかを飛び交い、しかしそのすべてを振りすてるようにして人外のおもいはさきほどホームで見た情景にもどっていった。あの連中は車輛のなかを一輛ずつのぞきこみながら無精たらしい足取りで歩いてきたけれど、かれらはなにを見たのだろうか、あの列車のほかの車輛でもヒトがおおぜい死んでいたのだろうか。しかしいまとなってはもはや決して知りようのないことだった。

またしてもシャッター……さらにおりてゆく……そこにもまたシャッター……。だが、階をいくつくだったのか、とある踊り場まで来るとそこには、そしてそこからしたたには、もう明かりがともっておらず、くだり階段はみちてくる地下水にひたされるように暗闇にひたされている。目をしばたたきつつ一段一段足もとをさぐりながらそれをこわごわくだり、フロアにおり立つとそこにはもうシャッターは立ちはだかっておらず、おおきな雌の動物の膣のような湿っぽい暗闇が人外をさそうように口をあけている。ここまでくだってきた階段がさらに下方へつづいているのかどうかたしかめることはもはやせず、そのフロアの暗闇のなかへ人外はためらわず足を踏みいれていった。

たくさんの機械がしずかな作動音を立て、頭上のパイプらしきもののなかをなにか気体だか液体だかが流れてしゅうしゅう唸っているあいだをぬけてしばらく行くと、前方に薄ぼんやりした明かりが見えた。それがだんだんちかづいていろいろなものが見分けられるようになり、影と姿が交錯し、そこにしだいに人影の行き交いがまざりはじめ、いつの間にか人外は通路とも小路ともつかぬものを歩いているじぶんに気がついた。場所も瞬間もひとつひとつはばらばらなのに、断絶も飛躍もなしになぜなめらかにつながってゆくのだろうと人外はいぶかった。場所から場所へ、瞬間から瞬間へと生の時空はつながって、あたかもひとつづきの空間、ひとつづきの時間のなかをうごきつづけているかのごとくうつろってゆくのはなぜだろう。人外は継起した時系列とは無関係にあの見張り小屋の文机のうえのプリズムから流れだしたきらきらしい光のグラデーションのことをかんがえ、あの白い闇のような朝霧をついてぬっとあらわれた鉄橋のことをかんがえ、タクシー運転手の女がみぎ手の中指にはめていた魚をかたどったあの銀色の指輪のこと、頭上に垂れさがって風にゆれていたあのガマの穂の先端の黄色い葯のこと、みにくい腫れものまみれのからだになって死んでいたあのおさない少年の清潔なちんぽこのこと、コトバはすくなすぎもおおすぎもせずいかなることも完璧に的確に言いあらわせるという命題のことをかんがえた。らせんは未来にむかってと同様に過去にむかってもまた渦を巻いており、求心化するのも遠心化するのもおなじことで、しかしすべてはつながりあいながらうつろってゆくのだった。

蛍光灯のともった天井のしたにひろがる地下街と言うべきなのだろうが、ときどき見あげてみるとその天井もところどころあいまいな闇に溶けこんでいるのは、そこだけ蛍光灯の寿命がつきて新しいものに交換されないままでいるのか、それとも天井じたいがぬけてその上方にひそむ空虚が露出しているのかよくわからない。しかし天井のあるなしにかかわらずあたり一帯にはつねに微光が行きわたり、昼とも夜ともつかないほの明るさのなかをうなだれて肩を落とした人々が行き来していた。その微光はいずれにせよ天井の蛍光灯のものではなく、どこからともなく射してくるとしか言いようのないもので、どんどん数をましてくる通行人たちが前にも後ろにも影を落としていないのが不気味だった。家族なのか友だちどうしなのか二人連れ、三人連れと見える人々もいたがたがいにほとんど言葉を交わさず、あるいはのろくさと、あるいはそそくさとうつむきかげんに歩をはこんでゆく。かれらは人外を見てもまったく無関心、無反応で、無造作にそれとなくからだをよけて歩きつづけるばかりだった。あるいはそれはよそおわれた無関心、演じられた無造作ぶりにすぎず、じつは内心では人外の存在にたじろぎ、そこから一定の距離をたもつべく細心な注意をはらっているのではとうたがわれないでもない。人外がかれらひとりひとりの顔に視線をむけてみても、ことさら意図してそむけたようにもおもわれないのに顔をさりげなくわずかにそらし、だからだれの顔だちもはっきりと見さだめることができない。

地下街のほそい通りは曲がりくねり分岐し交差し合流しとりとめもなくつづいていて、まるで巨大な怪物の体内で爛れかけている内臓の、からまりあったくだのようだった。その巨大な怪物とはひょっとしたら人外じしんなのではないか、じぶんはいまじぶんじしんのからだの内部をさまよっているのではないかという頓狂なかんがえが心の奥底から泡つぶのように浮かんできてたちまちはじける。両側に小店や屋台がぎっしり立ちならんで貧しい身なりの人々がむらがり、煮こんだ臓物のなまぐさいにおいやサフラン、丁香、ナツメグ、カルダモン、桂皮などさまざまな香辛料の鼻をつく刺激臭が濃厚に立ちこめる一角を過ぎた。とざされたシャッターばかりがつづき、そのシャッターのうちいくつかは力ずくでやぶられたのかひん曲がり裂けめができて、うすよごれたダンボール箱やこわれた機械の部品やえたいの知れないがらくたが屋内から路上にはみ出していたりもする荒廃した一角を過ぎた。両側になにもなくなってさむざむとしたうす暗がりのがらんとひろがるなかにぽつん、ぽつんと孤立した人々が凝然と立ちつくし、おもいおもいの方角をぼんやりながめている一角を過ぎた。

やがてちいさな広場のようなところへ出て、その一隅に口をひらいている門のうえになにやらあざやかな赤いネオンがまたたいているのが目にとまった。後ろめたそうな顔をした男女がときおりそこに吸いこまれていき、悄然と首を前におとした男女がまたそこから吐きだされてくる。しばらく観察していた人外は、人々の行き交いがとだえたすきをねらってそのなかにするりと身をすべりこませた。スーツすがたの番人のような男が人外を見て目を瞠りなにかちいさなさけび声をあげたが、足早にすりぬけてしまうとそれ以上追ってこようとはしない。

　みじかい通路の突きあたりに緋色のぶ厚いビロード地の緞帳が垂れている。そのすきまをくぐると目の前にすぐ、階下へおりてゆくやはり緋色のカーペットを敷いた傾斜のゆるいらせん階段があらわれた。その左右に、階下の広間の外縁をぐるりととりかこむ手すりつきの回廊がのびている。人外は階段はおりずにみぎに曲がり、おびただしい老若男女が砂糖にたかる蟻のむれのようにひしめき合っている広間を見おろしながら、ゆるやかな曲線をえがくその回廊をつたって歩いていった。

　眼下の広間ではいろいろなことがおこなわれていた。ぐるぐる回転しているすり鉢状の円盤があり、それに接した四角い台のうえには赤と黒に塗りわけた数十の枡目がえがかれ、枡目の数字をめぐって人々が色とりどりの丸い小片をやり取りしている。ほそながい四角のテーブルのはしから交替にサイコロを投げつけ、出た目に一喜一憂している者たちがいる。緑いろのクロスを張った半円形のテーブルを何人かの男女がかこんですわり、中心に立つ女が儀式張った身振りでくばる紙のふだを緊張したおももちで順繰りにあけている。レバーのついた極彩色の機械が何列も立ちならび、そのひとつひとつに取りついてレバーをがちゃがちゃと引く行為をくるった猿のようにくりかえして飽きない者たちがいる。

　レバーが引かれるたびにそれら機械群が立てるそうぞうしい音楽と張り合うように、その他不可解な遊戯の数々に夢中になった人々が歓声、嬌声、嘆声、怒声をあげ、そのすべてが交錯し渾然一体となって、広間いっぱいにひびきわたっている。けたたましい笑い声をあげる女、有頂天になって跳ねまわる男。階上の回廊からじぶんたちを見おろしている人外の存在に気づく余裕などだれにもないようだ。しかし、このにぎわい、ざわめき、はなやぎのすべてに人外はどこか空虚なものを感じずにはいられなかった。興奮しきって無我夢中になった人々の、やりたいほうだいのおまつり騒ぎ——一見、そう見える。が、まつりというもの、あそびというものにつきもののあのきれいな興奮、澄みわたった純な放心がここにはないと人外はおもった。興奮も高揚も歓喜もこれら男女のひとりひとりがじぶんの顔にこっそり張りつけたいちまいのうすっぺらな被膜でしかなく、それがささいなはずみでぺらりと剝がれおちれば、そのしたからはたちどころに、表をぞろぞろ歩いているあのうなだれて肩を落とした連中の、憔悴しきって言葉を発する気力もうせた、どんよりした無表情とまったくおなじものがぬっとあらわれ出るのではないか。そんな予感をはらんだこの狂躁の光景にはなにか異様に酸っぱい恐怖のにおいが立ちこめていて、それが人外の鼻孔をくすぐった。

かすかに戦慄しながら人外は回廊に沿って移動しつづけ、階下の広間のあっちこっちで起きている出来事の数々に視線をすべらせていたが、その人外の目に、ある瞬間、まさにその、いつかだれかの顔のうえにぬっと露呈するのではないかとおそれつづけていた無表情がとつぜん飛びこんできた。それは広間にひしめく人々の顔、顔、顔がたたえる見せかけの興奮や高揚や歓喜の色とはまったく異質なので人外の目を射ずにはいない無表情だった。ただし、しずまりかえった水のようなその無表情には、人外がいずれはそれを見る羽目になるのではとおびえていたようなみすぼらしい憔悴や失意や疲労の沈着はなかった。またまわりで起きていることに倦みはててじぶんの内部をのぞきこむことにしか興味がなくなった者の孤独な放心状態がそこに露出しているわけでもなかった。それはただ純粋な無表情、単調でつめたくて生命を欠いた、つまりは無機的な無表情、いわば表情の零度としての砂のような無表情だった。

そんな奇怪な無表情のなかにじぶんをとざしている顔がその広間の空間ぜんたいのなかでただひとつだけ存在しており、というよりむしろ周囲のすべてが存在しているのにその顔ただひとつだけが存在せず、広間にみちあふれている喧噪、熱狂、騒擾のどれにも汚染されえない無色の一点としてそこだけうす気味わるく陥没しているようだった。それはひとでなしの顔だった。おそろしい、と人外はおもい、同時にまた人外であるじぶんがひとでなしをおそれることの滑稽におもいをいたしてひくく笑った。ほんとうの恐怖は笑いをさそう。見せかけの表情の仮面が剝がれそのしたから素の顔があらわれ出るのはたしかにこわいが、ただたんに表情がない顔がそそり立てる恐怖はそれよりずっと深甚で戦慄的だということを、人外はわれ知らずじぶんが洩らしたひくい笑いによって知った。ひょっとしたらあいつはニンゲンそっくりにつくられた精巧なロボットなのか、と目を瞠った瞬間、その無表情な顔がくいとあおむいてまっすぐ人外にむけられ、一瞬ふたりの目が合った。

その顔の持ち主は、あのすり鉢状の円盤の前に立ち、円盤の中央の十字型のノブを規則的な間隔でまわしつづけている、タキシードすがたのふとった大男だった。目が合ったのはほんの一瞬だが、そのとき大男は片目をほんのちょっとだけまたたかせてみせ、そのおかげで人外の恐怖はすこしばかり減じた。間違いなく、かれは人外にむかってちいさなウィンクをおくってきたのだ。階下の広間から見あげたらこの回廊は暗がりのなかにしずみこんでいるはずなのに、あいつはじぶんをよくもまあ見分けられたもんだ、と人外はいささか驚き、しかし次の瞬間、あんたの目が暗がりのなかでぴかーり、ぴかーりと妙な色で光る、と偽哲学者が言っていたのをおもいだした。人外の目の光は恐怖と笑いによってつよまるのかもしれなかった。

大男はすぐ目をそらしてじぶんの仕事にもどった。台のまわりにむらがる人々が丸い小片を枡目の数字のうえに置くと、大男が円盤を回転させ、ちいさな球を投げいれてそれが円盤の外縁にならぶくぼんだポケットのどこかにはいる。大男が声を張ってある数字を呼ばわり、すると間髪をいれず人々のあいだから歓声と嘆声の交錯する叫びがどっとあがる。それがいつまでもいつまでもはてしなくくりかえされる単調な光景をながめながら、人外はそのままゆっくりと歩をはこびつづけ、やがて回廊のはしまで至り着いた。そこでなおしばらく階下の出来事を観察しつづけたが、ほどなくそれにも飽き、というかその陰気なおまつりさわぎの見せかけの陽気さにも耳ざわりな騒音にもうんざりし、すわりこみ、さらにからだをよこたえ、目をつむり……するとただちに猛烈なねむけがおそってきた。じぶんはつかれきっているのだと人外はとつぜん気づいた。この前ねむったのはいつだったろうとぼんやりおもいをめぐらせているうちにぷっつり意識がとぎれた。

どれほどねむったのか、夢のないねむりから不意に目覚めた人外は、あの陰惨な喧噪がいつの間にか消え、静寂と暗闇があたりを支配していることにほっとしながら、ゆるゆると身を起こした。手すりをささえるたての桟の列のすきま越しに階下を見おろしてみると、あの大男が相変わらず円盤の前のもとの場所に立ち、うつむいて煙草をくゆらせているのが目にはいった。あんなにたくさんの人々がひしめき合っていたのに、いま広間にいるのは見たところその男ただひとりだけだ。ほとんどの明かりが消えているものの、その円盤のあたりだけはどこから照明されているのか、スポットライトが落ちるような具合に明るくなっている。

人外は回廊をもと来た方向へもどって、階下へつづくらせん階段のところまで行きそれをくだっていった。階下におり立ち、テーブルや椅子のあいだを縫いながら、酒と煙草とほこりのにおいが立ちこめた広間をよこぎっていき、枡目のなかに赤黒の数字が書きいれてあるあの台のところまで来るとそのうえに飛びのった。円盤のすぐむこう側にはあの大男がいる。目をあげて人外をじっと見つめたかれの瞳におもしろがっているような色がちらりとうごいて消えた。大男の顔は無表情にもどったが、ただしそれは喧噪につつまれた広間のなかで人外の目を射たあのひとでなしの無表情ではもはやなかった。ほんとうなら陽気な笑顔を浮かべていたいのになにかの事情でそれがさまたげられていることをじぶんでも残念におもっているという気配が、大男のしずかな水面のような瞳からそこはかとなくつたわってきた。

まだ三十をそういくつも出ていないと見えるその男はたてにもよこにもおおきくて、腹が突きだし頸もとは肉がだぶついてうつむくと二重あごになる。人外がねむりにおちる前に見たときにはショールカラーの黒のタキシードに黒の蝶ネクタイで身をかためていたが、いまはジャケットはもう着ておらず、胸にプリーツがはいっているウィングカラーの白シャツとズボンだけの恰好になっている。シャツの襟もとははだけ、結び目をほどいた黒の蝶ネクタイが襟くびの左右にだらりと垂れている。ロボットを演じる俳優の休憩時間といったところか。

人外は台のうえを数歩すすみ、ひらりとジャンプしてすり鉢状の円盤の内底に飛びおりた。その衝撃で円盤がすこしまわりかけ、人外はたおれないように足を踏みしめた。正直に言えば、とおくからひと目見たときからこの回転ホイールにのってみたくてたまらなかったのだ。男の顔はもう目と鼻のさきにあった。

波紋ひとつない水面のような男の瞳のなかをのぞきこみつつ、
あなたはだれ、と人外はいつものように心のなかからコトバを投げてみた。

わたしはクルピエです、という大男の返答は、小声ながら朗々とひびくバスの音程で、しかしそんなふうに会話が成立しうることを人外はもう不思議にはおもわなかった。いつの間にかじぶんが目覚めているヒトにも心の声をとどけられるようになっていることをなぜかもう人外は知っていた。ただしそんなふうに心と心を通じあわせるためには、その前にまず目と目が出会わなければならない。いちどでも目をあわせた相手となら、心のなかに湧いたおもいをつたえられるようになる、相手の心がもらすつぶやきも聴きとれるようになる。そういうことだった。

クルピエってなに、とさらにたずねてみる。

まわすヒトです。

え……?

これをまわすんです、と言ってクルピエは手をのばし円盤の中央の十字型のノブをぐいとまわした。円盤は人外をのせたままくるくると回転しはじめた。

ふーん、おもしろいね、とまわりながら人外が言う。

おもしろいですか。

おもしろい……でも、あの連中があんなに興奮するほどおもしろいともおもえないけど……。

ああ、興奮ねえ……。確率です。確率の問題。それが連中を興奮させるんです、と言って、クルピエは指さきにはさんでいた煙草状の紙巻きを口もとにもってゆき、またひと息ふかく吸いこんだ。さっき階上の回廊から見たときは煙草だとおもったが、それが煙草とは違う種類の草を乾燥させ燃やしたものであることは、クルピエが吐きだしてあたりにただよう煙の濃厚なあまいかおりからすでにわかっていた。仕事中はポマードでかためて一分のすきもなくととのえていた黒髪も、いまはすこしみだれてひとふさ、ふたふさ、ひたいに垂れている。

確率……？

あることが起きそうな見こみと、それが起きなさそうな見こみをくらべることです。その比率です。

だって、起きるか起きないか、そのときになってみなければわからないじゃないか。

そう……まあ、そうですね、と考えぶかげにクルピエはつぶやき、嘆息ともつかぬものをそっともらした。サイコロを振って偶数の目が出るか奇数の目が出るか、確率は二分の一だって言うけれど、まあ嘘ですよね。嘘じゃないかもしれないが、なんの意味もない。だって、一億回振っても一兆回振っても偶数ばかりつづくことだってありうるんだから。無限回振れば確率は二分の一に近づくはずだというのが確率論ですが、そんなものはかたちばかりの辻褄合わせ、内容空疎な妄言、虚言、つまりは結局、インチキということですかね、と言ってクルピエの瞳にまたかすかにおもしろがっている表情が浮かんだ。

回転していた円盤が徐々に減速してようやく静止し、また人外とクルピエの目が合った。これがおもしろいか。そうでもない、と人外はおもった。円運動はやはりそんなにおもしろくはないのだ。おなじ地点を順々に通り、おなじ軌道をたどってゆくだけ。そして、最後には結局とまってしまう。らせんとは大違い。

だって、そうでしょう、とクルピエが言葉を継いだ。かぎりあるヒトのいのちに、サイコロを無限回振る時間なんかあるはずがない。そして、無限にくらべれば一億だろうが一兆だろうが屁みたいなもので……。

じゃあ、結局、わからないってことじゃない？

わからない——そう、その通り。わからないからこそ人々は賭博に熱狂するわけです。わかることなんか、つまらない。わからないことだけが面白い。そりゃあまあ、そうでしょうな。起きるか起きないか、ほんとうはわからないはずのことなのに、じぶんのおもったとおり、やっぱりそれは起きた、あるいは起きなかった、じぶんだけはそれがあらかじめわかっていた——そういう場面に立ち会って得々としたい、ほんのときたまおとずれるそんな恍惚を再現したいと、かれらは夢中になる。まあその瞬間だけは、神にでもなったような気分になるんじゃないのかな。

神になる……と人外はつぶやいた。

ふふん、ちっぽけな、けちな神だがねえ、とクルピエは鼻で笑った。とはいえ、それを頓馬とよぶような気の毒なことは、わたしはあまりしたくない。だって、そんなご満悦な頓馬どものおかげでありがたいことにわたしどもの商売が成り立っているんだし……。

けだものにして神、と言われたことを人外はおもいだし、恍惚は神のほうではなくむしろけだもののほうにあるという思念がひらめいたが、それはどうやらクルピエにはつたわらなかったらしい。偶数が出るか奇数が出るかを言い当てるということのどこがそんなに嬉しいのか。じぶんならもちろんそれを言い当てられる。しかしそんなことに恍惚はない。これからなにが起きるか起きないかという無意味な問いをめぐって心のエネルギーを消費する。当たろうが当たるまいが、エネルギーはただ無駄に消費しただけだ。そんな無益な徒労より、恍惚とはたとえば今ここにある肉をむさぼり喰い咀嚼することのうちにある。過去でも未来でもなく、現在のうちにある。そうではないか。

それで、あなたはおもしろいの？

わたしがおもしろいかって？　ふん……そんなことはかんがえたこともなかったが、まあ、そう……つまらない。そう言うしかないな。まずベルを一回、チンと鳴らす。フェット・ヴォ・ジュー（さあ賭けてください）。ノブをひねってホイールをまわし、回転とは逆方向に球を投げいれる。リヤン・ヌ・ヴァ・プリュ（ベットは締めきられました）。チンチンとベルを二回。球が落ちたポケットの数字を宣言する。はずれたベットのチップの回収、当たったベットへのチップの配当。そのくりかえし。何十回、何百回ものくりかえし。それが毎日つづく……。おもしろい？　まさか！

ねらったポケットに球を落とすことはできないの、と人外は訊いてみた。

そんな器用な技術はわたしにはありませんね。わたしはただ、確率論という幻想に奉仕する忠実なロボットにすぎない。偶然という非人間的な化けものにつかえて、そのご託宣をつたえるだけの低級祭司というかな……。いや、そんなきどった言いかたもまだまだ上等すぎる。要するに、未来を予見できると思いこんでいる頓馬どもの錯覚を利用してかすりをせしめるあさましい商売の、片棒かつぎをしているだけだ。おもしろい人生とはとうてい言えないでしょうな。

じゃあ、なんでやってるの？

クルピエはだまってしまった。無言のまま、またノブをぐいとひねって、人外ののったホイールを回転させた。円運動。世界がまわる。それからかれは、ちいさな白い球をホイールの回転方向とは逆に投げこんだ。すり鉢の内側のへりを二周、三周する球の運動を人外は注視していた、やがてここぞという瞬間、飛びついてさっとひだりの前足をだし、球をあしのうらにぴたりと押さえこんだ。

お見事、とクルピエがつかれた口調で言った。偶然というものが気に喰わなければ、でたらめに運動している球にいきなり飛びかかり、あんたがしたように、ぎゅっと押さえつけてしまえばいい。それだけのこと。それで偶然の息の根をとめられる。それがいちばんてっとりばやいし、実用的だ。なのに、偶然をなんとか上手に飼いならしてみたいんだろう、確率論なんていう詭弁を発明したやつがいる。偶然というものによっぽど我慢がならなかったんだろうねえ……。あるいはそれがこわくてたまらなかったのか……。偶然という化けものへの言い知れない恐怖を、あるいは畏怖を、いっときなりと意識から締めだしてしまいたいとおもったのか……。いずれにせよ無益なことさ。サイコロのひと振りはけっして偶然を廃棄しないのだし……。

じぶんじしんの内部をのぞきこむようにうつむいて、わけのわからないことをつぶやきつづけるクルピエの口もとを人外がぽかんとしてながめているうちに、ホイールの速度がよわまってゆき、それはまたゆるゆると停止した。

さて、みんな、もう帰ってしまいました、とあらたまった口調になってクルピエは言った。わたしもそろそろ戸締まりをして家に帰るかな。あんたはどうします?

なんだかねむい……。あんたの吐きだす煙を吸いこんだせいかもしれない……。そう言うとクルピエはふふっと笑って、

ここでねむってゆくなら、さっきあんたの寝ていた回廊の隅へもどるといい、と言った。あそこならだれも来ないよ。業者が掃除に来るのもだんだん間遠になって、近頃じゃあ週一回かそこらになってしまったから。

そうしようかな……。

なんなら、ここに住み着いてもいいんだよ。食べものなら厨房からいくらも持ってきてあげられる。カジノにはやっぱり、守り神が必要だ。あんたは幸運をもたらしてくれるかもしれない、店にか客にか、わからないけれど。

守り神か……疫病神というコトバもあるぞと人外は茶々をいれてみたくなったが、そのおもいは胸にしまっておくことにする。幸運と悪運はどこがどうちがうの、と訊いてみてもよかったけれど、ともかく人外はほんとうにねむくてねむくてたまらなくなっていたので、もうなにも言わず、ただすり鉢のふちをぴょんと飛びこえて床におり立った。らせん階段へむかって歩いてゆく人外の背後で、クルピエがおおきなあくびをする気配があった。人外は振りかえって、

もう地上にもどりたいんだ、と言った。ここは地下なん階なのか知らないけど、空気がわるい。なんだか、くさいよ。ヒトも通りも、このカジノとやらにごたごたならんでいる道具や機械も、あんたの吸っているその変な草も。ねえ、どうしたらほんとうの町へもどれるの？

しばらくだまっていたクルピエは、やがてようやく、

もどらなくてもいいよ、と聴きとれるかとれないかというほどの小声で言った。もどってもなんにもならない。ほんとうの町？　ほんとうもへったくれもあるものか。あそこにはもうなんにもないし、危険がいっぱいだ。ここにいれば安全だ……。

でも——となおも言いかけたとたん、クルピエは無言のままくるりと背をむけ、わきに置いた椅子の背にかけてあったジャケットを手にとって袖に腕をとおしはじめたので、それ以上言

いつのるのをあきらめ、人外もむきなおって階段のほうへ歩きだした。

クルピエに言われたとおり、回廊のはしのもとの場所にもどって、人外はまたからだをまるめた。ねむりにおちる直前、偶然への恐怖あるいは畏怖というクルピエのコトバがふとよみがえり、だって、世界はうつろってゆくばかりじゃないか、と言いかえしてやればよかったともい、しかしぼうっとなった意識のなかではわれながらたいそうウィットに富んだ応答のような気がしたその思念も、たちまちまどろみのなかへ溶けこんでいった。

何時間ねむったのかわからない。半日くらいかもしれないし、知らないうちに一昼夜ほども経ってしまったのかもしれない。いや、この地下街ではそもそも昼だの夜だのといった観念じたいが意味を持たないのか。目覚めは爽快で、つかれがすっかりとれ意識がすみずみまで澄みわたり、からだじゅうの筋肉に新鮮な活力がみなぎっているのを感じた。それはよかったけれど、覚醒とともに階下の広間にあふれかえっている歓声、嬌声、調子っぱずれの電子音がいきなり意識に突きささってきて、いまのいままでこのなかでよく熟睡していられたものだと他人事のように感心した。そして、出発しよう、それもいますぐ、とただちに心に決めた。くさいだけじゃない、ここはうるさい、うるさすぎる。ともかく前へすすまなければ、とじぶんに言い聞かせるのはこれがはじめてのことではない。

おおきな伸びをひとつするや、らせん階段のところまで小走りに行った。そのままそとに出るつもりだったのに、最後の一瞥のつもりで階下を見おろすと、あのクルピエが一分のすきもない身なりにもどってなに喰わぬ顔で仕事をしているのが目にはいり、ふと気が変わった。

せっかくの機会だから広間におりて営業中のカジノというものをほんのちょっとだけ見物してゆくか。クルピエはまたあのロボットめいた無表情でじぶんをよろっていたが、それもまた自衛のための仮面のひとつだということがいまではわかっていたからもう気にならないし、むしろもう一度じっくり観察してじぶんをとらえたあの戦慄の正体をたしかめてみたい。

　階段をおりてゆくと、のぼってくるヒトは人外をみとめて一瞬ぎょっとしたような表情になるが、すぐさまそれを押し殺してさりげなく身をよけ距離をとってそそくさとすれちがってゆく。それは階下におり立って広間をよこぎってゆくあいだもおなじだった。人外のすがたをみとめるなりだれしも躁狂気分に水をさされたようになるらしく、人外がすすむにつれ人々がさりげなくよけて道ができる。クルピエがホイールをまわす台へちかづいてゆくにつれて場内の喧噪が潮が引くようにすこしずつしずまっていった。クルピエはいちども人外に目をやらなかったが、あたりの雰囲気の変化からも人外が近寄ってきていることがわかっているはずだ。

　台のすぐそばまで来たとき、チンとベルが鳴る音がした。クルピエによるさあ賭けてください《フェット・ヴォ・ジュー》の合図にもかかわらず、台のまわりには浮き足立った空気が流れ、ほんの二、三人がおずおずと少額のチップを置いただけだった。人外の存在が人々を萎縮させているのだ。ホイールの回転しはじめた音が聴こえたとき、気まぐれな思いつきが浮かんで人外は衝動に身をゆだね、後先見ずにひらりと台に飛びのった。赤く塗りつぶした枡目に白抜きで書かれた数字の9にひたひたと近づいて、蠅でも押さえてつかまえるようにそのうえをぽん、ぽんと二回たたき、それからまばたきをしない目をぴかっ、ぴかっと光らせながらギャラリーの人々を見まわした。
十数人ほどもいた人々の反応はすばやかった。かれらは電流にふれたようにびくりとのけぞるやふいに活気づき、赤の9！　赤の9！　赤の9！　と口々に叫びながらありったけのチップを台のうえに積みあげた。そのぜんぶがちいさな枡目ひとつのなかにおさまる余地はなく、枡目からはみだしてチップの山ができたが、その数字に賭けられたものとしてクルピエが承認すればベットは成立する。そんなふうにひとつの数字におおぜいのベットが集中してもし当たってしまった場合、三十六倍の配当はカジノの支払い能力を超え、経営が破綻してしまうこともありうるから、クルピエは、これは受けつけられません、このゲームは流しますと宣言して、すでにまわりはじめているホイールをとめてしまうこともできる。それはクルピエの権利だ。

チップを差しだしてくる腕、腕、腕のあいだをかいくぐりなんとか突きとばされずに台の隅へ避難した人外は、どうするだろう、とクルピエの顔を見た。クルピエの無表情には毛ほどの変化もなかった。人外にむかってかすかに頷くや、ベットは締めきられました《リャン・ヌ・ヴァ・プリュ》、と言いながら、ベルをチンチンと二回鳴らした。かれの内心の緊張をしめすのはその声がほんのわずか掠れていたことだけだった。リヤン・ヌ・ヴァ・プリュというフランス語はしかし、もう駄目だ、万策尽きた、もう運の尽きだという意味にもなりはしまいか。それを聞くなり人外は台から飛びおり、階段へむかってあるきはじめてしまったから、球がホイールのどのポケットにはいったかはたしかめなかった。たしかめる必要などもちろんなかった。

ただちいさな白い球がホイールのへりに沿ってからからとまわりつづける音が聴こえるだけの、息づまるような沈黙があたり一帯を支配していたが、もう人外には興味がなかった。人外がもうすこしで階段に行き着こうとするとき、背後でくるったような歓声がどっとあがり、赤の9！　赤の9！　赤の9！　という連呼が広間じゅうに鳴りひびいた。当たり番号を告げるクルピエの声などそれにかき消されてもちろんまったく聞こえなかった。ちょっとしたいたずら心から妙なふるまいをしてしまったなというかすかな後悔が湧いたが、もうどうでもいいことさとおもいなおして階段のいちばんしたの段に足をかける。それにしても、ひとでなしのいたずら心とはいったいなんなのか。

そのとき、エレベーター！　というクルピエの叫び声がいまや大混乱におちいった広間の喧噪をつらぬいて人外の耳にとどいた。ふりかえると、人垣のあいだから、両手をうち鳴らして大笑いしているクルピエと目が合った。じぶんにつめよってわめき立てている客たちにはいっさいとりあわず、背をそらせたりからだをかがめたり、じぶんの太ももをはたいたり足を踏み鳴らしたりしながらかれは笑って、笑って、笑って、それでもおさまらない笑いで息を切らせながら、あえぎながら、とぎれとぎれに、人外にむかってあのよくひびくバスの声を押しだしているのだった。エレベーター！……エレベーターだ……地上にもどりたければ……エレベーターに乗れ……カジノを出て左……それからもういちど左……突きあたりまで行って……。だれかがクルピエのタキシードのジャケットの襟を乱暴につかんでねじあげたのがちらりと見え、その後はもうかれのすがたはかれを二重三重に取りまく人垣にかくれてしまった。それでもクルピエの哄笑は、いまや歓声を怒声が凌駕している人々の金切り声の渦をこえて人外までとどいてきたが、人外はそうしたいっさいを背後にのこしゆったりした優雅な身のこなしでらせん階段をのぼっていった。

7　平面

あまったるい音楽と天空の玉座――うつくしい町、うつくしい人々――はてしないループ――チンパンジーにみちびかれて――司書は憤然とする――かつては図書館があった――ダンテもない、シェイクスピアもない――えらばなかった道――さびしさにみちたりてはならない――空気にゆきわたった毒

上昇は不快だった。重力にさからって押しあげられてゆくときからだにかかる不自然でいとわしいおもみ。あの地下駅のうすよごれた階段をぐるぐるとまわりながら底へ底へとおりてゆくあいだに味わった快楽が一瞬のうちに無に帰してしまうことの、口中いっぱいに酸っぱい味がひろがるようなむなしさ。壁の塗装が剝げかけあちこち擦り傷だらけのこのエレベーターのせまくるしさにも息がつまらずにはいられない。人外はあのカジノとやらの場内にこもるようにわんわんひびいていた喧噪、胸のわるくなるような人いきれ、酒や煙草のにおいをはやくもなつかしんでいるじぶんに気づいた。しかしもう後もどりはできない。するつもりもない。

エレベーターがひと揺れして停止し扉が自動でひらいた瞬間、人外は乗りあわせた人々の脚

のすきまをすり抜けてそとに飛びだした。しかしすぐたじたじとなって立ちすくんだのは、頭上はるか高いところまで吹きぬけになったおおきな屋内空間がいきなり目の前にひろがっていたからだ。耳をやさしく愛撫するようなあまったるい音楽が流れ、身なりのよい男女がゆるやかに行き交っている。四通する通路の両側に見るからに高価そうな服や靴やバッグの売り場がならび、ガラスのショーケースのなかには宝飾品が展示され、それをはさんで客と店員がおだやかに話しあっている。人外に気づいたヒトの唇にはただちに笑みが浮かび、人外をゆびさしながら連れのヒトとなにかおもしろそうに話し合っている。なかには人外の毛をなでようというつもりか、まるでペットに対するように無造作に手をさしのべてくる者もいる。その手をかいくぐって人外は早足に歩きだした。

見あげると高い天井から巨大なシャンデリアが吊りさがり、ニンゲンたちの崇拝を受けとめる天空の玉座のように壮麗に光りかがやいている。ここでおこなわれているのが貨幣と商品の交換という秘儀なのだとすれば、その謎めいたいとなみをしろしめす究極の依代《よりしろ》があのきらびやかなかがやきなのかもしれないと人外はかんがえ、うとましさがつのって目をそらした。そんなことよりともかく出口をさがさなければならない。人外はぬけめなく左右を見まわし人々を避けながら通路を歩いていった。鼻の奥をつんつん刺激する人工香料のあまいにおいがただよう化粧品売り場のわきを曲がると自動でひらくガラス扉が目にはいった。はいってくるヒト、出てゆくヒトの行き交いにまぎれて人外は自動扉をすり抜け、デパートのそとへ出た。

よく晴れた空のした、大理石をしきつめたひろびろとした歩道を人々がゆったりと歩いていた。暑からず寒からずの心地よい微風が人外の毛並みをわずかにそよがせながら吹きすぎてゆく。しずかだった。車の往来も騒音が気になるほどしげくなく、ときおり一台、二台とすべるように走りきたっては走りさってゆく。あのタクシー運転手の女はどうしたろう、車の故障は直せただろうか、と人外はふとおもった。秋の午後の澄明な光のなかをすこしばかりおぼつかない足どりで歩いていった。等間隔に植えられた並木は果樹らしく、だいだい色の大きな実が陽光に照り映えて目にくっきりとあざやかで、路上には濃い樹影が落ちている。

いかめしい石造りの銀行の前を過ぎ、薬屋、小間物屋、時計屋、花屋の前を過ぎた。果物屋の店先ではみずみずしいりんごやオレンジやぶどうがつややかな光をはなっていた。カフェの戸外のテラス席ではパラソルのしたに陽射しを避けて上品な人々がお茶と談笑をたのしんでいた。どこかなつかしさをただよわせたふるびた平屋の郵便局があり、若い男がその入り口の脇のポストに手紙を投函しなにかうれしそうな表情を浮かべて立ち去っていった。床屋の前を行き過ぎながらなかを覗くとちょうど女の理容師がなにか冗談を言ったらしく髪を刈ってもらっている銀髪の老人の客が頭を揺らして大笑いしているのがちらりと見えた。通りのむかいには映画館があり、低空飛行でせまってくるセスナ機に追われてネクタイを振りみだしつつ必死に走って逃げている男のすがたを描いたおおきな看板がかかっている。就学年齢になろうかというふたりの子どもがスキップしながら人外を追いこしてゆき、その両親らしい若い男女がこらこらと笑いまじりの叫び声をあげながら小走りにあとを追っていった。小公園の芝生のなかのベンチにはふたごのようにそっくりな小柄な老女がふたり、からだをぴったり寄せ合って座りなにやら熱心に話しこんでいた。

通行人も店のなかの人々も、公園のブランコやすべり台であそんでいる子どもたちも、老若男女のだれもかれもがみちたりたおだやかなほほえみを浮かべて幸福な人生をたのしんでいるように見える。おなじほほえみはきれいにみがきあげられた車を運転する人々の口もとにも浮かんでいる。うつくしい町、うつくしい人々……。人外のすがたをみとめると、だれもがそのほほえみを人外にむけて、話しかけ、手で触れてこようとさえするが、人外は近寄ってくる者がいるとただちに走ってにげ、一定の距離以内には決して近づけようとしなかった。あの列車のなかでわずかに腐敗しかけることで旨味がました少女の屍肉を人外がむさぼり喰ってからそう時間が経っていないことを知ったら、この連中はいったいどんな反応をしめすだろう。

ずいぶん長いこと歩いて、客がひっきりなしに出入りしているデパートの前に出たとき、人外はおやとくびをかしげた。そこを過ぎてさらに歩きつづけ、石造りの銀行、薬屋、小間物屋、時計屋、花屋と通りすぎてゆくうちに、困惑がどんどんふかまってゆく。果物屋の店先のりんごやオレンジやぶどう……カフェのテラス席で談笑する人々……ふるびた郵便局とその前のポストに手紙を投函して立ち去ってゆく男……髪を刈られながら大笑いしている床屋の客の老人……通りのむかいの映画館にはセスナ機に追われて逃げる男を描いた看板がかかっていて……スキップして人外を追いこしてゆくふたりの子どもとそのあとを追う両親……小公園のベンチに座って熱心に話しこんでいるふたりの老女……。だれもかれもがみちたりたおだやかなほほえみを浮かべて幸福な人生をたのしんでいるように見える。うつくしい町、うつくしい人々……。そしてまたあのデパートの前に出る。

困惑がいらだちに変わった人外は、しばらく立ち尽くし思案したのちに、それならばとおもい、いまやって来た道を逆にもどってみることにした。ほどなくまた石造りの銀行がまずあらわれ、薬屋、小間物屋、時計屋、花屋、果物屋とつづいて、鏡に映った像のように左右対称に反転していることを除けばもうすでに二回見たのとそっくりそのままの街並みが展開されていった。カフェのテラス席……ポストに手紙を投函して立ち去ってゆく男……大笑いしている床屋の客……通りのむかいの映画館の看板……スキップするふたりの子どもとそのあとを追う両親……ベンチで話しこむ老女たち……。だれもかれもがみちたりたおだやかなほほえみを浮かべて幸福な人生をたのしんでいるように見える。うつくしい町、うつくしい人々……。

もう何時間も歩きつづけているような気がするのにこの町では陽がかたむいてゆく気配はなく、光の明るさはいっこうにおとろえない。もとより時間の経過につれて陽の光はいやがおうでもしぼんでゆくものだし、生あるものはいやがおうでも老いて死んでゆく。光に、生に、意味があるとすれば、その意味の探究は光も生もかぎりあるものだということの一事を出発点とするほかはない。そのはずだ。ならば、光がしぼむことがなく道行く人々がみな千篇一律のほほえみを口もとに貼りつけたこの通りで起きていることのいっさいにはつまるところ、意味がない。そうではないか。地上へ、ほんとうの町へもどると言ったとき、ほんとうの町？　とあのクルピエがおもいがけない言葉を聞かされたような啞然とした表情で訊きかえし、ほんとうもへったくれもあるものか、と吐き棄てたことを人外はおもいだした。そう、あのでぶの大男が言ったことはただしかったな、と人外はおもった。この町が「ほんとう」なんかであるものか。ここには虚構、作為、嘘しかない。そしていっさいが無意味だ。

またしてもあのおなじデパートの前に出るのかという憂鬱なおもいで歩調がだんだんおそくなり、ほとんど立ちどまりかけたとき、人外の前にどこからともなく一匹のちいさな猿があらわれ、ぴょんぴょん跳ねながらずいと近寄ってきた。毛色が黒く、耳がおおきく、額がひさし状に突きだしている。チンパンジーの、それも子どもらしいと人外は見当をつけた。デパートのなかでも通りの歩道でもニンゲンをけっしてそばに寄せつけなかった人外だが、その妙になれなれしい仔猿の接近からは──なぜなのかじぶんでも理由はわからなかったが──逃げようとも顔をそむけようともおもわなかった。距離をつめてきた仔猿は、背をまるめ人外と顔を突き合わせ、人外の瞳のなかをいっときじっと見つめたのち、さっと飛びはなれた。

そのまま二本の前足も地面につきながら通りをわたってむこう側の歩道まで駆けてゆき、後足だけで立ちあがった。そして背のびして──人外によく見えるようにということなのか──唇を捲りあげ上下の歯を剝きだしにして、きい、きい、きいという甲高い叫びをあげ、つぎの瞬間身をかがめ、かたわらの路面を片方の前足で数回たたいた。さらに後足で路面を蹴って二回、三回と飛び跳ねる。叫び、たたき、跳ねるというその一連の動作をなんどもくりかえし、その間《かん》目は人外の顔にじっとすえたままだ。

こっちにこい。そう言っているのか。まよったのはほんの一瞬だけだった。このままおなじところをぐるぐるまわりつづけるのは愚かしいだけだ。おなじことをくりかえしているうちに、とつぜんべつのことが起きた。ならば、くりかえしを断ちきるためにはそのべつのことに身をゆだねるいがいにない。

人外は左右を見て車の流れがとぎれていることをたしかめたうえで通りをわたった。チンパンジーの飛び跳ねの身ぶりがはげしくなったのはよろこびの表現だろうか。

あなたはだれ、と人外はいつもの問いを発してみたが、コトバの答えはかえってこずチンパンジーはただ、きい、きい、と叫びつづけるだけだ。チンパンジーはやがて歩道を四足で歩きだし、数メートルはなれてから人外のほうをふりかえってまた叫びをあげる。人外が歩きだすと安心したようにまた前にすすんでゆく。チンパンジーがふいに角を曲がって、こんな横丁があったのかと虚を衝かれながら人外もそのあとについてゆく。ふるぼけた建物にはさまれたその小路に足を踏みいれたとたん、なにか急に空気の感触が変わったようで、人外の背すじの毛がすこしばかり逆立った。さむざむしい風がほこりや紙くずを巻きあげ、そのゆくえを追って視線をうえにやると、ついさっきまで快晴だった空には暗鬱な雲が流れだし、すでに太陽はその陰にかくれてしまっている。チンパンジーはときどきふりかえって人外がじぶんのあとについてきていることをたしかめながらその小路をすすんでいった。

もう店はなかった。銀行も映画館も公園もなく、ただ灰色の建物やその残骸のようなものがつづくばかりだ。交差点をいくつもわたった。通りすぎてゆく車もあるが、もう何日前のことになるのか海岸に駐車されていて人外が最初は遺棄された廃車かとおもってしまったあのタクシーのような、へこみや擦り傷だらけのきたない車ばかりだ。通行人ともすれちがった。みちたりたおだやかなほほえみを浮かべているどころか、硬く緊張したけわしい顔を俯け、コートやブルゾンの襟を立てて、あるいはのろのろと、あるいはそそくさと、チンパンジーも人外も目にはいらないといった体で黙々と歩をはこんでいる者ばかりだ。チンパンジーや人外の存在に注意をむけてくる者もいないわけではないが、かすかなおびえが走った顔をことさら俯けて、わざわざおおまわりして早足で行きすぎてゆく。わざわざたしかめなくても人外がついてくるといまや信じているのだろう、チンパンジーはしばらく前からもうふりかえるのをやめ、すこしずつ歩を速めながらわき目もふらずにすすんでゆく。

高いビルもあるけれどなにかつかわれていたものやら見当もつかず、看板は落ち、あるいはよごれて文字が読みとれず、ヒトの出入りもない。なんだか暗くなってきたなとおもい天をあおぐと、黒々とした雲にもうすっかりおおいつくされた空がのしかかってくるようだ。しかしあたりの暗さはそのおもくるしい曇天のせいばかりでなく、むしろいつの間にか陽がかたむいて夕闇が急速におりてきたからでもあるようだ。

どこもかしこも灰色だった。建物がすきまなく密集し櫛比する都市風景ではあり、そこにはにょっきりと屹立し下界を圧しているかのごとき高層建築も欠けていない。が、しかし、じぶんはまるで平面を歩いているようだと人外はかんがえていた。うえへうえへと伸びてゆくものが生のいとなみだとすれば、ここにはもうそれがない。とがったもの、すぐれたもの、抜きんでたもの、そびえ立つもの、彩りゆたかなものがことごとく一掃され、すべてがたいらに均されてしまったモノクロームの平面世界を歩いているように感じる。これもまたほんとうの町ではないのだ、と人外はおもった。「ほんとう」なのかもしれないが、しかしこれはもはや「町」ではない。かつて町であったものの残骸でしかない。

結局ほんとうの町など存在しないのだ、平面があるだけなのだ、と人外は知った。世界が世界のそとにむかって崩れおち壊れてゆくときに現出するものが平面であり、だから平面はさびしい。そしてそれは人外の心にもからだにもすでにしたたしく馴染んでいるさびしさにほかならない。いったんできあがった世界がこんなふうに瓦解し凋落し世界以前のものへもどってゆく。そんなひとでなしの光景はなんというなぐさめだろう、と人外はかんがえた。この平面はニンゲンにもそのほかのどんな生きものにも生きること、生き延びつづけることを意気阻喪させずにおかないほどさびしい。そしてそのさびしさほどこころよいものはない。

そうかんがえて心が浮き立ったからだろうか、われにもあらず足どりが速くなり、すこし前から距離がひらきかけていたチンパンジーの後ろ姿にむかって駆け寄っていった。すると、ちらりと背後をふりかえったチンパンジーもなぜかそれに合わせて足を速め、人外を引きはなそうとするかのように小走りになった。妙な追いかけっこがはじまったがしかしそれはながくはつづかなかった。

ふいに建物の角をおれてすがたを消したチンパンジーを追って、人外も駆け足の速度をゆるめないままそこを曲がると、すぐ目の前にチンパンジーが立ちどまっていたので、いきおいあまって突きあたりそうになり、かろうじて身をかわした。チンパンジーは顔を寄せてきて人外の目をじっとのぞきこみながら、唇を捲りあげ歯を剝きだして、きい、きい、とちいさく叫び、かたわらの地面を前足でたたくあの身ぶりをまたしてみせる。

なんだ……なにを言いたいんだ、と人外はいぶかった。ついてこい、じゃないよな、もうついてきているんだから。じゃあ、そうか……ここだ、ここだよ、か……?

あらためて目をあげると人外の前には錆びた金網のフェンスにかこまれただだっぴろい空き地がひらけていた。アスファルトで固められたその平坦な地面には、もうあらかたうすれかけているが長方形のスペースをたてよこに区切っている白線の痕跡があり、おそらく駐車場としてつかわれていた場所らしいとすぐ見当がついた。前へむきなおったチンパンジーはもうその空き地の対角線上をよこぎりはじめていて、そのむかっている方角を見やると、空き地のすみに板張りの小屋のようなものがある。

いっさんに走り寄ってきたチンパンジーを出迎えるように、その小屋のドアがひらいて、なかからニンゲンの女がひとりあらわれた。チンパンジーは女の胸に飛びつき、腕に抱かれ、飛びおりてまた飛びつき、また飛びおりてうれしそうな叫びをあげながら女のまわりを跳ねまわっている。丸眼鏡をかけかさがへった白髪まじりの髪をひっつめにした五十がらみの小柄な女で、黒シャツに黒ズボンという地味な身なりをしている。人外がじぶんのほうからその女に近づいていったのは、「うつくしい町」の「うつくしい人々」にない「ほんとう」らしさを、その女のどこか癇性らしい生真面目な顔立ちに感じたからだった。

またカれか連れてきたの、ウィリアム、と女は黒い仔猿にむかってとがめるように言っていた。のらねこだか、のらいぬだか……でも……おや……と口ごもった女は、ぶあついレンズのはまった眼鏡をかけなおし、じぶんの間近までちかよってきてすとんと腰を落とした人外を、まじまじと見つめ、あらら、こりゃあ、おどろいた、とつぶやいた。あんたはなんなの、新種のかわうそかなにかかい？

そうかもしれない、と人外は答えた。

水かきがあるからねえ。でも、ねこみたいな顔をしているねえ。どこかの外国産の珍奇なねこの一種なのか……。

そうかもしれない、と人外はもういちど言った。

いずれにせよ、わたしにあんまりちかよらないでおくれ。ウィルスをうつされちゃあ、かなわないから。

ウィルス？

そう、たくさんの人を死なせたあのウィルス……。これからもまだまだ、いっぱいいっぱい、死人が出るだろうさ。

じぶんのなかにウィルスがいるだろうか。もちろんいる、と人外はおもった。ウィルス、細菌、かび、原虫……そんな微小生物が無数と言っていいほどじぶんのなかにいて、そんないっさいがっさいをひっくるめてわたしたちがわたしたちであることを人外はよく知っていた。

あなたはだれ、と人外はたずねた。

わたしは司書だよ。

司書というのは、なに？

図書館で本を管理するのが司書。わたしはその資格を持っているのよ、と言った女の口調はかすかな誇らしさをおびている。

あれが図書館？　と、司書となのるこの女がさっき出てきた板張りの小屋のほうに視線をむけながら人外はたずねた。背後をふりかえって人外が見ているものがなにかわかると、司書は憤然として、

あんな掘ったて小屋が、図書館なものですか、と声をたかめた。わたしのつとめていた図書館は、それはそれはおおきな、りっぱな、壮麗な建物だった。それはこの場所に建っていて――。

この場所に？　とおもわず訊きかえして人外は周囲を見まわした。そこは四角いスペースの列を仕切る白線の痕跡がところどころのこる、だだっぴろい空き地――つまりは平面でしかない。

そう、この場所に。

でも、いまは……ない？

いまはもうないの。取り壊されてしまったの。無駄だから、不必要だからという理由で。

図書館はどうして無駄で不必要なの？

すでに夕暮れがせまっていた。司書の顔は暗がりのなかにしずみかけていたが、人外からそう質問されて、丸眼鏡のレンズのおくにある彼女の瞳が急にうるみ、両頬に血がのぼってうっすらと赤く染まったのははっきりと見てとれた。空き地のむこうの道路に沿ってならぶ街灯が

いつの間にかぼんやりともっているのに人外は気がついた。

本はもう要らないんだって、と司書はかすかに震える声でつぶやいた。あの連中はそう言うの。中身をデータ化すれば、図書館のひとつやふたつぶんの蔵書のいっさいが、てのひらにのるくらいの集積回路のなかにまるごとぜんぶはいってしまうんだって。それをじぶんの家でも外出先でも、コンピューターで自由に読める、集積回路にはいっていないものがあってもネットを通じて即座に取り寄せられる、紙のかたちで取っておきたい部分があればそこだけプリンターで印字すればいいだけのこと、いずれにせよ、何百枚もの紙のうえにあらかじめすべてをインクで印刷して、それをたばねてのり付けして保存したり、もちはこんだり、交換したり、そんなのはおもくて、かさばって、時代遅れで、愚の骨頂だ――。

あなたはそうはおもわなかったんだ、と人外は言った。

わたしは本が好きだった、と司書は力なくつぶやきながらしゃがみこんだ。どうやらウィリアムという名前らしいチンパンジーが寄ってきて司書のくびに前足を回し、きっきっきっ、となぐさめるように耳もとでささやいた。わたしは紙にふれて、ページをめくりながらコトバを読みたかった。本を書棚から取りだして、撫でさすり、好きな箇所をちょっとだけ読みかえし、また書棚にもどす。そんなことが好きだった。でも、そう言うと、ほう、こだわりのある趣味人の言うことはさすがにちがうなあ、とあざけるようにかれらは言ったの。そういうのもまあ、なかなかおつなものでしょうが、ぼくらはいそがしいし、タブレットのなかにぜんぶはいっているほうが便利で簡単で、ずっといいですからって。

人外もごろんとからだをよこたえ、だんだん濃くなってゆく闇のかなたに目をこらし、あたりを見まわしながら、平面だ、やっぱり平面なんだな、とかんがえていた。すべてが平面になってゆく、都市もコトバも、ニンゲンの文明それじたいも、あらがいようもなく、とかんがえ、残酷なよろこびがからだのそこからひそかに湧きあがってくるのを感じた。どんどんふかまってゆく夕闇のなか、しゃがみこんだ初老の女とねそべった人外がむかい合っていた。チンパンジーの子どもは女の片腕にすがり、その肩にあまえるように顔を寄せていた。

わたしは本が好きだったから司書になったの。本を分類し整理し管理して、来館者のひとりひとりがどんな本を読みたがっているか、必要としているかをじっくり聞いて、それをさがして見つけて手わたしてあげる。その仕事が好きだった。誇りをもってもいた。でも、本がデータ化された情報になってしまえば、そういうことはぜんぶ機械がやってくれるんだって。分類、整理、管理、検索、ダウンロード、そういうひとつひとつをなにもかも完璧にやってくれるプログラムがあるんだって。

ふーん、と人外はつぶやき、それはどっちでもいいような冷淡な合いの手だったが司書は意にかいさず、いきどおりを抑制したひくい声で語りつづける。

だからもちろん、図書館も不必要になったわけ。なにもかもじぶんのうちで読めるのに、図書館に来て紙の本を読もうなんていうのはそもそもどこか変な、いかがわしい連中だ、図書館なんて言うけれど、いまや不良の子どもたちだの失業者だのホームレスだののたまり場にしかなっていないじゃないかって……。それで、要らなくなった本はぜんぶ廃棄処分になった、ごみとして捨てられた、焼却された……。あんなにかさばるものがなくなってさっぱりしたって……。

そう、要らないものだろうが要るものだろうが、なにもかも燃やしてしまえばいい、消滅させてしまえばいい、と人外はかんがえたが、そのおもいをコトバにして目の前の涙ぐんでいる女にとどけることはせずにただ、それで図書館も取り壊されたんだね、とだけ言った。

取り壊して、その跡地にはなにか「この時代のニーズにこたえる」施設とやらを建てるはずだったみたい。予算の手当てのめどがつくまで、とりあえず駐車場にしておくという話だったけれど、そのとりあえずがいまにいたるまでとりあえずのまま。いまとなっては駐車場としての役にさえたっていない。こんなだだっぴろい駐車場が必要なほどの数の車なんか、もう走っていないんだから。

司書はよっこらしょと立ちあがり、いらっしゃい、なにか食べものをあげるから、と言って駐車場のすみの小屋にむかって歩きだした。ウィルスがこわいんじゃないの、と人外が言うと、司書はふりむいてくすりと笑い、まあいいのよ、そんなことは、どうせおそかれはやかれ、病気になるときは病気になるし、死ぬときは死ぬんだし、と言った。もちろんそれはそのとおりだった。

人外は結局その小屋で、司書と、それから彼女が飼っているチンパンジーのウィリアムと、何日か同居することになった。司書はじぶんのつとめていた図書館をなつかしむあまり、いつの頃からかこの場所にもどってきて、もともと駐車場の管理事務所として建てられたらしいそのプレハブの小屋に、だれの許可もえず勝手に住みついてしまったらしい。小屋には煮炊きのできるガスコンロ、流し、シャワー、ちいさなベッドと、生活に必要なものはひととおりそろっているが、なかでも目をひくのは壁にすきまなくならべられたいくつもの本棚で、そこには読みふるされた本がぎっしりつまっている。司書は日がな本を読みながら時間を過ごし、ときどき外出してどこかからじぶんとウィリアムと人外のまずしい食事のための材料を調達してきた。夜半をすぎると気温がぐっと下がるので、ウィリアムも人外もベッドのうえにあがりこみ、司書の足もとのふとんのうえに身を寄せ合ってねむった。

いまのところは電気も水もガスもきているけれど、と司書は言う。でも、いつなんどき止まってしまうかわからない。この界隈はまだ夜になると街灯がつくけれど、そういう通りもだんだんまれになってきているらしいし……。

電気も水もガスも止まれば、ここはさらにまたもう一段階、平面にちかづくわけだ、と人外はおもった。やがてこの司書の女もチンパンジーも死に、ニンゲンすべてが死にたえ、なにもかもが腐りはて、腐肉も蒸発して骨だけがのこり、その骨もくだけてこなごなになり、さらにながい時間が流れて都市の地面をおおいつくしていたアスファルトも崩落し、土と石が剝きだしになってゆく。

ほんとにまあ、馬鹿だったねえあいつらは、とひとりごとのように司書がつぶやく。電気がこなければパソコンもタブレットもつかえないじゃないの。ぜんぶ電子データに変換してみました、便利になりました簡単になりましたといくら胸を張ったところで、コトバはわたしたちがじぶんの目で読めなければなんにもならないじゃないの。ときどき起こる強烈な磁気嵐を喰らってコンピューターのサーバーやメインフレームもどんどんダウンしているらしい。いい気味だ。データ化したからもう要らないと本を捨ててしまったのはいいけれど、そのデータが消えてしまったらどうするの。もうそれっきり、ダンテもシェイクスピアも源氏物語もこの世からうしなわれてしまう。そういうことじゃないの。そうしたらどうなるの、ねえ、ウィリアム？　司書がそう真面目くさって問いかけると、仔猿は歯を剝きだしてききっ、ききっ、とやはり真面目くさってこたえる。

そうしたらどうなるか。平面になるのだ、と人外は心のなかでつぶやいた。平面はさびしく、こころよく、そしてうつくしい、とひそかにおもう。しかしそんなひとでなしのおもいをこの本好きの生真面目で癇性な女にわざわざつたえる必要などありはしない。

人外が小屋に居ついていらい、おもくるしい雲がたれこめるさむい日がつづいたが、ある朝起きだしてみると雲ひとつないぬけるような青空がひろがり心地よい南風が吹いていた。司書は折りたたみ椅子を小屋の前に出し、一日中そこに座って気持ちよさそうに本を読んでいた。人外は界隈のあちこちを探検したり（おもしろいものはなにもなかった）、ウィリアムと追いかけっこをしてあそんだり（人外は結局はたんなるけだものでもあった）、気ままな一日を過ごしたが、それにも飽きて、午後の陽ざしがすこし翳って、しかしそれでもまだ温かな光のつぶつぶがなつかしい記憶のなごりのように空気中を揺曳している時刻になって、読書する司書のそばになんとなくもどってきて彼女のかたわらにねそべった。ウィリアムも飼い主が座る椅子の脚にからだをもたせかけてうとうととまどろんでいた。
あたたかな陽ざしを正面からあびて、司書は本を膝のうえにひらいたまま、しばらく前から半眼になって宙にぼんやり視線をさまよわせていた。三者三様にくつろいで、心地よい沈黙がみなをつつみこんでいるなか、その沈黙をみだすまいと気づかうようなしずかな声音で、司書がふいに、なにかをおもいだすというよりもむしろ夢でも見ているような表情を浮かべつつ、つぎのような一連のコトバをひと息にささやいた――

紅葉した森のなか　道がふたつにわかれていた
残念だけれど　旅人のわたしにはからだはひとつだけ　ふたつの道を
両方とも旅するわけにはいかない　ながいこと　わたしは立ちつくしていた
片方の道のゆくてをながめた　見えるかぎりのところまで
それは途中で曲がって　藪のなかに消えていた

結局　わたしは他方の道をえらんだ　おなじくらいうつくしく
しかし　よりつよい力でわたしにうったえかけてきた道を
なぜなら　その道は草ぼうぼうで　踏みしだかれるのを待ちうけているように見えたから
もっとも　そこにもひとのとおった跡はあり
踏みならされ具合はふたつとも　たいして変わりはしなかったのだが

それに　その朝　ふたつの道はともに落ち葉にうもれていて
その落ち葉のうえをひとの足が踏みつけた形跡は　どちらにもなかった
そうだ　最初にながめたほうの道を　わたしはまたべつの日のためにとっておくことにした
　のだ！
とはいえ　旅がこのさき　道から道へとどんどんつづいてゆくことはわかっていたから
もういちど　この場所にもどってくることがあると　確信していたわけではない

わたしはいつかどこかで　きっとこの話をすることだろう
ため息まじりに　これからながいながい歳月が流れたのち
森のなかで　道がふたつにわかれていた　そしてわたしは——
わたしはひとの行き来がすくないほうの道をえらんだんだよ　と
そしてそれが　すべてのちがいをつくりだすことになったんだよ　と

そう言いおえると、言いおえたことをしめすようにしばらくだまっていて、それからまた司書は本にもどった。うつくしいコトバで語られた生の宿命……でも、はたしてほんとうにそうか、こんなにしんみりと満ちたりていていいのか、と人外はうたがわないでもなかった。あるものをえらぶとはむろん、べつのものをえらばないということだ。べつのものは捨てるというその残酷をわが身に引き受けることだ。生の時間はそうした大小無数のむごくせつない分岐点のつらなりからなりたっている。そのうちのひとつが痛切な悔恨とともに想起され、その分岐に端を発して以後の「すべてのちがい」が生じたのだとあるときとつぜん直感する——それはだれの身にもおとずれるごくふつうの感慨だろう。

人外もまた、というよりわたしたちもまた、すなわちわたしたちをかたちづくるこのわたし、あのわたし、さまざまな無数のわたしのひとりひとりもまた、じぶんがなにをえらびなにをえらばなかったのかよく知っていて、それがつくりだした「すべてのちがい」についておもいをはせることはある。それはなにもかもがただひたすらうつろってゆくこの世界に身をおいてかぎりあるいのちを生きなければならないものなら、だれしもかならずいちどやにどはからだを刺しつらぬかれるような痛みとともに反芻せざるをえないおもいだから。だが、わたしたちはもうすでに世界そのもののそとへなかばはみ出してしまったひとでなしの人外で、過去からつたわってくる響き、におい、色合いにおもいがけないほどのむごさを、むごいほどのなまなましさをおぼえることはあってもそれはもうすでに他人のむごさ、他人のなまなましさでしかなく、それに心を動かされることはもはやない。人外には過去が見え未来も見え、それは過去も未来もすべて対数らせんのうえで渦を巻いているからで、そんな人外にしてみると、すべてもなにも、そもそも「ちがい」などというものじたい在るべくもない。えらばなかったものはえらばなかったもの、捨てたものは捨てたもので、もしそっちを採っていたらという仮定は意味をなさない。えらばれなかったものの分岐点のさきにはいかなる未来もないのだから。人外はひとでなしの冷酷さでそうかんがえ、この司書の女の感傷癖は彼女のいのちがもうすでに尽きかけていることのしるしではないかと突きはなすようにふとおもった。じぶんのようにつめたい生きものがこの女に寄りそっているのはやくたいもないことだ、もうひと晩だけ一緒に過ごして明朝はやく発つことにしようと心に決めた。それは平面がどれほどさびしくうつくしくてもそのさびしさうつくしさにみちたりた気持ちになってはなるまい、というここ数日折りにふれ頭をよぎるようになっていた自制の思念が、ふいにまた痛切によみがえってきたからでもあった。

翌朝は一転して木枯らしの吹きまくる肌寒い曇天で、あけてもらった小屋のドアのすきまからおもてに出てきた人外は、背すじの毛がさむさにそそけ立つのを感じながら、さてどこへ行こう、とこころもとないおもいで自問した。駐車場の平面のひろがりをあらためて見まわし、そこがぴかぴかにみがきあげられた車でうめつくされている情景をたわむれに想像してみて、しかしその想像をすぐさま心のなかから消した。風にさからって目をしばたたきながらともかく足を踏みだそうとしたとき人外は、これまで体験したことのない種類のそこはかとない違和感、あるかなきかの微弱な不快感の気配を、じぶんの顔に真正面から吹きつけてくる風のにおいのなかにふいに嗅ぎつけた。この町の空気のなかにかすかだが致命的な毒がゆきわたっていると人外が感じた、それが最初の瞬間だった。

8　病院

水のにおい――貧民街の運河――かれに追いつけないかもしれない――狡猾にしくまれた迷宮――ダムウェーターは下降する――白衣の男との遭遇――ご高説をぶつのはみにくい――人生でいちばんしあわせだったころ――運命というものはない――回転する病院長――遊園地へ行け

その毒のせいなのかどうか、さあ出発しなければとなにかに急きたてられるような気持ちにじりじり焙られているのに、他方、それとはうらはらに妙な虚脱感が全身にひろがり、このままへたりこんで半日でも一日中でもねむりこけていたいとおもう。なんでこんなふうに力がぬけてしまったのか。人外はえいとじぶんに気合いを入れなおして立ちあがり、けだるい気分を押しころしつつ歩きだした。舞踏のステップを踏むように軽快に走りだしたいと念じながらも、いやいやながらのようなのろのろした足どりになぜかなってしまう。腑抜けのようなじぶんがなさけない。

駐車場をかこむ金網張りの柵の、支柱が曲がって網に破れ目ができているところまで行き、そこでちょっと立ちどまってなにげなく後ろを振りかえると、ちょうどいまなかから出てきたところなのか、小屋のドアの前にウィリアムがぺたりと尻をつき、ながい両腕を交叉させてじぶんのからだをぎゅっと抱きしめ、さむそうに身震いしながらこちらを眺めているのが遠目に見えた。さみしがり屋の仔猿と目を合わせるのがなにか鬱陶しくて、人外はすぐ前へむきなおり、破れ目のすきまをするりとぬけて道路に出た。どのみちウィリアムにも司書にももう興味がなかった。

あのふたりはまだ知らないが、何週間後か何ヵ月後か、あるいはひょっとしたらもう数日のうちにか、あの小屋は取り壊される、きっとそういうことになると人外にはわかっていた。不法占拠を非難し撤去を強制執行するという趣旨の通告を読みあげる当局の係官……小屋のなかから手荒にどんどん搬出されてゆく家具……地べたのうえに乱雑に積みあげられた本の山……油圧ショベルの一撃でいきなりぺしゃりと半壊状態になってしまう小屋……最初のうちはいきり立って係官や作業員にくってかかっていた司書も、途中からもうひとこともコトバを発しなくなり、うずくまって頭をたれひっそり涙を流しつづけるだけ……。だが、それもまた人外にはどうでもいいことだった。

人外には見えた。……火のついた煙草を口のはしにくわえた作業員が本の山に近づき、ふとした気まぐれのように分厚い古びた本を一冊、手にとる。表紙を開きなかにちらりと一瞥をくれるなり、つまらなそうな表情のままその本をかたわらに放るが、厚手の表紙だけつかんで重い本を振りまわしたのでその表紙ががやぶれてとれてしまう。表紙の欠けた本の中身だけがばさりと地面に落ちる。作業員はじぶんの手にのこった表紙も、なにかきたないものをじぶんの身からとおざけるように顔をしかめながらぽいと投げすてる。その一部始終を見ていた司書はいきなり跳ね起きて、なにか意味をなさない叫びをあげながらその作業員につかみかかってゆく。司書は邪慳に突き飛ばされ、仰向けに倒れ、後頭部がアスファルトの地面にぶつかってごつんといやな音を立てる。それきりうごかなくなってしまった彼女に駆け寄ってくる人々……きいきいと不穏な叫びをあげながらあたりを跳ねまわるウィリアム……やがて聞こえてくる救急車のサイレン……。しかし、それもこれも人外にはどうでもいいことだった。

さきへすすまなければならない。さしあたり目的地とすべき場所がこの平面を突き抜けたさきにある。その場所はさっきからもうすでに鼻孔をくすぐっているかすかに饐えた水のにおいと関係があるとわかっていた。水のにおいを追って通りから通りへくねくねと入ってゆくうちに、建物はどんどんきたなく、ちいさくなり、ときおり見かける背をまるめてのろのろと歩いている連中の身なりもまずしく、粗末になっていった。「場末」「貧民街」といったコトバが意識に点滅しはじめ、しかし、そうではあってもそれはあの「うつくしい町」「うつくしい人々」よりはどれほどましか、とおもう。

人外の意識にこの日はじめて浮かびあがってきたもうひとつのコトバは「冬」だった。風のつよい朝で、びゅうと吹きつけてくる刺すような寒風を受けてややもするとからだがよろりとかしぐ。一歩一歩しっかり足を踏みしめて歩きつづけないと、つい進路がみぎにひだりにそれていってしまいがちだ。あぶら染みてよごれた潮のようにからだのなかに満ちてくる虚脱感、倦怠感から強いて意識を逸らそうとつとめながら人外はそれでも早足に歩きつづけた。

　水のにおいはどんどん強くなり、やがて建物と建物のあいだをくだるほそい急坂の路地がはじまっているところへ出て、その入り口に立って見おろすと、せまいすきまから曇り空のしたに鈍色の水が流れているのが見えた。路地をくだったところはでこぼこした石畳の道で、そこに出ると空が一挙にひろくなった。道の片側にはヒトの腰ほどのたかさの石積みの壁がめぐらされている。その石壁のうえに人外は飛びのった。壁のすぐむこう側に水の流れはあった。コンクリートで堅固に護岸されているから川というよりむしろ運河だろうか。どんな生きものを受けいれることもこばんでいるような暗い色の水が、ゆったりというよりはむしろ重くるしい緩慢さで流れている。十数メートルほどの川幅をへだてた対岸にも岸に沿って壁があり道があり、そのむこうはいま抜けてきたのと変わりないひくい家々の立ちならぶまずしい町のひろがりだった。

　さて、水のにおいに惹かれてここまでやってきたものの、このさきはどうする、と人外はおぼつかない気持ちで自問した。ずっとさがしもとめてきたかれが、どこかこの運河の付近で、あるいは運河のなかで、ついに見つかるということなのか。図書館の跡地にできたというあの駐車場からこの運河の岸まで、そう長い距離を歩いてきたわけではないのに人外はなぜかひどくつかれていた。過去という名の記憶の貯水池からつたわってくる残響、残り香、残像を五官で受けとめ、また未来という名の時間の間歇泉からあふれだしてくる響きやにおいや色合いをものぐるおしく予感し、そんなふうにしながらここまでらせんの軌道をのぼりつづけ、あるいはくだりつづけてきたのだった。しかし想起も予感もいまや急速におとろえはじめている気配があった。じぶんの世界が現在という名のひろがりのない一点にまずしく収束しつつあるように感じる。かすかな毒が空気中にゆきわたっているという感覚はいよいよつよくなってきているが、この疲労と不能感はやはりその毒におかされつつあるせいなのか。そう人外はけうとくかんがえた。これからどうしたらいいのだろう。未来は見えず過去はいよいよとおい。

結局かれのゆくえは突きとめられないのかもしれない、と不意にすっかり弱気になって人外はかんがえた。かれに追いつくことはできないのかもしれない。無数のわたしが寄りあつまりわたしたちとなり、さらにそのわたしたちがひとつのからだに凝集してじぶんじしんに人外の名をあたえた。しかしそのさなかわたしたちのだれにとっても明らかだったのは、いかなるわたしでもない、だからわたしたちの外部に在るほかないなにか、ないしだれかが、ある力を——恩寵の、ないし呪詛の力をおよぼした、その力の一撃によってしかそうした生成は可能とはならなかったという事実だった。わたしはわたしである。それはしかしたんに形式的な同語反復にすぎず、その自明のナルシシズムにとどまっているかぎり、わたしはじつはほんとうにわたしとなることさえできない、わたしのうちに意識が生まれることもない、そもそもわたしじしんにかかわる自意識すら芽生えようがない。わたしがわたしとなりわたしたちとなりさらにこの人外のすがたかたちをまとうためには、他《た》なるもの、異《い》なるものが必要だった。それが、かれだ。

かれはしかし、わたしたちの生成の場に居合わせたわけではない。当然だろう、不在であることがかれの本質なのだから。それこそがかれを他なるもの、異なるものたらしめ、かれのもつ恩寵の、ないし呪詛の力の源泉をなしているのだから。では、かれはいったいどこにいる？人外が人外として存在しはじめていらい、この世での人外の生の意味とは畢竟、そのかれのゆくえを突きとめかれに追いつきその不在を現存に転じることにしかなかった。うたがう余地がなくそこにしかないと人外にはわかっていた。では、追いついてどうする？　かれをわたしたちのひとりとするのだ。ふたたび、そうするのだ。

ふたたび——というのも、人外にはかつてはかれもまたわたしたちのひとりであったようにおもわれてならないからだった。すくなくとも、かれとはいつかどこかで、時計では計れない不透明な時間の厚みのかなたで、長さの単位が意味をなさない不分明な距離をへだてた異世界の荒れ野で、すくなくともいちどは遭遇したことがある。いやたんなる遭遇をこえてふかく触れあい親密に交じりあいこころもからだも溶けあったことすらある。そのはずだ。そのかれに再会し、おもいださせてやるのだ、かつてあなたはわたしたちのひとりだったのだよと。そして言ってやるのだ、わたしたちのひとりにもどりなさい、と。

人外は道と運河のさかいをなすその幅二十センチほどの石積みの壁のうえをつたって、流れをさかのぼる方向にあてどなく歩いていった。ほどなくこれもやはり石積みしてアーチ型に運河に架けた古い橋が近づいてきた。しかしその橋は、アーチの頂点をなすまんなかのところでかなりのながさにわたって石がくずれ落ち、もはや渡河の用をなさなくなっていた。ただ、それより人外の目を惹いたのはその崩落した橋のたもとに建っている不愛想な灰色のビルだった。人外は壁からひらりと飛びおりて石畳の道をよこぎりそのビルに近づいていった。

見たところ三階建てだからそうたかくはないが、かなりおおきな、そして妙にでこぼこした建物だった。周囲にごたごたと蝟集しているちいさな家々のなかで、有史以前に絶滅してしまった動物をおもわせるそのなぞめいたかたちとおおきさがきわだっていたが、それよりもむしろその建物にみなぎっている不吉でまがまがしい気配が風景のなかで他を圧している。その気配は、あのいなかのちいさな駅のプラットフォームに停車していた列車のまとっていた、たけだけしく猥りがわしい威圧感にどこか似ていた。あのとき人外はたじろぎながらも結局、人外をさそうように、さそいこむようにひらいていた扉から列車に乗りこんでしまった。そうしなければならないことがわかっていたからでもある。そして、人外の乗車を待っていたかのように不意に動きだした列車の車内に、遺棄されたたくさんのヒトの死体を見出すことになった……。

このビルは、息をころしてうずくまっている兇暴なけだもののようだったあの列車がいきなり巨大化したもののように見えなくもない。では、このビルのなかへうかうかとはいっていったら、あのときとおなじように剣呑なことが、あんな程度ではないもっと桁はずれの規模で再現されることになるのではないか。というのも、人外がその外壁にむかい合っただけでも、生のきわまりの瞬間に生きものがわれにもあらず洩らす吐息の、性のいとなみの絶頂をおもわせるあのなまぐさいにおいが壁越しにもれでてきて鼻孔をくすぐるような気がしたからだ。生死のさかいをなすうすい膜がこの建物の内部にはいたるところに張りめぐらされ、恐怖でぴりぴりとふるえていて、そのうとましい震動がこっちの皮膚にまでつたわってくるような気がしたからだ。

そんな奇妙な感覚をしばらく耐えているうちに、ようやく「病院」というコトバが意識の表層にゆるゆると浮上してきた。これは病院なのだ。いや病院だった、と言うべきだろうか。生のきわまりの瞬間に洩らされる吐息のにおいはたしかに立ちこめている、生死のさかいをわける厚みのない膜がたしかに薄気味悪く震動している、なのに、いま現に生きているものじたいの気配は建物の内部にほとんどなく、ただがらんとしたかびくさい空虚のみがひろがっているだけであるように感じられてならない。病や傷を治す活動がこのなかでいま実際におこなわれているとはとうていおもえない。かつて病院であったものの残骸……。とはいえ、たとえこの内部もまたいたるところ死体だらけといった惨状を呈しているとしても、じぶんはまったく気にならないし動揺もしない。そのことは人外にはよくわかっていた。

人外は開けっぱなしの玄関から堂々とはいっていった。予期していたとおり、人影ひとつ見当たらない。ロビーにも受付にも待合室にもヒトのすがたはない。死体もなかった。うち棄てられてひさしい建物のようだった。廊下にはほこりが溜まり窓ガラスはよごれている。畳まれたままの折り畳み椅子が壁ぎわに雑然と積みあげられ山をなしている。床にころがっている紙くずはその場所におちたまま何週間も何ヵ月もほうっておかれているようだった。喫茶コーナーのテーブルのうえにはコーヒーだか紅茶だかのこぼれた跡が染みつき、使いふるしの紙コップがいくつか放置されている。そのなかの飲みのこしはとっくに蒸発してしまったのだろう。

人外はその喫茶コーナーを通りすぎ、看護師控え室、カルテ庫、放射線検査室、内視鏡検査室などという札がかかった部屋もつぎつぎに通りすぎ、奥へ奥へと廊下をすすんでいった。最初のうちはひとつひとつのドアに耳をよせてなかの様子をさぐっていったが、どの部屋にも明らかにヒトの気配がないのでいちいち無駄な確認をする気がやがてなくなった。

病院の内部はまるで迷路のようだった。改築や増築をかさねてきた建物らしく、構造がよくわからない。廊下が突きあたりになっているかとおもうと、そこから直角におれるせまい階段が柱のかげに見つかり、数段しかないその階段を降りるとなににつかわれているのかわからないだだっぴろい部屋に出る。しかしそこには出口がなく結局引きかえさざるをえなかったりする。両側にはめ殺しのガラスが張られた渡り廊下があり、それをぬけたさきは当然別棟なのだろうとおもっていると、階段をあがりおりしているうちにいつの間にかもとの建物の見おぼえのある病棟の廊下にもどっていたりする。いたるところに小階段やスロープがあり、じぶんがいまなん階にいるのか判然としなくなる。狡猾にしくまれたうす気味の悪い迷宮のようなひと気のない病院のなかを、人外は廊下から廊下へ、階段から階段へとあてどなくさまよい、生のきわまりが死にいたる、その直前でかつて震えていたものの残響に聴きいり、その残り香をかぎ、その残像に目を凝らしつづけた。ただし残響も残り香も残像もあるかなきかのほんのかすかなもので、かつて在ったもの、かつて起こったことのはっきりした実体をそこから再現することはまったく不可能だ。やはり人外にそなわっていたはずの想起と予見の力がよわまってきているせいだろうか。

神さまのご降臨か、と言われたことを人外はおもいだし、これでは神だの奇蹟だのとはもうじぶんはまったく無関係だ、神かけだものかということになればこれはもう、たんなるけだものだろうさ、とかんがえた。あるていどのコトバをあやつり、ヒトの社会のしくみにもほどほどの理解をもったけだもの――それはつまりはなんだ、ひとでなしどころか、要するにヒトそのものではないのか。

あっちこっちあてもなくうろうろしたあげく、ガス台や流しがいくつもならぶひろい厨房にまよいこんだ。酸敗したあぶらのいやなにおいがただよい、テーブルのうえには鍋やフライパンがだらしなくほうりだされている。その奥まで行くと、壁に四角い窓のようなものがひらいていて、その奥はとざされた箱のような小空間になっている。それはダムウェーター、つまり小荷物運搬用の小型エレベーターだった。迷路をぐるぐるまわりつづけるのにもういい加減飽きていた人外は、ふとした気まぐれからぴょんと跳びあがってそのなかにはいってみた。すると、そのとたんダムウェーターがぐらりとひとゆれしたかとおもうと、小動物の断末魔の悲鳴のようなきゅるきゅるきゅるという甲高い唸りをあげながらうごきだした。そのことじたいには人外はさして驚かなかった。なにかそんなことが起きても不思議でないような気がしていたのだ。驚いたのは、それが上昇ではなくゆっくりと下降しはじめたことである。この厨房でつくった料理をうえの階へはこびあげるための装置だとてっきりおもいこんでいたのだ。

下降はながくはつづかなかった。うごきだしたときとおなじようにぐらりとひとゆれしてダムウェーターは停止した。開口部からそとが見える。人外はむやみに飛びだすことはせずまず用心深くじぶんがどういう場所に来たのか見きわめようとした。そこはひえびえとしたうす暗い部屋だった。さほどひろくない。部屋の片側にはおおきな機械がいくつもならんでいて、そのうちひとつふたつはぶうんという作動音をたてている。その反対側の隅に机があり卓上灯がともっているので、部屋ぜんたいがうす暗いなか、机のうえとそこにひらいて置かれた分厚い本のページ面だけは煌々と照明されている。

机にむかう安っぽい回転椅子にひとりの男が腰かけているが、いま男は椅子を回転させ机を背にして、停止したダムウェーターのほうを見ているので、卓上灯の光がとどかず男の顔は陰になってよく見えない。しかし、ダムウェーターのなかの暗がりから部屋の様子をうかがっている人外とどうやら目が合ったようだ。人外は窮屈な箱のなかから這いだして床にすとんと飛びおり、男にちかよっていった。まったくの無人と見えるこの荒廃した建物をさまよっていたあいだじゅう、どこかしらに、あるかなきかのほんのかすかな生のともしびがゆらめいている気配を感じつづけていたものだが、ではそれはこの男が発散しているものだったのか。べつだんそれをめざしてすすんできたわけではなく、ただ漫然と迷路をさまよっているつもりでいたけれど、知らず知らずのうちにそのともしびのまとう温かみに引き寄せられていたのかもしれないな、とおもった。ちかよってゆくにつれて、男がよれよれの白衣を着ていること、歳恰好はおおよそ六十代、痩せこけて短軀、ほとんど禿げあがっていて白髪が頭部のよこまわりにわずかにのこっているだけ、よこに突きだした耳にとがったあごの、しなびたピーマンをおもわせる血色のわるい顔をゆがめて、四角い黒縁の眼鏡のぶあついレンズ越しに、人外のほうに錐でも刺しこむようなするどくつよい視線をなげていることなどがわかってきた。

そこで止まれ、それ以上ちかづくんじゃない、と男がふいに緊張した小声で言った。人外はすなおに立ち止まり、
あなたはだれ、とたずねた。

儂はボイラーの保守をしている者だ、ボイラーはこまめに点検していないとすぐ故障してしまう、儂はここにいなければならんのだ、儂の仕事の邪魔をしないではやくどこかへ行ってくれ、と男は早口でひと息に言った。

ボイラーってなに？

燃料をもやして熱をだす機械だよ、それをうごかしつづけていないと建物の暖房が機能しなくなる、お湯も出なくなるんだぞ。

だって、この建物にはもうだれもいないじゃない。暖房もお湯も必要ないじゃない。

男は返事をせずにただ人外をじっと見つめているだけだ。天井近くに小窓が二つほどあり、よごれたガラスを透かしてうすい寒々しい陽光が射しこんでくる。かびと尿と赤錆のにおい。たぶんここは地下というより半地下階で、あの小窓のあたりは地上に露出しているのだろう。卓上灯が点いている机のわきに病院で患者を寝かせるのにつかうような丈のたかいひとり用のベッドがあり、寝みだれたままのしわだらけのシーツのうえに毛布がだらしなくまるまっている。

ここはどこ、と人外は訊いてみた。

機械室だよ、とても重要な場所なんだ、この建物の枢要部だ、あんたはここに立ちいる許可を受けていないだろう、すぐ出ていってくれ、さもないとまずいことになるよ、しかるべき筋に通報しなければならなくなる。台本に書かれた何行ものせりふを息継ぎなしに棒読みするように男はいくつものセンテンスを立てつづけに口にする。

人外はさらにぴとぴとと何歩か歩いて男にちかよった。男はびくりと引きつってからだをのけぞらせ、片手を前に突きだして人外を押しもどすようなみぶりをしながら、

ちかづくんじゃない、とまた言ったが、それはもう歯車がかけたままうごく機械の軋りのようなかすれた悲鳴になっていた。からだをのけぞらせたはずみに男の顔が卓上灯の光のなかにはいったので、人外は男がけんめいに無表情をとりつくろいながらもじつはややもすると埒をこえてどっとそとへあふれだしてしまいそうになるはげしい感情をうちに押し殺そうと必死になっていることを知った。それが恐怖であることは人外にはまざまざと見てとれた。見てとっただけではなくそれをかいだ。男の吐息にはほんのかすかだがそれと確実に知れる、くさった酢がはなつのに似た恐怖のにおいがもれでていた。

なにがこわいの、と人外はたずねた。

なにもこわくなんかあるもんか、と男は即座に声を張りあげ、つづいて、裏がえるほどにたかくなったりそれを抑えようとして不自然にひくくなったりする不安定なほそい声で、こわいだなんてなにを言ってる、妙なかんぐりはやめてくれ、儂はただここでじっとしてじぶんの仕事をしていたいだけだ、ほうっておいてくれさあはやくどこかに行ってくれ儂をひとりにして

おいてくれ儂はただのけちなつまらない取るに足りないボイラーマンだ保守と点検が儂の仕事だ保守と点検ただそれだけだただ真面目にはたらいているだけだ儂にかまわないでくれ儂にちかづかないでくれこれ以上ちかづいてくる気なら儂はなにをするかわからないぞ痛いおもいをさせてやる生まれてこなければよかったというような目にあわせてやるいいのかおいいいのか儂は本気だぞ……。

コトバがだだ漏れになって締めわすれた蛇口からあふれだす水のように男の口から流れでていたが、人外はもうそれに耳をかたむけてはいなかった。「意味」がふくまれているコトバがそこにはひとつもなかったからだ。人外はさらに二歩、三歩とちかよって、

さあ、こわがらないで、と言った。

男のとめどない饒舌はぴたりと止まった。目にあからさまな怯えのいろが浮かんだが、しかしそれは、かたくなに虚勢を張ってうちにたぎっているものを封じこめけっしてそとに見せようとしなかったそれまでとくらべると、むしろ気持ちがいまやすこしやわらいでじぶんに素直になったことのしるしであるようにおもわれた。

あなたはだれ、と人外はさきほどの質問をくりかえし、男の返答をまたずにそれにじぶんで、あなたはこの病院のいちばんえらいヒトなんでしょう、とこたえた。

……そうだよ。

病院長……？

そう……病院長、だった。

いまはちがうの？

さあ、どうかな、よくわからない、と男はうつむいてぼそぼそと言い、なんども辞表をだしたが突っかえされたからな、と付け加えて目をあげたが、その目を見ると怯えのいろはうすらいでいて、口もとにはかすかな自嘲の笑みのようなものが一瞬かすめたように人外には見えた。

なぜ突っかえされたの？

責任をとらずに逃げる気か、とやつらは言うんだ。

なんの責任をとるの？

その質問にはその病院長かもしれない男はこたえようとしなかった。ながい沈黙の後、男はいいわけするように、

どのみちここはもう病院じゃあないんだから、とよわよわしくつぶやいた。病院なんていう代物ではとっくになくなっているんだから。患者も医者も看護師も、もうだれもいない。ここはいまやただの――廃屋だよ。

病人も怪我人もいないんだ。

そうさ。

みんな治って、出ていったんだ。

いや……かならずしも、そうじゃない。

間が空いた。病院長は椅子から立ちあがり、よぼよぼの老爺の足どりで数歩歩いてベッドの

ところまで行きそのうえにそっと腰をおろした。頭が背丈とくらべて不釣り合いにおおきなこの男が立ちあがると、白衣のすそが足首ちかくまで来て、顔さえ見なければまるで子どもが医者の恰好をしてあそんでいるように見えなくもない。

儂がここにいると、言いつけるつもりかね、と猜疑心をむきだしにしたするどい目つきで病院長が言った。

だれに言いつけるの？

さあ、わからないが……。

あなたはここにずっとかくれていたの？

病院長はだまっていた。

これからもびくびくしながら、こわがりながら、こんな穴ぐらのなかにかくれて暮らすつもりなの？

さあ、ねえ……。

このヒトにはなにもわからないのだ、と人外はおもった。はっきりしているのはただひとつ、このヒトがこわがっているということだけだ。するとその人外のおもいを察したかのように、病院長は、

恐怖というのも、わるくないもんだよ、と弁解するようにつぶやいて、ベッドにごろりとからだをよこたえた。からだの邪魔になる毛布のかたまりをいらだたしげに床にはらいおとす。ボタンをかけていなかった白衣の前がひらき、そのすきまから白衣のしたは丸首の肌着にすて

てこだけというなさけない姿であるのが見え、さむくないのだろうかと人外はいぶかった。恐怖というやつ、あれは可愛いちいさなペットみたいなものでね。身のうちに飼っているうちに、どんどん情がうつる。餌をやりわすれているんじゃないか、とときどき不安になる。餌をやり水をやり、満足そうにごろごろのどを鳴らしているとこっちもなんとなく安心して、やわらかな毛が密生したやつの背や腹をそおっと撫でさすってやる。恐怖のやつがふとかき消え、身のまわりからとおざかってしまい、そんな時間がながびくこともある。面倒がなくなってほっとした気分にいっときならないでもないがしかし、ひょっとしてあいつはこれきりどこかへ行ってしまったんじゃないかとおもうとなんとも言えない喪失感がこみあげてくる。それがある瞬間、やつがとつぜん再出現すると、懐かしいものがもどってきてくれたという安堵感にひたされる。やっぱりこいつは儂なしでは生きていけないのか、とちょっぴり得意な気持ちにさえなる……。

それはいいね、と人外は気のない口調で言った。恐怖に寄りそい、それをいとおしんでいつくしんで生きてきた男なのか、とおもった。しわだらけのこいつの顔の、そのしわの一本一本はそれぞれ別種の大小さまざまな恐怖のひとつひとつによってきざみつけられてきたものなのだろう。この建物には生死のさかいをなすうすい膜がいたるところに張りめぐらされ恐怖でぴりぴりとふるえているように感じられたものだが、この男じたい、つまりはそうした膜のいちまいにほかならないのだ、そのあさましい実体化なのだ、とおもった。

病院長はごろりと寝がえりをうってうつぶせになり、両腕をからだのわきにだらりとのばして力なく放屁した。精も根も尽きはてたようにシーツにぺったりからだを張りつかせ、そのまま とろりと溶けて白濁した粘稠な液体の溜まりと化してしまいそうにも見える。

なあ、ここはもう病院じゃあないと言ったが、それはつまり、いまでは世界ぜんたいが病院になってしまったということさ、とかれは言いわけがましくつぶやいた。もう医者もない患者もない、あるいは医者も患者も区別がつかない、そういう世界になってしまったということさ。治らない病人ばかりが収容されている、とてつもなく巨大な病院、いまの世界はそれだよ。

それを平面と言うのかと人外はおもい、しかし列車で町に着くまではそういう感慨は浮かばなかったとおもいだしながら、

世界ぜんたいがそうだというわけでもないだろうさ、とおだやかに反論してみた。

そうとおくない未来に、結局はそうなる、と病院長は声をつよめて断定的に言って顔を上げた。が、それもまあ、当然のむくいだろうな。これまでニンゲンがやってきたことの付けがまわってきた。そういうことだろう。未請求のぶんもきっとまだあって、それも早晩、ぜんぶまわってくる。

ニンゲンはなにをやってきたの?

……やらずぶったくり、だろうなあ、ひとことで言えば。過去からたくさんの贈りものを受けとって、それでもって現在をたのしんで、未来へはなにひとつ贈ろうとしなかった。おおむかしに死んだ植物や動物の死骸を燃やして、エネルギーに変えて、文明とやらをきずきあげ、

じぶんの安楽、安逸、安寧だけをどこまでも追求した。過去から贈られた財を食べて、わが身をやしなって、栄養分だけをしぼりつくし、あげくに排泄した糞を、それだけを、負の贈与として未来へのこす。それがニンゲンだよ。

負の贈与……。

未来にたいして負の贈与をおこなう。それは逆に言えば、じぶんへの贈与を未来に強要しているということさ。過去からと同様に、未来からもまた贈りものをむしり取ってきたということさ。そもそも贈与というのはお返しをともなうものだろう。贈与すること、それは陰に陽に、対抗贈与を強制することだろう。であるなら、過去からの贈与についてはどうしようもないとして、未来から贈られたものには本来、それに倍するお返しをして当然だ。お返しをしなければという強迫に駆られないほうがよほど不思議だよ。しかしわれわれはそれには目をつむってきた、知らんぷりをしてきた、ただ受けとりつづけてきた。そういうのはしかし、贈られるとは言わないね。収奪すると言うんだ。われわれは時間をさかのぼって収奪し、時間をくだって収奪してきた。過去を食べ、未来もむさぼり、むさぼり尽くし――。

喋るにつれて病院長のコトバにだんだん熱がこもってきた。うつぶせだったかれはいつの間にかあおむけの姿勢にもどり、さらに上半身を起こし、人外の瞳をまっすぐ覗きこみながら雄弁をふるっていた。いまやかれの目に怯えのいろはかけらもなく、むしろぎらぎらした攻撃的な光をはなっている。贈与、対抗贈与、収奪……そもそも言っていることの意味がよくわからないし、勃たない男根をむりやりふるいたたせようとしているような、かたちばかりの公憤を

よそおった態《わざ》とめいた喋りかたがみにくい。面倒くさくなってきた人外はその雄弁をそっけなくさえぎって、

じゃあそういうことを、ここから出てそとの世界で言ってみたらどう、と言った。すると水でもぶっかけられたように病院長の熱はいきなりさめ、光がうすれ生命力のおとろえた目をしばたたき、背をまるめてだまってしまった。何分間かじっとかんがえこんでから、

そうだな、それがいいかもしれない、とぼそぼそとつぶやいた。じつを言えば、もう明日あたりにはいよいよここを引きはらおうかとおもっていたところさ。

ここから出て、どこへ行くの？

さあ、わからないが、ともかくもういい加減、つかれた。夜もよくねむれない。どうやらこの病院に幽霊が出るという噂がたっているらしい。そのおかげでヒトが寄りつかないという効果があって、まあよかったんだが、近ごろ逆に、そんな風評がもの好きな連中の好奇心を刺激して、廃墟探検だか肝だめしだか知らないが、懐中電灯片手に夜中に院内をうろうろしに来るまぬけなやつらもいる。ひょっとして、あんたもそのひとりなのか？

まぬけなやつらの、ひとり？

違う。幽霊の、さ。

幽霊とはなに？

しかし病院長は人外にはもう関心をうしなってしまったようで、その問いにはこたえず、また上半身をぐんなりとたおし頭を枕のうえにもどして、そのあおむけの姿勢で不意に、

ああ、踊りたいな、とつぶやいた。

この男の風貌や態度にあまりにもそぐわしくないコトバがとつぜん飛びだしてきたので、人外はいささか面喰らったが、病院長はそれにはなんの注意もはらわず蚕がほそい糸を吐くようにつぶやきつづける。

むかしはね、毎年、大晦日の夜に、スタッフと入院患者のうちの元気な連中があつまって恒例の年越しパーティをひらいていたもんさ。それは最後にはいつもダンスパーティになる。儂のフォックストロットのステップは、じぶんで言うのもなんだが、ちょっとしたものでね。とくにあの年のダンスパーティ……もう二十年前……二十五年以上前になるのか。儂は内科の医局長に抜擢されたばかりで、それと同時期に当時の病院長の長女との婚約も発表された。少々薹が立ちかけたのっぽで馬づらの女で、しかしダンスがじつに上手くてね、もうそれだけでこの女を妻にする価値はあると儂はおもいこんだ。まあ、そうおもいこみたかったんだろうな。で、つぎの病院長のポストが儂にまわってくるのはだれの目にも明らかだったから、当時、医局の連中も看護師たちも儂の前に出るとなんとなくおどおどして、愛想笑いやお世辞を振りまいていたもんさ。もちろん儂はそんなものにたぶらかされるような馬鹿じゃあなかったが、まあ気分がよかったのは事実だ。あのころが儂の人生でいちばんしあわせな時期だったんだろうなあ。その年のダンスパーティで、あののっぽの女と――くそっ、いまとなってはもうとっさには名前すらおもいだせない――あの女とラグタイムに合わせてフォックストロットを踊った……。あざやかなダンス……たいへんな拍手喝采……大さわぎ……おれは得意の絶頂で……。

あのころがいちばん……ほんとうにいちばん……。

そういうのはぜんぶ、嘘の記憶なのかもしれないよ、と人外は言ったが、それが耳にとどいていないらしい病院長は、じぶんの内側しか見ていない目をして憑かれたようにつぶやきつづける。

病院長なんてものがそうそう楽しいポストじゃないってことは、いざじぶんがなってみるまでわからなかった。それから、あの馬づらの女があんなにつめたい、権柄ずくの性格だってことも、結婚するまではわからなかった。それからいろんなことがあり……離婚のごたごた……その後もくだらない女たちがつぎつぎに……ありとあらゆる厄介事……儂を引きずりおろそうとする下劣な連中の下劣なたくらみ……。

病院長はちょっとだまりこみ、それからもう一度、ああ、踊りたいな、としみじみした声音でつぶやいた。

踊ればいいじゃない、いまここで、と人外は言った。

ここでか、と言って病院長はひえびえとした殺風景な部屋をぐるりと見まわし、皮肉な笑みを口のはしに浮かべた。まあ、やめておこう。音楽もないし、そもそも相手がいないしな。それともあんたが儂といっしょに踊ってくれるかな、フォックストロットを?

冗談じゃない、それに、もう行かなければ、と人外は言った。実際、この男のくだらないお喋りに付きあうのはもううんざりだった。

あのころがいちばん……と病院長はなおもつぶやきつづけている。しかし、あのころすでに儂の運命は決まっていたのかもしれないな……。

病院長がふともらしたそのコトバを人外は聞きとがめた。運命。それは人外が、知らなかったわけではないけれど、病院長の口から出たのを聞いてはじめておもいだしたコトバだった。

運命ねえ……運命ってなに、と人外は問いかけてみた。

神が決めるものさ、というのが病院長の答えだった。

神はいないよ、と人外は反射的に言い、すこしかんがえて、だから運命というものはないんだ、と念を押すようにつづけて言った。運命なんてない、ただ、偶然の連鎖と必然の連鎖の、らせんが二重になったような絡みあいがあるだけさ。さあ、もう行かなくちゃ。

またあのダムウェーターに乗るしかないのだろうか。だが、この機械室とやらのすみにはれっきとしたふつうのドアがある。そこから出よう。そうかんがえた人外はドアの前まで歩いてゆき、開けてくれという意志をしめすために振りかえった。それに応じて病院長はのろのろとからだを起こし、ベッドから床におりたった。だが人外が呆気にとられたのは、床におりたつ動作から流れるようにつづく一連の身のこなしで、かたほうの手で眼鏡をはずした病院長が、もういっぽうの手でそこに存在しない透明なパートナーを抱きかかえるように空気を抱きかかえ、リズミカルなステップを踏みながらくるりと一回転してみせたことだった。頭ばかりおおきな短軀の老人がひらりとからだをまわすと、よごれてよれよれになった白衣がむなしく貧乏くさくひるがえった。

楽しいかい、と人外は訊いてみた。その皮肉への返答があるとはもとよりおもっていなかった。が、くるりとまわってからだを静止させた病院長がつぎの瞬間、卒然と口にしたコトバに、人外は飛びあがるほど驚かないわけにはいかなかった。病院長はずるがしこそうな笑みを浮かべ、半びらきのくちびるのあいだからたばこの脂《やに》でよごれたすきまだらけの乱杭歯をちらつかせつつ、

あんたはだれかをさがしているんだろう、と言ったのである。

人外は身をこわばらせた。両耳がぴんと立ち、両目がおおきく見ひらかれる。どうして知ってるの、というコトバが口をつくように出てきたが、しかしすぐさま、これはじつはそんなに不審なことではないのかもしれないとおもいなおした。偶然と必然の二重らせんのような絡みあいにみちびかれてこの半地下の部屋にまでいたり着き、この男と遭遇した、それだけのことだ。たどってきた道すじはまちがっていなかったという安堵がひろがってからだじゅうが温まるのを感じた。どうして知っているのという人外の質問に直接はこたえずに病院長はただ、

そいつは遊園地にいるんじゃないか、とだけぽつりとつぶやいた。そしてだまりこみ、棒のように立ったまま肩を落とし顔を落とした。震える手で眼鏡をかけなおしたが、人外とは目を合わせずにうつむいたまま、ひとりごとのように、遊園地へ行け、とささやくように言った。

9　遊園地

怯えは伝染する——ふたたび、運河——あわいのひととき——ゴンドラに飛びうつる——わたしはプログラムです——〈ほの昏《ぐら》い水の都めぐり〉——だれに命令されたわけでもなく——さびしさの再来——円運動の装置——観覧車の出現——迷子ねこフーのゆくえ——ゴンドラは下降にはいる

だがその安堵のおもいはただちに毛穴から外気へむなしく揮発してゆき、いったんは温まったからだもそれとともにふたたび冷えこんで、その後人外は何日にもわたってその荒廃した病院内でさむざむとした彷徨をつづけなければならなかった。病院長のひとことが人外のうちに産みおとしたのは安堵ではなくむしろ焦燥という名の寄生虫の卵だった。ほどなく孵ったその性悪な生きものは人外のこころを内側からすこしずつ、しかし着実に喰い荒らして成長をつづけ、その沈着と平衡をうしなわせていった。

目的地のヒントがあたえられた。気が逸り、焦燥の虫があばれ、早く早くと急き立てる。居たたまれない。しかしその一方で人外はしつこく粘りつく逡巡の糸にからめとられ、この荒廃

した病院の迷路を後にして勇んで出発しようという気にはなぜかなかなかなれなかった。くねくねした廊下をさまよい、大小の階段をのぼりくだりし、ねずみを獲ったり獲りそこねたりして時間をつぶしているうちに昼と夜がどんどん交替してゆく。ねずみはたくさんいて食べものには不自由しなかった。好奇心からごきぶりやむかでを獲ってみたが大して美味いものではないことがわかっただけで、そんなことも結局はただのあそびにすぎなかった。そんな無意味なあそびにかまけているときも、味だけはあまい遅効性の毒のような虚脱感に身をゆだねてうつらうつらしながら無為の時間を過ごしているあいだも、人外は絶えず焦燥にじりじりと身を焼かれていた。

迷宮の奥の奥に身をひそめ震えている病みおとろえた孤独な王のような病院長とはあれきりもう会わなかったが、恐怖をペットのように飼っていると自嘲、あるいは自慢していたあの男の怯えが、あのみじかい対話のあいだにいくぶんか人外に感染したのかもしれない。じぶんではみとめたくなかったが、人外はたしかに怯えていた。さきへすすむのが怖い。この迷路をぐるぐる回りつづけているかぎり、――いまや安逸と平穏の気がみなぎっているように感じられはじめたこの空間のそとに出ようとしないかぎり、決定的なことはなにも起こらない。それはあまい誘惑だった。とはいえ、すぐさま出発しなければという切迫感もまた同時に人外をさいなみつづけていた。出発をさきのばしにすればするだけ、焦燥という名の寄生虫にはらわたを喰い荒らされ、傷口から流出する血とともにじぶんの生命力じたいがうしなわれてゆくように人外は感じていた。

くるった浮浪者とも廃位に追いこまれた迷宮の王ともつかぬあの老人はじぶんで言ったとおり、人外と会った翌日にはこころをきめて病院からそとへ出ていったのだろうか。いやいや、そんな根性はあるまいなと人外はおもった。あの男もまたあの男なりの焦燥に身をこがしつつ、ボイラーの点検などと称して半地下のかびくさい機械室にとどまり、ときどきフォックストロットのステップでくるりくるりとターンしたりして時間をつぶしつづけるのだろう。やがてあのベッドのうえでひっそり死んで、その遺骸はだれからもわすれさられたままくさって液化しマットレスに滲みこみ、それもほどなく気化し大気に溶けてゆくのだろう。生前すでにほそくもろくなっていた骨だけをのこして。それならそれでけっこうなことではないか、あの男じしんにとっても、他のだれにとっても。そう人外はおもった。

十日ほど経ったある日の夕方、ねずみを獲りに病院内にまよいこんできたらしいねこに不意に出喰わした。人外のすがたに恐慌をきたし必死に逃げ回るそのふとった赤トラねこを、人外は階段の踊り場のすみに追いつめた。ねこはからだをまるめ背中の毛をさかだてて、うなるというよりはむしろ絶望的な悲鳴のような声をあげている。つぎに来るのはなにか。きなくさいにおいをたてて宙をはしる稲妻のようにねこに飛びかかり、そのくびすじに喰らいつき、頸骨を一挙に嚙みくだいて息のねをとめる——じぶんのそんな一連のうごきがまず頭にひらめき、それにつから筋肉がすでに緊張し、頭にかっと血がのぼってまなこのうらが紅く染まるのを感じた。が、次の瞬間、こんなことにはなんの意味もないというおもいが湧いて急に力が萎えた。人外のからだから殺気がきえた気配をねこはただちに察知し、うごきをとめた人外の鼻さきをかすめて走り去った。

出発しよう。そうきめたとたんに焦燥がうすれ、驚くほどにからだがかるくなり、いまのいままでぐずぐずしていたじぶんがよほどおろかにおもわれた。玄関の方角へ消えたねことは逆に、人外は建物の奥のほうへはいっていった。開けっぱなしの玄関から出てゆくのは簡単だが、なぜかべつのみちすじをとおってみたいとおもった。病院の構造はいまではほぼ熟知してもう迷路のような感じはなくなりかけている。なににつかわれていたのかわからない一階の大部屋のひとつに、そとへ出る抜け穴があることを人外はすでに知っていた。他の窓と同様にぴっちりと鎖されたアルミ製のブラインドでかくされていたが、じつはある窓のガラスが割れて欠け落ち、おおきな穴が開いていたのである。

人外はブラインドと窓のあいだのすきまにもぐりこみ、欠けたガラスのかどにふれないように気をつけながら穴をくぐって、コンクリートの地面のうえに飛びおりた。そこは病院の中庭で、建て増ししたらしい別棟が張りだして妙に不規則なかたちをしている。出口をもとめてぐるぐる回っているうちに建物の裏手の鉄柵にすきまがひらいているところが見つかった。

そこを抜けたところは病院裏の路地で、たそがれの黄ばんだ陽光を浴びてとぼとぼ歩いているいくたりかの通行人にいきなり出喰わし、無人の病院に籠もっていた日々が長引いた人外は、ひさしぶりに見るヒトのすがたにいささかたじろがずにはいられなかった。ふたたび水のにおいをたよりに歩きだしいくつかかどを曲がるうちに、見おぼえのある運河沿いの石畳の道に難なく出ることができた。石積みの壁をこえて水際の岸に飛びおりる。

さあ、どうする。遊園地へ行け、と病院長は言った。もちろんそれにしたがうのにやぶさかではないが、しかし、では遊園地とはどこにあるのか。きっと運河のむこう岸のどこかにちがいない。しかしここからも見えているいちばんちかい橋は中央部分がくずれ落ちてしまっていてわたれない。では、ほかの橋をさがすか、それとも泳いでわたるか。すぐには決断できず、人外は岸にうずくまった。すこしさきに、岸からくだって中途で川水のなかへ没しているせまい石段があるのが見える。泳ぐことには慣れている。ただ、ところどころあぶらが浮き、黒々としているうえにかすかな異臭も立ちのぼってくる水面を見るかぎり、これがここまで人外がからだを浸してきたのよりはるかによごれた水であることは明らかだった。できればこの水のなかへからだをすべりこませたくはない。では橋をさがすか。橋をさがすとして、川下か川上か、どちらへ行くか。

逸りたつような焦燥はもはやなく、けうとい虚脱感もほとんど消えていた。外気にふれ人々の足音や自動車のエンジン音を聞いているうちに、ただ前へ前へすすんでゆこうという単純で素朴な欲望がよみがえってきた。それでも人外が決断をさきのばしして夜の闇がおりてくるまで運河の岸にうずくまっていたのは、たそがれの薄暗がほんとうの夜の闇へうつり変わってゆく官能的なあわいのひとときをひさしぶりにたのしみたかったからだ。街灯がともっていないのでいったん暗くなりはじめると闇はどんどん濃くなって、運河を、くずれた橋を、対岸の町並みを、ちゃぷりちゃぷりと川波にあらわれている石段を、人外じしんを、つぎつぎに呑みこんでいった。それでもしばらく経って運河の水面にさざ波が立っているのが見わけられるので目をあげると、異教の民族がつかう刃物のようなかたちに研ぎすまされた月が空ひくく懸かって、意外に明るい光を地上にひろげているのがわかった。星は出ていない。

空気のなかにゆきわたった毒は、病院のなかにいるあいだもむろん感じられなくはなかったが、かつてのそこでのいとなみの残滓とも言うべき病と死の後味になかばまぎれてしまっていたものだ。しかしこうして屋外に身を置くとそれがあらためてくっきりと人外の嗅覚を刺激し、ひんやりした夕風のさわやかさをいくぶんそこなわずにはいなかった。だが前へすすもうという素直な気持ちを取りもどしたせいか、それもそう気にならなかった。夜のおとずれとともにヒトや車の往来はたちまち絶えて静寂がひろがり、たいして速くもなくたいした波が立っているわけでもない水の流れのほそぼそとした音が妙に耳につく。

やがてそのせせらぎにそれとははっきりと異質な水音が混ざりはじめ、それがだんだんおおきくなってきた。人外はからだを起こした。音の聞こえる川下のほうを見やると、とおくのほうにほのかな明かりが見え、それがおもいがけない速さで近づいてくる。水音がおおきくなるにつれて光もつよくなり、ほどなくその明るさに人外の目がくらみ、なにも見分けられずにいるうちにその光は、そしてそれにつづくものは、人外のすぐ目の前まで来て、そのときになってようやくそれが運河の流れをさかのぼってきた真っ黒な舟であることがわかった。船首と船尾がたかく反りあがった幅のせまい平底舟で、船長は十メートルほどもあろうか。船尾に立ち、ながい櫂を流れにさしいれ水を練るようにゆっくりとうごかしている黒々とした人影がある。強烈な明かりは舟のへさきに置かれたカンテラのもので、それがひろげる光の円のへりが人外をかすめて過ぎた。機械的な動作で櫂をあやつっている漕ぎ手が人外に気づいたかどうかはわからない。

人外はためらわなかった。つややかな漆黒の光沢をてからせた舷側は人外の前を行き過ぎてもう艫《とも》しか見えず、眼前の水面にはもはや舟ののこした航跡の波紋がひろがっているだけだが、岸に沿って走ればむろんたやすく追いつける。ただ、ジャンプして飛びうつるにはいずれにせよ舟は岸からはなれすぎている。人外は背後の石壁を飛びこえて石畳の道に出るや、中央部分がくずれてしまった石橋のたもとまでいっさんに走っていった。そこにさき回りして舟を待つのだ。アーチ型の橋の緩斜面を一気に駆けあがり、崩落をまぬかれた部分のぎりぎりのきわまで行き、首をのばして眼下の水面を見おろした。待つこともなくすぐさま舟が来た。

おもっていたよりもたかさがあって、人外は一瞬気弱になって臆したが、息をおおきく吸ってこころを鎮め、おもいきって飛びおりた。舟のちょうど真ん中あたりの舟底に着地した瞬間、かなりの衝撃があったが、それでも舟を浮かべている水が衝撃のかなりの部分を吸収してくれたらしい。舟はぐらりとおおきくゆれ、人外もよろけたがたおれもせずからだのどこも傷めなかった。

体勢を立てなおした人外は、船尾の人影を注視した。なにごともなかったように規則的なリズムを変えず櫂を漕ぎつづけているそのヒトはひとことも発せず、舟は変わらない速さで運河をのぼりつづけている。しばしの沈黙の後、

あなたはだれ、と人外は言った。

わたしはゴンドラ漕ぎです、という答えがかえってきた。そのすずやかな声からは性別はわからない。青と白の横縞の半袖シャツ、脚にぴったり張りついた細身のズボン、黒いリボンを巻いた白っぽいカンカン帽。うつむいているので顔がそのカンカン帽のひさしの陰にかくれ、鼻さきと口もとしか見えない。環状の耳飾りが月光をうけてきらりと金色に光った。一見、ほっそりした男と見えるが、あるいは胸にも尻にもふくらみがとぼしい女であるかもしれない。

これが、ゴンドラ？

そう。

間が空いた。

あなたはヒトではないんだ、と人外は言ったがそれは質問ではなかった。ゴンドラ漕ぎの皮膚が合成樹脂でできていて、その大小の動作のひとつひとつが皮膚のしたにかくされたモーター駆動の機械仕掛けによって統御されていることはすぐわかったからだ。

そう、わたしは生きものではない。わたしは「ゴンドラ漕ぎ」として書かれたプログラムです。

プログラムってなに？

命令を記述したものです。わたしが命令を出す。するとそれに従って処理がおこなわれる。

そういうことです。

命令を出したくないときはどうするの？

また間が空いた。せせらぎ。櫂の立てるじゃぶり、じゃぶりという水音。暗闇。

その興味深い質問には、答えはふたつありますね、とゴンドラ漕ぎはやっと口をひらき、かんがえかんがえ、ゆっくりと喋ってゆく。公式の答えは、そうしたいか、したくないかとは無関係に、わたしは命令を出さないわけにはいかない、というものです。なぜなら、プログラムとは命令するものときまっているから。つまり命令するようにと命令されているから。

だれが命令しているの？

わたしを書いたヒトですよ、もちろん。でもね、もうひとつの、非公式の答えがあって、わたしはそちらのほうが好きですね。それは――命令だの処理だの、知ったことかい、くそ喰らえ、というものです。

そっちのほうがいいね、と人外は言った。

でしょう？　いや、きたない言葉遣いをお赦しください、いちどぜひ声に出して言ってみたかったもので。くそ喰らえ！　とね。おもいきって言ってしまうと、なにか爽快でおもしろいですね。

じゃああなたは、ゴンドラを漕ぎたくなくなったらもう漕がない、そういうことなんだ？

そうですね。ただねえ……べつだん、ほかにやりたいことがあるわけでもないし……。そもそも、じつを言えば、わたしはこの櫂を持って漕ぐ真似をしているだけで、舟は舟で勝手にうごいているんですよ。ゴンドラ航行のためのプログラムはべつにあり、それが舟に命令を出しているわけで。

へえ……。

ほかにもたくさんのプログラムがあって、本来、そのぜんぶが同時に走っていなければいけないんです。いろんなプログラム――「海賊の宝箱に仕掛けられた罠」「火焙りにされた聖人」「法王の陰謀」、それから、えー、「引きはなされた恋人たち」「運河のなかにくずれ落ちてゆく巨像の首」「名門一族の頽廃と没落」「水の神の巨竜」とか、とか、とか……。それらすべてのプログラムが組み合わさり連動して、それでこのアトラクションがなりたっているんです。なのに、わたしとこの舟の進行以外のプログラムは、ずいぶん前からぜんぶダウンしてしまっていまして――。

アトラクション？

そう。ほら、両側を見てみてください。ほんとうはね、ゴンドラがすすんでゆくにつれて岸辺や運河でいろんなことがつぎつぎに起こってゆくんですよ。ところが真っ暗でなにも見えないし、物音ひとつしないでしょう。歌も悲鳴も剣戟のひびきも楽団の演奏も聞こえてこないでしょう。これじゃあ、〈ほの昏《ぐら》い水の都めぐり〉もかたなしだ……。

それはなに？　ほの昏い……なんとか、というのは。

あなたがいま乗っているこのゴンドラの周遊ツアーの名前です。しかしこの遊園地のアトラクションやツアーや乗り物は、どれもこれも似たり寄ったりの惨状を呈しているらしくてね。ぜんぜんうごいていないとか、ほんの一部分だけ無意味にうごいているとか（このアトラクションがそれですね）、前触れなしにいきなり作動しはじめてとつぜん停止するとか。まあ電力の供給じたいがあちこちでほとんど途絶しているらしいから、無理もないとも言えるけれど——。

ここはもう遊園地のなかだったのか、と人外はつぶやいた。

もちろん客なんか、ひとりも来やあしませんよ。というか、やっぱりこの遊園地はもうとっくに閉鎖されているんですかねえ。まあ、わたしの知ったことじゃありませんがね。ともあれ、そうプログラムされている以上、客が乗っていようがいまいがこのゴンドラは定時になると出発して、コースをひとめぐりしてこなくちゃならない。ばかばかしいもいいところ……。ところで、あなたはお客さんなんですか？

さあ、わからない。

入場料ははらいましたか？

はらってないよ。

そいつは問題だ。不法侵入者……？　まあ、入場料は後日はらってもらうことにして、今夜のところは大目に見てもいいのかな……。まったくもって、くそ喰らえ、てなもんで……。え、言葉の使いかたがおかしい？　じゃあ、もうやめますが……。

あなたは不思議な——と言いかけて、さあなんとつづけたものか、人外は一瞬コトバに詰まり、不思議な……存在だねえ、と結局は言ってみた。あなたからは生命がまったく感じとれない。なのに、まるでほんもののヒトみたいにあなたには意識があり、意志も感情も好き嫌いもある。なんでそんなことが可能になるんだろう。

不思議？　存在？　そのどちらのコトバもわたしは理解できませんね。

ゴンドラが急にぐるりと方向を変え、運河の流れから逸れてほそい支流にはいっていった。

さっきのプログラムと命令の話で言えば、と、お喋りなゴンドラ漕ぎは話しつづけている。一応、きまった口上がありましてね、そいつをわたしは舟の進行に合わせてどんどん言ってゆかなくちゃいけないのですが、そもそもあなたがお客さんかどうかってことじたい怪しいみたいだし、まあやめておきましょうか。「この町の人々は古来、運河の水の流れを友として、波瀾に富んだ物語のかずかずを生きてきました。ほら、左舷前方をごらんください。いましも深夜の広場では、あかあかと燃える松明を手にした人々が絞首台のまわりにあつまり……」とかなんとか、そういったたぐいです。わたしじしんが歌をうたうシーンもあり……。でもあなたは興味がないでしょうし、どのみち明かりが点いていないから両岸にしつらえられた舞台装置を見ることもできないし……。いや、そもそもたとえ見えたとしてもその装置じたい、ぜんぜん作動していないのですから。

みぎにひだりに曲がりくねったその支流はやがて直線コースにはいり、同時に前方に明るい場所がひらけているのが見えてきた。

さ、そろそろ終点です。最後くらい、ちゃんとやるかな……。「みなさん、この古い水の都にかくされたかずかずの神秘と恐怖をたのしんでいただけましたか？　この町はこれからも日々どんどん変化しつづけ、あらたな謎や秘密がつぎつぎに発見されてゆきます。ご家族やお友だちをおさそいのうえ、またぜひこの〈ほの昏い水の都めぐり〉にご参加ください。とおからずこのゴンドラのうえで皆さんに再会できる日をたのしみにしています。どうも有難うございました！」　まあそういうわけで……。謎だの神秘だの、そんなコトバの意味だってむろんわたしにはわかっちゃいませんが……。ちゃんとしたアトラクションをお見せできなくてまことに残念です。

川幅はふたたびひろがり、煌々と照明された川岸の埠頭がちかづいてきた。いくつもの無人のゴンドラが繋留されている桟橋に、人外の乗ったゴンドラはだんだん速度を落としながらしずかにちかづいていった。桟橋の空いた場所にぴたりと横づけされると、ではまた、お元気で、足もとに注意しておりてください、とゴンドラ漕ぎは言い、そう言い終わった瞬間に全身がぴたりと静止した。

人外はひらりと岸に飛びうつった。濡れた地面のうえでちょっとすべりかけたが、体勢を立てなおして背後を振りかえってみると、うつむいたゴンドラ漕ぎは櫂を運河の流れに差しいれたまま凝固していて、指さきひとつぴくりともしない。帽子のひさしの陰になってこいつの顔は最後まではっきり見えないままだったなと人外がおもった、つぎの瞬間、そのかれだか彼女だかの唇が不意にひらいて、あなたをここに連れてくるために、「ゴンドラ」と「ゴンドラ漕ぎ」のプログラムだけがうごいていたのかもしれませんね、というひくいつぶやきがそこから洩れでてきた。

人外はそれには返事をせずに、むきなおって埠頭を背に歩きだした。そうしろとだれに命令されたわけでもないけれど、という声が人外の背中を追いかけてきたような気がした。気のせいだったかもしれない。それはむしろ人外のこころのつぶやきだったのか、それともゴンドラ漕ぎのと人外のと、どちらもヒトではないふたりのつぶやきが溶けあったものだったのか。いずれにせよ人外の注意はすでに前方にむかっていて、もう二度と後ろを振りむかなかった。

でこぼこした石畳の広場の突きあたりにちいさなアーチ門があり、そこをぬけるといきなりアスファルトで舗装しただだっぴろい空間に出た。ぽつりぽつりとまばらに街灯がともっているが、その光のとどかない大部分の場所は闇にとざされている。

夜がふけるにつれて風が出てきたようだった。まるで世界からの拒絶の意思表示のような間断のない強風に吹きまくられながら、しかしそれを心底こころよく感じながら、人外はとぼとぼと歩いていった。だれと行き会うこともなかった。なにかはればれしいおもいがあった。いつの間にかわすれていたあのさびしさが、――世界のうちにとどまりながらなかばそのそとにはみ出して生きざるをえないことのせつなさ、やるせなさが、ひさしぶりにもどってきたように感じて人外はため息をついた。あの病院長の老人から植えつけられた焦燥も怯えも、このなつかしい感情の再来がきれいさっぱり駆逐してくれるようではないか。

ありきたりの遊園地にあるようなありきたりの遊具の数々……コーヒーカップ、ローラーコースター、メリーゴーラウンド、お化け屋敷、回転ぶらんこ、ミラーハウス……。暗闇のなかにしずみこんでいても、もう没してしまった月のかわりに夜空にまたたきはじめた星々から降りそそいでくるほのかながらも明浄な光のかがやきに照り映えて、それら遊戯装置のシルエットや看板の文字はおおよそ見分けられる。どれもこれもひっそりとねむりこけているようだった。アトラクションや乗り物がことごとく止まってしまっていることをゴンドラ漕ぎが「惨状」と形容していたことを人外はおもいだし、しかしはたしてほんとにそうなのかとくびをかしげた。もう時刻はずいぶん遅い。無人なのも街灯の大部分が消えているのも遊具がうごいていないのも、たんに閉園時刻を過ぎて今日の営業が終了している、というだけのことではないのか。

だが、吹きすさぶ木枯らしが意外なほど大量の枯れ葉を、紙くずもプラスチックの皿やコップも折れ飛んだ木の枝も一緒くたにしてざあっと巻きあげ、宙に翻弄し、また地上に粗暴に散らばらせているさまを見ているうちに、またその木枯らしに巻きこまれじぶんじしんも吹き飛んでしまいそうな風圧を感じながら歩いてゆくうちに、これはやはりよほど昔にうち棄てられ機能を止めた遊園地らしいとかんがえざるをえなくなった。なにもかもがふるびて、錆びて、よごれていた。

なんのことはない、どこにあるかわからない遊園地の場所をなんとかして突きとめ、それをめざして距離を踏破してゆく――そんな労苦をかさねるまでもなかった。気がつくと人外はいつの間にかもう遊園地の内部に身を置いていた。拍子ぬけするほど呆気ないものだ。だがそれならひょっとして――と人外はふとかんがえた。今日の夕方そこから出発してきたあのうち棄てられた病院じたい、ひょっとしてすでに遊園地の設備のひとつだったのではないか。あの病院長が言っていた、廃墟探検だか肝だめしだかの連中がやって来てうんぬんというのは、もしかしたら「廃病院の迷宮」とかなんとかいう名前のアトラクションに参加した客の一行だったのではないか。それならそれで、たいへんおもしろい。笑うということができない人外は、この頓狂なかんがえにおそわれた瞬間、そのできないことをしようとして奇妙なもどかしさをおぼえずにはいられなかった。遊園地は機能停止し廃業してしまっているのに、アトラクションの出演者だった男のひとりが気がくるってじぶんはほんものの病院長だと信じこみ、迷宮の奥に身をかくし、引きこもり、世界がじぶんを迫害しているという妄想をいだいたまま、みすぼらしい機械室のなかで歳老いてゆく……。きわめておもしろい。しかし、それももうどうでもいいことだった。

人外は歩いていった。ぎょろ目のたこのおおきな頭部から、吸盤をちりばめたうねうねした八本の足が八方にのび、その先端に乗りかごが付いている遊具の前を通りすぎる。プログラムとやらが生きていれば、八本の足が上下しつつ頭部を中心にぐるぐる回転するのだろう。そのさきには、からだと不釣り合いにおおきな耳を頭のよこにつばさのようにひろげた仔ぞうのかたちの乗りかごが、十個ほど、二十メートルほどの高さの支柱から円形に配置されて吊りさがっている乗り物がある。これもまた回転運動だ。コーヒーカップもメリーゴーラウンドももちろんそれだ。つまるところ、遊園地のあそびとは円運動に身をゆだねるものばかりなのだな。そんな思念が卒然と浮かび、それに触発されて、かつて円とらせんのちがいについてかんがえたことがぼんやりとよみがえってきた。その記憶はしかし今となってはぼんやりかすんだままで、明確な焦点をいっこうにむすんでくれようとしない。あれはいったいどういうことだったか……。

記憶の霧のかなたを見透そうとしているうちにわれにもあらず足どりがゆるんだ人外が、ほとんど立ちどまりかけたとき、不意に目のくらむような光があたりにぱっと氾濫した。呆然として周囲を見回し、たてになった車輪の形状の、巨大な円形構築物がじぶんのすぐかたわらにそそり立っているのに初めて気づき、息を呑んだ。それが度はずれに巨大すぎたのと、じぶんのこころのうちにふかく沈潜していたのとで、あたりを暗闇が支配していたついいましがたまではうかつなことにこの大観覧車が目にはいらなかったのだ。偶然なのかそうではないのか、あたかも人外がそこを通りかかるのを待ち受けていたかのように、とつぜん照明装置にスイッチがはいり、観覧車の輻《や》やその先端に吊られたゴンドラにめぐらされた派手派手しい原色の電飾が、強烈な光で点滅しはじめたのだ。ただし、照明が点いただけで、観覧車はまだうごいてはいない。

しかし人外を驚かせたのはそればかりではなかった。

あ、きれい……。

すぐちかいところから聞こえた。ささやきにちかい小声なのに、はずむようなこころ躍りのさまがあらわにつたわってくる。観覧車の電飾に見とれていた人外がはっとして振りむくと、そこには深緑色のカシミアのコートを着こみちいさな赤いポーチを肩から斜めがけにした、たぶん十歳くらいの女の子が、空をあおぎ見るように上半身を反らせて立ち、観覧車のぜんたいを視界に抱きかかえようとするかのようにおおきく目を瞠っていた。女の子の背後に木のベンチがあるのが見える。人外がその存在にも気づかなかったのは、その子があそこにぽつねんと、ひっそりと座って凝固したシルエットになっていたからなのか。

すごい……。ね、すごいよね？

寒いのだろう、コートのポケットに両手をふかく突っこみ、肩にとどくほどのながさに黒髪を切りそろえているその女の子は、すこし顔をかたむけ、足もとの人外をちらりと見てそう言うと、すぐまた観覧車に目をもどした。人外はそれには返事をせずに、ただ女の子を見て、観覧車を見て、また女の子の顔に目をもどし、その両の瞳に観覧車の電飾のまばゆいかがやきがあかあかと照り映えているのに見とれた。

そのとき、ジリジリジリジリ……というベルの音が拡声器を通じてひびきわたりはじめた。女の子の顔に緊張が走り、眉根をよせてすこしのあいだなにかをかんがえているふうだったが、やがてこころをきめたようにこくりとちいさく頷いて、急に走りだした。観覧車をかこむ、じぶんの胸ほどのたかさの鉄柵に駆けより、その上端のバーを両手でつかんでからだを引きあげると、身軽に乗りこえてむこう側へおり立った。さらに走り、観覧車のゴンドラの乗降用のプラットフォームへのぼるステップを二段跳びで駆けあがった。そして、ちょうどその位置へ来て停止しているゴンドラの扉を慣れた手つきで開け、なんのためらいもなくそのなかに乗りこんだ。

ベルはまだ鳴りつづけている。女の子はゴンドラの内側から扉に手をそえてはんぶん開いた状態にたもち、もう一方の手で人外にむかって手招きをしていた。その手招きが、早く早く、急いで急いで、というふうにどんどんはげしく、せわしなくなる。人外も走りだした。ひと跳びで鉄柵を飛びこえる。女の子の乗ったゴンドラの前に人外が着いたのとベルが鳴り終わったのとが、ほぼ同時だった。人外が扉のすきまをするりと抜けてなかへはいり、女の子が扉をがちゃりと閉めて内側から留め金をかけた、まさにちょうどその瞬間、ゴンドラはぐらりとおおきくゆれ、徐々にうごきはじめた。観覧車が回りだしたのだ。

「前触れなしにいきなり作動しはじめてとつぜん停止するとか」――そんなことがあると、たしかゴンドラ漕ぎが言っていたな、と人外はおもいだしていた。「いきなり作動」というのがこれだろうか。では、このゴンドラが円弧の軌道の頂点までのぼったところで「とつぜん停止」したら、そして照明も消えて真っ暗になってしまったら、いったいどうする。……そのときはまあ、そのときだ。

女の子と人外はむかい合わせのシートにそれぞれ座り、両者ともにすこしばかりまぶしそうな目つきであらためてたがいの顔をじっと見つめあった。

ぎりぎりだったたね、あんた、ぐずぐずしてるから、と女の子が本気ともつかずなじるように言った。人外はそれには答えず、ただ、

きみはだれ、といつものように訊いた。

あたし？　あたしは……あたしよ。女の子はそう言って、文句ある？　とでもいうふうにかたちのよいあごをぐっと突きだした。

ここでなにをしていたの、と人外はさらに尋ねる。

それは言えない。秘密なの。

ふーん、と言って人外がだまってしまうと、

秘密をまもってくれるなら、教えてあげてもいいんだけど、と女の子はじらすように言った。ゴンドラはのろのろと上昇をつづけている。素通しガラスのはまった床ごしに見える地面がだんだんととおざかってゆく。

秘密をまもるって、ヒトには言わないってこと？　もちろん言わない、言う相手もいないし。

それなら教えてあげるけど、と女の子は早口に喋りだした。結局、言いたくて言いたくてたまらないのだ。あたし、フーちゃんをさがしてるの。迷子になったフーちゃんを……。

フーちゃんって、だれ？

ねこのフーちゃん。ほんとうはフーガって言うんだけど、うちではみんな、フーちゃんって……。まだ生後六ヵ月の仔ねこなの。って言うか、仔ねこだったの。いなくなったのは一年以上前だから、もちろんいまはもう、仔ねこじゃなくなっているけれど。

どんなねこ？

赤トラ柄でしっぽがながくて、とってもかわいいの。

今日じぶんが病院の踊り場であやうく嚙み殺しかけたねこのことをすぐおもいだし、そとにはあらわさないながらも人外は内心ぎくりとした。しかしまあ、赤トラ柄のねこなどこの世に掃いて捨てるほどいるだろう。

おとうさんもおかあさんも、あたしがフーちゃんをさがしつづけているのを嫌がるの、と女

の子は憤然として言った。もういい加減にしなさい、あきらめなさい、あのときあんなにさがし回って、あちこちに貼り紙を出し、市の広報誌にも広告を出して、保健所に毎日のように問い合わせつづけて、それでも見つからなかったんだからって言うの。きっとフーちゃんはどこかの親切な家庭に保護されて、かわいがられて、いまごろはしあわせなおとなねこになってるよって。でも、もし……もしそうじゃなかったら、どうする？

口籠もった女の子の瞳がうるみ急速に涙が盛りあがってきた。しかし涙のおおきなつぶはそこでふるふる震えているだけでなかなか目のふちをこえて流れだそうとしない。表面張力というコトバがどこからともなく頭に浮かんできて人外はとまどった。あ、でも、やっと雫になってしたたり落ちた、頬のうえを、ひとすじ、ふたすじ……。女の子はそれを両手の指さきでぴんぴんと撥ねとばし、話しつづける。

フーちゃん、とってもこわがりなの。もし、おなかを空かせながらいまでも毎日毎日、人目をさけて、びくびくして、あっちこっちさまよっていたら？　あれ以来、ずっと、ずうっと、じぶんのうちをさがしつづけていたら？　だからあたしはぜったいにあきらめない。昼間は学校だの夕方は塾だの、時間がなくて、さがすのは夜しかないの。今日は同級生のエリちゃんのうちで一緒に勉強してそのまま泊めてもらうからって嘘をついて、家を出てきた……。

人外は女の子に背をむけてシートの背に前足をかけ、そとを見た。あのいなかの駅の吹きっさらしのプラットフォームからの眺めがよみがえってきた。こうして見わたすと、ぎっしり立ちならぶ家々にはまばらにしか灯がともっておらず、屋根々々のかさなりが尽きた向こうには森だか畑だか野原だかの真っ暗なひろがりがあり、――ここはニンゲンたちが密集して住んでいる町のはずだけれど結局はあそこで見た眺めとたいして変わらない、と人外はおもった。むしろまわりの家々から見るこの観覧車のほうがきっと異様で奇怪な眺めにちがいない。電力がとどこおりがちになって闇にしずみこんだ町のただなかに、ぎらぎらとかがやく赤青黄の光を点滅させる巨大な車輪がぽつんとひとつそそり立ち、それがゆっくりと回っている……。人外がそんなことを想像しているあいだも、ゴンドラはなおじりじりと上昇しつづけていた。世界はひろいから、というちいさなつぶやきが聞こえたので人外は振りかえった。

こんなにひろいから、フーちゃん、もう見つからないかな……。女の子はまた涙ぐんでいた。もう両手はコートのポケットから出そうとせず、涙の雫が頰をつたってしたたり落ちるがままにまかせている。

この子がねこを見つけられるかも、じぶんがかれを見つけられるかも、わからない。わからないがともかくじぶんがこの観覧車に乗ったことじたいはまちがっていないような気がする、と人外はかんがえた。見張り番の老人がぜんまい仕掛けのブリキの観覧車をうれしそうに見せてくれたこと、また、地下街のカジノとやらで無表情を仮面のように顔に張りつけたクルピエがすり鉢状の円盤を回転させていたことが、人外のこころにおのずとよみがえってきた。貧相な病院長がくるりとターンしてみせたのは偶然だろうか。あれらすべてはきっとなんらかの予兆だったのにちがいない。円運動をするものにみちびかれて、じぶんはこの観覧車までいたり着いたのだ、と人外はおもった。観覧車はあたかも人外の到着を待ちかまえていたかのようにいきなりつよい光のかがやきのなかに立ちあらわれたではないか。そして、ゴンドラのひとつに人外が乗りこむやいなや満を持してというふうに回転しはじめたではないか。ならば、おそらくここそが終着地点なのではあるまいか。いまこそなにか決定的なことが起こるのではあるまいか。

落ち着かずにあたりをきょろきょろ見回している人外と、いまはもうだまりこんでしまってなにかものおもいにふけっているらしい女の子を乗せたゴンドラは、とうとう観覧車の軌道のいちばんたかい地点に達した。だが、さてなにが起きるかと全身の神経を緊張させている人外の期待をうらぎって、ゴンドラはなにごともなくそこをあっさり通過するや、そのままゆるやかに下降に転じた。

10　水族館

ねこの好物とは――回転扉――水のはなつ微光――吹きぬけの大ホール――らせん階段を
くだる――最後の水槽――いとまきえいでもうみがめでもない――受けつがれる使命――
じぶんじしんを贄《にえ》としてささげること――人外は未来を取りもどす――世界のただなかへ

なにも起こらなかった。なにも起こらないのが円運動のはかない、あるいは悦ばしい必然なのだろうか。女の子と人外の乗ったゴンドラは軌道の頂点を通過して下降に転じ、徐々に高度を下げ、やがて平穏に一回転を完了して地上にもどってきた。プラットフォームがちかづくと女の子は立ちあがり、掛け金をはずしてゴンドラの扉を開け、地面すれすれになったところですばやく地上に飛びおりた。人外もそのあとにつづいたのを確認するやただちに扉を閉め、外からまた器用に掛け金をかける。からになったゴンドラはそのままゆるゆると前進し、ふたたび上昇軌道に乗ってゆく。

ふうとため息をついた女の子は、さ、これでいいわね、と妙にませた口調で言い、うん、とひとつ得心顔で頷くとさきに立ってどんどん歩きだした。観覧車の一周がじぶんになにもたらしてくれなかったことにかるく失望していた人外は、なにが「いい」のかさっぱりわからなかったが、しかし女の子のいきおいに気おされるようになんとなくそのあとについてゆく。そうせざるをえないような気分になっているじぶんが不思議でなくもないが、ともあれ人外の心には廃病院を彷徨していた日々につのっていたあの居たたまれないような焦燥はもうなかった。さしあたって、このへんになまいきな女の子と出会い、一緒に観覧車に乗ってぐるりと一回転するという体験をすでにした。ならばなりゆきに身をゆだね、もうすこしこの子に付きあって行動をともにしてもよい。なんとなくそうおもう。もとの道にもどるために鉄柵を乗りこえるとき女の子はバランスをくずして尻もちをついたが、すぐ立ちあがりコートのお尻のところをぱんぱんとはたいて土ぼこりをはらうと、なにごともなかったように肩をそびやかし、あとにつづいて鉄柵を飛びこえじぶんのよこにならんだ人外には目もくれず、勝気そうにつんとあごをあげて歩きだす。

観覧車をいろどるあでやかな電飾が背後にとおざかるにつれて闇が濃くなってゆく。やがて街灯の明るみがちかづいてきてそれがひろげる光の輪のなかにはいって目がくらむ。その光を背後にしてまたふたたび闇のなかに足を踏みいれてゆく。そんなふうにしていくつの街灯を通りすぎたのか、またつぎの街灯がちかづいてきて、そこも通りすぎるのかとおもわれたが女の子は急にみぎへ折れ、ゆるやかなくだり道を確信ありげな足どりでずんずんすすんでゆく。おやと人外が首をかしげたのは、すでに人外の嗅覚にしたたしいものとなっていたあのなつかしい饐えた水のにおいが行く手からふたたびただよいだし、それがだんだんつよくなってきていることにふと気づいたからだ。では、ぐるりとおおきく迂回してまたあの運河もしくはその支流の岸にちかづいてきているのだろうか。どうやらそうらしいが、しかしそれだけでもないようだ。あの運河の水のにおい、それはたしかに感じとれるが、しかしそこにはさらに鼻孔をもっと直截に刺激するなまぐさい腐敗臭のようなものが混じってていはしまいか。

このにおい、これはなにか、魚の——と人外がおもった、つぎの瞬間、「アクアリウム」という看板をかかげた建物が前方に見えているのに気づいた。それはあさい窪地の底に建ち、大小の魚、うみがめ、かに、くらげ、いかなんぞがにぎやかにつどい踊っているさまがえがかれた看板が星明かりにうっすらと浮かびあがっている。頭部が左右に張りだしその先端に目と鼻孔がある、奇怪とも愉快とも言える面《つら》つきのしゅもくざめを真ん中に置いたその看板じたいは、陽気な漫画ふうの派手派手しい演出だが、その陰にうずくまっているのはもうとっくに老朽化しているとおぼしいみすぼらしい二階建ての建物でしかない。女の子は星明かりのしたをずんずんすすみ、建物の入り口のところまできて、回転扉の前で立ちどまった。そこまでの自信ありげな足どりにそぐわしくない、じぶんじしん迷子になったようなおぼつかない表情をしかしそこで不意に浮かべると、

フーちゃん、魚が大好きだったから、と言いわけするようにちいさくつぶやいた。嗤われるのではないかと恐れるようにおずおずとそう言って、足もとの人外の顔をちらりと見おろす。

しかし人外がかんがえていたのは迷子ねこのことではなく、もう何日まえのことになるの

か、別れぎわにタクシー運転手の女の指にぴかりと光ったのを見た、魚がかたどられた銀色の指輪のことだった。見張り番の老人の宝ものだった観覧車のおもちゃが、ついさっき女の子とゴンドラに乗って一周したあの大観覧車を予告していたのだとすれば、片目に眼帯をかけたあの女の中指にはまっていた魚のかたちの指輪が、この水族館を予告していたとかんがえていけないわけはあるまい。そうおもわれた。時間の一点のただなかにはその現在だけではなく過去も未来もある。夕闇が立ちこめはじめた道路ぎわでおそらくもう二度と会わないだろうあの女と別れたとき、最後の瞬間に見たものがぴかりと光る魚のかたちだったことに、意味がないはずはない。

はいってみよう、と人外は女の子をはげますように言った。

そのコトバで迷いが吹っきれたように、女の子は回転扉のなかへ歩みいり、人外もそのあとにつづいた。じぶんのコートのすそに人外がぴたりと身を寄り添わせたのをたしかめてから、女の子は手をのばしガラスの扉をそっと押した。うごかない。両手をあて、力をこめてもういちど押す。それでもうごかない。

駄目か……とつぶやいて女の子は肩をおとした。

もういちどやってごらん、と人外は言った。

駄目だよ、鍵がかかってるんだよ、と女の子は投げやりな口調になってかなしそうにつぶやいたが、

大丈夫、もういちど、と人外はやわらかく説得するようになおも言いつのった。そうすると

きっと開くから。

半信半疑の表情で、それでもこくりと頷いて、女の子はぶあついガラスに肩を押しあて、足を踏んばり体重をかけてもう一度力いっぱいに押してみた。すると、ぎぎっという耳障りな音をたてて、扉は根負けしたようにすこしうごき、女の子が押しつづけるうちにさらにうごき、結局不承不承のように軋みながらもぐるりと回って、気がつくと女の子と人外は水族館のロビーのような空間に出ていた。戸外にかすかにもれていた魚の、ないしその死骸のなまぐさいにおいが一挙に濃くなってむうっと鼻につく。

館内の照明はすべて消えている。それでもカウンターだの絵葉書のラックだのおみやげ用のおもちゃの売り台だのがぼんやり見わけられ、なににぶつかることもなくすすんでいけるのは、奥の通路のほうから微光がとどいてきているからだった。女の子と人外の足はおのずとそちらへむかった。

ぐるりいちめんに水槽がならぶ展示室に生きものの気配はまったくない。静寂をやぶるのは女の子の履いているスニーカーのゴム底がリノリウムの床にきゅっきゅっとこすれる音だけで、しかしそれもなんの反響音もともなわずかすかな死臭のただようあつぼったい空気のなかにただちに呑みこまれてゆく。天井灯もその他の電灯もすべて消えているのに、部屋のなかにほんのりした明るみがただよっている理由はすぐわかった。水が光っているのだ。

かつては魚をはじめさまざまな水棲動物が飼われていたのだろうが、いまここにはいかなる生命のうごきも感知されない。細菌やプランクトンのような微生物のたぐいはともかくとして、藻や水草までことごとく死に絶えているのは明らかだった。にもかかわらずなぜか展示用の水槽すべてがいまだに水を満々とたたえていて、その水はよごれてにごっていたり放っておかれて長い時間が経ってもまだ意外に透きとおっていたりと水槽によってさまざまだが、ただしそれらどの水槽の水も光っている。ほのかにかがやいている。水を照らしている光源があるわけではなく、水という物質をかたちづくる分子ひとつひとつが微光を発している。そう見える。女の子は水槽のひとつにちかよってなかの水に目を凝らした。女の子の息でガラスがくもった。足もとに寄り添って女の子の顔を見あげた人外の目に、水の耀《かがよ》いの照り映えをうけた彼女の瞳のなかにちいさな炎のようなものがちらちらとゆらめくのが映った。

　しかしもっと明るい光がつぎの展示室の反対側の出口から流れてきていて、女の子も人外もそれに誘われないわけにはいかなかった。はいってみるとそれは二階まで吹きぬけになった半円形の大ホールで、その片面の壁ぜんたいを占めているのはおそらくこの水族館のいちばんの呼びものになっていたにちがいない巨大水槽だった。それもまた生きものじたいの有無で言えばからっぽだが、水面が見えないたかさにまでいっぱいに張られた水が緑いろににごったままうっすらとかがやきわたっており、うっすらとはいえなにしろ水槽のおおきさがおおきさだから、ホールぜんたいに驚くほど明るい光がみなぎりわたっている。表の看板の絵で真ん中にえがかれていた、だからきっとこの水族館の最大の売りものであり人気ものだったはずのしゅもくざめも、かつてはきっとこのなかを泳いでいたのだろう。

　女の子はその水槽にも恐る恐るちかづいて、つめたいガラス面に両のてのひらを当ててしまいにはひたいと鼻までじかにぎゅっと押しあて、目を瞠ってあまりとおくまでは見透せない水のなかをのぞきこんでいた。しかし何秒も経たずにすぐ顔をはなしからだもガラス面から一歩、二歩ととおざけたのは、この巨大水槽を満たしている水の量塊の途方もないおおきさ、おもさにたじろいだからかもしれない。あるいはにごった水のただなかからいきなり怪物めいたなにかが出現するのではといった想像がはたらいてふと怯えたのだろうか。看板で見たあのしゅもくざめのすがたを彼女もまたおもいだしたのだろうか。

ガラスの間際まではちかづかなかったが、人外もまたホールの中央に足を踏んばって、映画の物語が終わったあとまでなお映写機の真っ白な光の投射をうけつづけている映画館の空虚なスクリーンのような、この巨大な壁面のかがやきに目を瞠っていた。そうしながら、水のなかに棲む生きものの気配はなにひとつ感じられないけれどもしかし、この不可思議な水のかがやきはそれじたい、ひょっとしたらある種の生命の――通常の意味での生命とは本質も機能も異にする、しかしそれもまた生命と呼ぶしかないようななにかの――隠微なしるしなのではないかとかんがえていた。事実、じぶんじしん、そんな奇にして怪なる生命にほかならないではないかと人外はふとおもう。この水のなかに生きものはいないと言う、そうした意味での生きものではは人外もなかった。人外がここまでで出会って意思をかよわせることができたヒトたちとは、見張り番も運転手も偽哲学者もクルピエも司書も病院長もゴンドラ漕ぎ――いやあれは厳密に言えばヒトではなかったか――も、そしていまここにいるこの女の子も、そのことを――つまり人外が生きものならざる生きものだということ、世界のうちにとどまりながらもたえずそのそとになかばはみ出して生きつづけるほかない、生きていて生きていない、そんな生きものだということを、直感的に察知しえたヒトたちばかりだったのではあるまいか。だとしたら、この水のなかに生命はないとためらわず断定することはできないのではないか。

巨大な光のスクリーンに見とれながらそんなかんがえにふけっていたので、女の子が、あっ、とちいさくさけんで急に走りだし、はいってきた入り口とは反対側のはしにあるホールの出口の奥の薄闇のなかへ消えたのに反応するのがついおくれた。迷子ねこのすがたをみとめたのだろうか、それともなにかべつのものに気をとられたのか。放っておこうかというまよいが湧いて反応がさらにおくれたけれど、結局人外は女の子のあとを追うことにした。

ホールから出たところはつぎの展示室とのあいだをつなぐ中間ゾーンのような円形空間で、ここにも壁に沿ってぐるりいちめんに小型の水槽が配され、なかの水が微光を放っている。女の子のすがたはない。中央の床に直径一メートルほどの穴があいており、非常用の設備とおぼしいちいさならせん階段がしたにむかってのびている。女の子はさらにとなりの展示室へ駆けこんだのだろうか、それともこの階段を降りていったのか。ゴム底が床をこする音がどこかから聴こえないかと人外は耳をすましたが、周囲はまったくの静寂につつまれている。

らせん階段の入り口には一般の来館者を入れないためだろう、手すりと手すりのあいだに鎖が張られていたが、人外はそのしたをくぐった。幅のせまい鉄板をらせん形にならべただけのステップからステップへとたどるうちに、すぐ階下のフロアに出た。ここにはもう水の微光はとどかず、漆黒の暗闇がひろがっている。それでも人外がなににぶつかることもなくくねくね曲がりくねった通路をすすんでゆけたのは、いちどは失われたように感じていた人外の未来予知の力がもうすでに復活しかけていたからかもしれない。

　しかしほどなく前方にほのかな明るみが見えた。近づいてゆくと、通路の突きあたりにドアがあり、不注意なだれかがちゃんと閉めなかったかのようにそれがすこしばかり開いていて、そのすきまから光が洩れているのだということがわかった。人外はそこをするりと抜けてなかにはいった。

　そこは湿ったなまぐさい空気がよどむかなりひろい部屋で、光の出どころはやはりその内部のあちこちに点在するいくつもの水槽がたたえている水だった。ただしとりとめなくごたごたと置かれたそれら大小さまざまの水槽は、一般客のための展示用では明らかになく、どうやらここは職員の作業室か、学芸員が詰めている研究室かなにかとおぼしい。実際、水槽のなかの水の発する微光が、パソコンをのせたデスクやら工具の散らばる作業台やら古風な木製のファイリングキャビネットやらを浮かびあがらせている。ただし、そうしたすべてのうえには厚くほこりが積もり、かなり長い期間にわたってヒトの手が触れた形跡がないのがただちに見てとれた。あらためて見なおすと、デスクも作業台も仕事場にふさわしく合理的に配置されている感じがなく、たんにいい加減に運びこまれたものがそのまま無頓着に放りっぱなしにされているといったふうで、ひょっとしたらここはたんなる物品の保管場所なのかもしれない。整理の行きとどかない物置か倉庫なのかもしれない。

　ただ、そんなことよりなにより、その部屋にはいるなり人外がただちに注意を惹かれたのは、ポコポコ、ポコポコとちいさな泡つぶがつづけざまにはじけるかすかな音がどこからともなくつたわってきたことだった。人外はその音の出どころをもとめてデスクや椅子をよけながら部屋をよこぎってゆき、いちばん奥まで行って、隅にぴったり寄せて置かれた台のうえの、長さ一メートル半、幅一メートル、高さ一メートルほどの直方体の水槽の前に立った。台のへりにひらりと飛びのり、ガラスに顔を近づけて水のかがやきに目を凝らす。はたからだれかが見ていたら、水槽ぜんたいの光を正面からもろにうけとめているじぶんの瞳のなかにも、さっきうえの階の展示室で女の子の瞳に浮かんでいたのとおなじ、ちいさな炎のようなものがゆらめいているのが見えるにちがいない。人外はそうおもった。

水草の残骸や魚の死骸が腐敗して溶けこんでしまっているのか、うす緑いろににごった水のなかをこまかな泡つぶが連続して立ちのぼり、線状の軌跡をえがいている。泡が湧きでている源は水槽の底面ちかくのようだが、そこに空気をおくりこんでいる管もポンプも見当たらない。だからモーターの作動音のたぐいなどはもちろん聞こえず、ただまるで未知の微細な動物の幼体たちのかわすひっきりなしのお喋りとわらい声のようなポコポコポコという音がはじけつづけているばかりだ。左右にゆらゆらしながらもおおむね垂直の線状に立ちのぼっている泡つぶの列は最初は二すじだったが、人外が見つめているうちにそれは不意に三すじにふえた。上昇してきては水面ではじけるそのこまかな泡つぶいがいには水槽のなかにはなにもない。いや、なにもない、と言いきっていいのかどうか——と、先ほど人外をとらえたうたがいがまたよみがえってくる。水が光であるなら光がさらに生命であってどうしてまずいのか。

とうとうここまで来た、と人外はおもった。ここにたどり着いた。この水槽が終着点だ。そうおもう。ではここで人外は、わたしたちは、ついにかれに追いついたのか。

人外はそのままじっと見つめつづけていた。どれほどの時間が経ったのかわからない。もしかしたら人外はもうすでに時間のそとにいるのかもしれなかった。泡つぶの列は四すじにふえた。そのままの状態がかなりながくつづいて、もうこれで終わりかとおもいかけたとたん、それは五すじ、六すじにふえ、さらにふえ、どんどんふえていきなり水槽ぜんたいが無数の泡つぶで満たされているような状態が現出した。

にもかかわらずポコポコポコポコというあのざわめきがおおきくなるどころかむしろその逆に急速にしずまってきたことに人外はとまどったが、その理由はすぐにわかった。泡つぶが水面まで来てはじけて消えるということがないのだ。それは水と空気のさかいめを超えさらにそのうえにまで上昇しつづけている。空気のなかで泡つぶがかたちをたもっていられるはずはないから、そこはもう空気ではなく水のつづきになっているとかんがえるしかない。水面というものがもはやない。うす緑いろのよごれた水はついさっきまでそこにおさまっていた直方体の輪郭をはみ出してそのそとにまでひろがりだし、みるみるうちにふくらんで人外を呑みこみデスクや作業台やファイリングキャビネットを呑みこんで、部屋ぜんたいに満ちわたっていった。それとも水が膨張し水槽のそとへ溢れでたのではなく、むしろ部屋のほうが縮小しそれにつれて人外もデスクその他も縮小し水槽の内部に呑みこまれたのだろうか。しかし内部と外部を区別することじたいがもはや無意味なのではないか。人外は分子ひとつひとつがかがやきわたった水のなかにいてそのまばゆさに目がくらみ、部屋のなかの光景のどこがどう変わったのかはもうよくわからない。人外じしんがすでに水となり光となってたゆたっていて、それでも周囲の水だか光だかをかきわけるように四肢をうごかすと泳ぐともつかず浮游するともつかずからだが移動してゆく感覚はある。

時間のそとに出たのではなくじぶんがまさにそのただなかにいるのだ、と人外は知った。むしろ時間に取りかこまれていると言ったほうがいいかもしれない。なぜならいまや人外のからだを息ぐるしいほどのちかさから囲繞し圧迫している無数の泡つぶとはそのひとつひとつが時間のかけら――過去の、現在の、未来のかけらだったから。それらはいまや列をなして垂直に上昇してゆくのではなく無秩序に散乱しつつゆるやかに渦を巻いていてその渦の中心に人外がいた。こうしてようやくじぶんは時間としたしく和解することになるのかというおもいがえも言われぬ甘美ななつかしさをともなって人外の心にこみあげてきた。よごれた水のはなつ腐敗臭もまたなつかしかった。たんにそれを嗅ぐだけではなくそれにからだぜんたいでまみれることがただひたすらとろけるようになつかしかった。

しかしやがてその囲繞と圧迫が不意にゆるんで気がつくと人外はそのそとにはじき出されていた。やはりそとに在るほかないのか、それがひとでなしであるじぶんの引きうけなければならない運命なのかとふとかなしくなり、しかしそれと同時に、運命というものはないんだと言ったのはいったいだれだというにがい反省がこみあげてきた。運命なんてないとじぶんが言いはなったときの余裕綽々の昂然とした声音がなまなましくよみがえってきて人外の心を羞ずかしさで傷つけた。人外はさびしかった。

だが、そんなやくたいもない雑念にかかずらっている余裕はいまはない。気を取りなおした人外が視線を前方になげると、そこでは泡つぶたち、時間のかけらたちがよこになななめに方向をはげしく変えて渦巻きながらしだいに中心にむかって蝟集しつつあるところだった。それはいましもなにかのかたまりとなろうとしていて、そのかたまりがさらにちいさくちぢんでゆく。まばゆさに抗して人外はつとめて目を瞠りよごれた水のにごりを透かして見つづけた。わたしたちはとうとうかれと出会うのだろうか。

過去と現在と未来のかけらたちのすべてが蝟集し凝集し、ちいさくちいさくちぢこまってゆき、そのちぢこまったものがある瞬間不意にふわりとやわらかな羅《うすもの》のようにほどかれた。それはまるいかわいい傘のようなものをひろげ、呼吸のリズムに同期して開いたり閉じたりをくりかえしている。くらげに似たそれはしかしそこに停滞せずそのかたちに凝固せずさらにじぶんのすがたを変えつづけ、剣呑な触手のようなものがのびてきたかとおもうとちぎされて落ち、まがまがしいいぼのようなものが盛りあがってきたかとおもうとへこんで消え、そうこうしているうちにかたまりはこんどは徐々にふくらんでゆく。

それが人外とおなじくらいのおおきさになったとき、ついに決定的な瞬間がおとずれた。じぶんがなにになるのかをとうとう決めたかのように、ここまでなにかあいまいにぼやけたようだった輪郭が不意にかっきりした鮮明なかたちをとって固定した。ただしかたちが確定してもそこに出現したものの正体じたいはなにやら不分明と言うほかなく、あえて言うならいとまきえいの幼体にちかいようでもある。とはいえそれはいとまきえいの幅広の胸びれのかわりにむしろうみがめの四肢に似たものをそなえていて、とくにからだの全長に比して不釣り合いなほどおおきな前脚はうみがめのものにそっくりだ。ただしうみがめのような甲羅はない。

　それは最初のうちじぶんでじぶんの前脚をどうあつかえばいいものやらわからぬように不器用にもがき、たてにもよこにもぐるりぐるりとぶざまに回っていた。からだが回るのをどうやって止めたらいいのか、ななめにかしいだからだをどうやって立てなおし平衡を取りもどしたらいいのか、困惑しつづけているようだった。しかし、左右に突きだした前脚を櫂のようにつかって水をかき、ちいさめの後脚で舵をとって泳いでゆくやりかたをやがて曲がりなりにもまなびはじめたらしく、するとからだが無意味に回転することも徐々に間遠になってゆく。すすむ。止まる。旋回する。上昇する。下降する。それはいまやうごくことじたいを愉しむかのように、じぶんがうごけることじたいがうれしくてたまらないかのように、すいい、すいいとみぎにひだりに、したにうえに、みじかくするどく泳ぎ回っている。踊っているようでもある。あそびとも練習ともつかぬそんな時間がどれほどつづいたのか、ある瞬間、それはとつぜん意を決したように真上をめざして一挙に上昇しはじめ、上昇しつづけ、やがておおきく旋回して弧をえがきその中途で人外の視界からかき消えた。その間、それは人外のほうへはいっさい顔をむけることがなかった。

　人外があの黒くほそながい平底舟にのってさかのぼってきた運河は、たぶんここからほどとおからぬところにあるはずだ。きっとあの子は——あの珍妙な生きものをあの子と呼ぶのは人外にはごく自然なこととおもわれた——なんらかの手段を見つけてあの運河に出られるのではないか。そうすれば流れをくだって海に出られるし、いったん海に出て泳ぎだせばその後はもうどこへでも自由に行ける。そして旅立つことができる。かれをさがす旅に。

あの子がかれをさがす旅に出る——それもまたこれ以上ないほど自然ななりゆきとして人外の頭に浮かんできた想念だった。あの子は結局かれではなかった。人外がアラカシの枝のつけねからずるりと滲みだし地面にぽとりと落ちてこの世に存在しはじめたように、あの子はこの水族館の水槽のよごれた水に湧きだした無数の泡つぶの凝集のなかから生まれでた。かれのゆくえを追ってここまでやってきたじぶんは、じつはあの子がこの世に存在しはじめる瞬間に立ち会うために、そのためだけにここまでやってきたのだ、という直覚が人外の心にするどい閃光のようにおとずれた。あのなんだかわからぬもの、くらげでもいとまきえいでもうみがめでもなく、しかし同時にすこしずつそのすべてでもあるようなもの、すくなくともヒトでないことだけはたしかなあの異形の生きもの——あれもまた結局はじぶんに似たひとでなしであり人外なのだった。もうひとりのひとでなし、もうひとりの人外なのだった。だとすればあの子もまた人外じしんがそうしたようにかれのゆくえを追ってただちに出発するはずだ。そうするにちがいない。

かれをさがす旅はあの子に受けつがれ、人外じしんはもうかれのあとを追う必要はない。ではそういうことなのかと人外はかんがえてすこしさびしくなったが、そのさびしさにはしかしある種の晴れがましさがともなっていなくもない。それにしても、と人外はかすかな悔いとともにさらにかんがえずにはいられなかった。もしそうだとしたらあの子の旅のはじまりの難儀を多少なりと減じてやるために、じぶんを贄《にえ》に差しだしてやってもよかった。

あの子はまもなく空腹でたまらなくなるだろう。しかしあの子は飢えという感覚じたいをまだ知らない。どうすればそれが満たされるかもむろん知らない。じしんのからだをやしない維持しつづけるためには、世界の一部を切りとって――嚙みちぎって、摘みとって、折りとって、獲り殺して――からだに入れなければならないということをまなばなければならなくなる。そのやりかたを独力で発見しそれに習熟していかなければならなくなる。人外はあの子にそれをおしえてやることができた。コトバはまだきっとろくすっぽ通じないだろうが、人外じしんが獲物となって、それを狩り立て追いつめ仕留めて捕食する一連の過程を実演し実習させてやることができた。じぶんのからだをあの子へ の贈りものとする――あの子に食べられる、みずからすすんで食べられてやるというかんがえは人外にとってはあまい誘惑いがいのなにものでもなかった。じぶんの肉があの子のちいさな歯で嚙みくだかれ嚥下され、内臓のなかで分解し溶解し吸収され、あの子のからだの一部分となってゆく。そうしてついにあの子をかたちづくるかれらだか彼女らだかのひとりになる。それは身ぶるいせずにいられないほど甘美な想像だった。

あの子が泳ぎ回りはじめたときすかさずそれをおもいついて実行してさえいたら、と人外は悔やまずにいられなかった。それは旅立とうとしているあの子にとってこのうえもない出立のはなむけになったことだろう。それはかれをさがす旅がじぶんからあの子へ受けつがれたことを端的にしめす誇らかなあかしとなり、使命のにない手の交替をことほぐ至高の儀礼となったことだろう。だがともあれ、機はすでに逸した。あの子はあの子で、人外がそうしたように生きるすべを、生き延びてゆくすべをなんとかかんとか独力で身につけてゆくことだろう。

そのとき、おおくの試行と失敗をかさねたのちにあの子がようやく一匹の小魚を捕らえその身を恍惚と嚙みくだいている場面の一刹那の断片がさっと視界をよぎったように感じて人外ははっとした。未来が見えなくなってもうずいぶんながいこと経つ。なのに、これはいったいどういうことだ。そういぶかっているあいだにも、光りかがやく水にまみれながら窒息もせずゆるゆると漂流してゆく人外の前に、さまざまな場面のさまざまな断片がつぎからつぎへと立ちあらわれていった。じぶんは未来を予知する力を取りもどしたのだろうか。それとも、さきほど渦を巻く無数の泡つぶにつつみこまれたときそのうち何十、何百、何千ものつぶが人外のからだに触れてはじけ、それらがうちに蔵していた未来のかけらのかずかずがじぶんのからだにじわりと滲《し》みいってきたのか。

人外には見えた。自動車のサイドミラーをつたう雨雫が見え、赤紫いろのホタルブクロの花々の咲きみだれるくさむらを這いすすんでゆく白いへびが見え、いきどおれ、いきどおれ、死に絶えようとする光にあらがって、とじぶんに言いきかせるようにひくくつぶやく老女の口もとが見えた。マンホールのふたのうえに投げすてられた煙草の吸い殻が雨にほとびてぐずぐずにくずれてゆくのが見え、野分《のわき》に吹かれてはげしくゆれているアキノキリンソウのしげみが見え、見張り番の老人の遺品の双眼鏡をもらった少年がそれを目にあてて川の流れのかなたを注視しているさまが見え、いましも書きつがれつつある月と魚とするどく研ぎすまされたナイフの物語が液晶ディスプレイのうえに一語一語、ぽつりぽつりと浮かびあがってゆき長い歳月のはてについに完結するまでが見えた。客のひとりが勝ちほこった表情でおもてを見せたポーカーの手札にクイーン四枚がそろっているのが見え、病床に臥せって深夜茫然と目を見開いている偽哲学者の指のふるえが見え、国防軍の兵士たちがジュラルミンの盾を二重三重にならべてつくったバリケードが見え、あでやかな花が咲いたような血膿まみれの腫れものを全身にちりばめたたくさんの死体の列が見え、怨むのと怨まれるのとではどちらの辛さのほうがまだしも耐えやすいだろうとひっそり自問している中年男のやつれた顔が見えた。草が見え、砂塵が見え、ダムが見えた。

そうしたすべてにこのさきの未来で、じぶんはおそかれはやかれ立ち会うことになるのだと人外は知った。それなら旅はまだ終わっておらずこのさきもまだつづいてゆく。そういうことだろう。結局、かれはまだ見つかっていないのだ。かれのゆくえの探求をいとまきえいともうみがめともつかないあの子が受けついでくれたとかんがえるのはたしかにおおきな慰めだが、あの子の旅は結局、あの子の旅でしかない。それとはべつにじぶんはじぶんで旅をつづければいいではないか。その途上のどこかであの子と遭遇することもあるやもしれず、それはそれできっとおもしろい体験となるにちがいない。ここからまたじぶんの旅を再開する。かれのゆくえを相変わらずさがしつづけてももちろんいい。しかしそれはもはやじぶんの旅の唯一の目的ではない。それいがいにどんな目的があるのか、いまは即座には言えないけれど、旅とはそれが旅することの目的じたいをさがす旅であってもいっこうかまわないではないか。

そのとき人外はとつぜん耐えがたいほどの息ぐるしさにみまわれ、ゆるゆるとした漂流に甘美に身をゆだねるどころではなくなってしまった。じぶんの肉をもうひとりの人外に贄としてささげることを想像してうっとりしていたさきほどとは一変して、前方に待ちうけているじぶんの未来が、そしてその未来を所有するために不可欠なじぶんのいのちが、急に惜しくなってきたからかもしれない。人外はやたらにもがきだし、もがいているうちに四肢がなにか固いものに取っかかりに触れたような気がしたので夢中でそれにすがり、しっかと爪を立てて水のなかから這いあがろうとした。四肢をやみくもにうごかしているうちに、いきなり息ぐるしさが減じ、取っかかりとおもわれたものはいつのまにか堅固な水平面となっていて、気がつくとそのうえを人外は走っているのだった。

空気を吸って息ができるのであれば走る必要はないのだという得心がおくればせにおとずれ、つんのめるようにして立ちどまった。人外は荒い呼吸をくりかえしながらうずくまり、あたりを見回すとそこは夜の闇がひろがるなかにぽつんぽつんと街灯がともる深夜の遊園地のがらんとした空き地で、振りかえるとゆるやかなくだり道の突きあたりに、べつだん水びたしになってもおらず、なにごともなかったように平穏なしずけさをたたえている水族館の建物が見えた。

息づかいが多少おさまった人外は、からだのむきをもとにもどしてあらためて前方に目を凝らした。三、四十メートルほどもさきにある街灯がひろげる光の輪のなかに、深緑いろのコートを着たあの女の子が、一匹のねこを胸の前で両手に抱きしめてぽつんと立っているすがたが浮かびあがっていた。さらにそのかなたには、いまはもう回転を停止し照明も消えてしまい闇のなかにしずみこんでいる大観覧車が真っ黒なシルエットとなってそびえたっていた。星明かりの照り映えのおかげでその輪郭がほのかに見えていた。

終着点はまた出発点でもある、そういうことなのだ。わたしたちは出発する、世界へ、ひろい世界のただなかへ、と人外はかんがえた。世界はひろいから、こんなにひろいから、とあの女の子は言っていたものだ。たしかに世界はひろいが、迷子ねこを結局は見つけられたのだから女の子がおもっていたほどひろいわけではなかったとも言える。しかし同時にまた、まだあんないとけない年齢の女の子がぼんやり想像している程度も次元もはるかに越えてそれは途方もなくひろいのだとも言える。人外はそうかんがえ、それにつづけて、たとえば世界とはそもそも過去、現在、未来をひっくるめたすべてだが、あの子はまだ過去がなにかも未来がなにかも知らない、どんなふうに未来が現在となり、現在が過去となってゆくかも知らないのだから――とふとかんがえをすすめ、しかしそのとたん、打てばひびくように、

ばかねえ、フーちゃんは過去にも未来にもいない、いま現在のこの世界にしかいないの、だから見つかったんじゃないの、と女の子が小ばかにしたようにちいさくつぶやいたのがはっきりと聞こえ、いやそれは声としてはひびかない心のなかのおもいだからこそこれほどの距離をわたってとどいてきたのだろうが、人外は驚かずにはいられなかった。ヒトというのはなかなかあなどれないものだ。ひとでなしがそんな感嘆をおぼえるのは奇妙なことだろうか、という

自嘲めいたおもいがふとよぎっても苦笑を浮かべるというのは人外には決してできない芸当のひとつなのだった。遠目に見えるかぎりではすこしよごれすこし痩せ気味だがあんがい健康そうなフーちゃんは、うれしそうにのどをごろごろ鳴らしながらおとなしく女の子の腕に抱かれている。

11　歳月

さらに時間は流れた――あるいは流れなかった――さまざまな情景

……深夜になって暴徒はようやく鎮圧され騒乱は収拾され、石畳の市庁前広場はほとんど無人になった。タイヤが四つともぺちゃんこになってそのまま放置された自動車。押しつぶされてハンドルが捩じ曲がった自転車やスクーター。灯の消えた街灯のわきの電話ボックスはドアが開けっぱなしで、なかに見える公衆電話は受話器がはずれてだらんと垂れさがったままだ。赤枠のなかに「われわれは要求する」という字がでかでかと躍るおびただしい数のビラがあたりいったいにむなしく散乱している。その大半はよごれ、やぶれ、皺くちゃになり、踏みつけられた跡がある。夜がふけるにつれてつよまった風は、むきがたえず変わってあっちこっちから吹きつけてきて、何十枚、何百枚ものビラを一挙に舞いあがらせ、くるくると空中で踊らせ、排水渠のなかへ吹きよせてゆく。酒瓶を握りしめて建物の陰に寝ころんでいるホームレスの男にちかよって、人外はしずかに話しかけてみた。しかし首尾一貫した意味をなさないうわごとのようなコトバのきれっぱしがとぎれとぎれにかえってくるだけで、人外はしばらくそれに辛抱づよく耳をかたむけていたが、やがてあきらめて心をとざし、男のくさいからだのわきをすり抜けて小路の奥の闇のなかにきえていった。

……初秋の午後の単調な静寂。あまたのとんぼが飛びかっている。くさひばりのかそけき声。サンショウの実。ヘチマ。ススキ。ツルウメモドキ。倦みはてた表情で通過する巨人の影。足音も立てずに。夜になるとあまのがわ。

……人外は昼のうちは南洋の強烈な陽射しを避け、あぶらむしがうろつき回る船倉の船荷の陰でねむっていた。夜になるとくさくて湿っぽい船倉から這い出してきて、さわやかに潮のかおるすずしい夜風に吹かれながら上甲板での散歩をたのしんだ。だんだん夜がふけて真夜中を過ぎやがて暁がちかくなる、その時間の経過とともに星々の配置がすこしずつうつり変わってゆく。船もまた航行をつづけてゆく。時間が経過してゆくというのはなんというせつないなぐさめだろう、と人外はおもい、なのにそんなおもいとはうらはらのかすかな身ぶるいがときおり四肢を走るのを不思議におもった。

……通りすがりの空き家の軒下。うち棄てられてひさしいと見えるバケツに雨水が溜まっている。そのなかに体長五ミリかそこらの黒褐色のいきものが十四か浮いたり沈んだりしている。まるい頭部につづくほそながいからだをぴんぴん振って活発に泳ぎ回っている。ぼうふらが涌いているのだ。水面には油が浮きつよい西日をうけて虹いろにかがやき、ぼうふらたちはその油の皮膜を切りさくように泳ぎ、呼吸し、なんとか懸命に生き延びようとしている。道のむこうから男の子たちが走ってきたので人外はすぐそばに積みあげられているがらくたの陰に身をかくした。なんだ、この虫、きったねえ、気持ちわるい、とくちぐちにさけぶ声。バケツが蹴とばされ、なかの水はぶち撒かれた。翌日の午後、人外がおなじ場所を通りかかると水はとっくに乾き、ぼうふらたちの干からびた死骸が路面にへばりついていた。

……車椅子にすわった小柄な老女は昼間はずっと遊戯室の片隅にひっそりと身を置き、カーテンを開いた窓にむかって時間を過ごすのがつねだった。晴れた日でも雨の日でも老女は日がないちにちずっと窓のそとを見つづけていた。窓のそとには芝生がひろがりそのむこうにはクリやコナラやニレがまばらに生えた雑木林がある。しかしひょっとしたら老女はただ窓のそとに顔をむけているだけで、なにも見ていなかったのかもしれない。彼女にはもうほとんど表情がなかった。洩らすコトバもほんのわずかになっていた。からだはあんがい健康でほんとうなら車椅子もじぶんでうごかすこともできるはずだと医師たちは言う。しかしうごかそうとする意思もうごかしたいという欲望も彼女にはもはやなかったのだろう。老女はそこにいるのが好きらしいというのもおせっかいな看護師のひとりがてんにすぎなかったのかもしれない。ともかく看護師はそうおもいこんでいて、食事が終わるとすぐ車椅子を押して老女をそこへ連れてくるのだった。

その昼下がり、雑木林をぬけてゆこうとしていた人外がなにげなく立ちどまって、その施設の窓のほうに顔をむけたのはまったくの偶然だった。人外と老女の目が合った。年齢不相応に視力がよいと眼科医がおりがみをつけている老女の瞳に、人外のすがたははっきりとうつっていたはずだが、なにかがヒトの網膜のうえに像をむすぶのとヒトがそれを見ているのとはまったくべつのことだ。実際、人外と目が合ってもしばらくのあいだ老女の心はからっぽのままだった。しかし、やがて人外の碧いろの目のなかにゆらめいているなにかに不意に反応したのか、彼女の注意が人外の顔、すがた、瞳にはっきりとむけられ、網膜のうえの像が彼女の心のなかへぐいとはいりこんで、そこでくっきりと焦点をむすんだ。と同時に、その心の底からひとつながりのコトバがゆるりと湧きだしてきた。人外に語りかけるというよりじぶんじしんに言いきかせるようなひくいつぶやきとなって、それは彼女の唇からぽつりぽつりと洩れてきた

あの良夜のなかへ心おだやかに入ってゆくな、
日がしずもうとするとき　老いの年は燃えあがり荒れくるうべきだ、
いきどおれ、いきどおれ、死に絶えようとする光にあらがって。

賢人たちは、その生の終わりに知る、闇こそがただしいのだと、
なぜならかれらの言葉はたったひとつの稲妻さえ突きとおせなかったから、しかしかれらは
あの良夜のなかへ心おだやかに入ってゆきはしない。

善人たちは、最後の波のきわで、かれらのはかない行為が
緑の入り江になんとかがやかしく踊りえたことか、とさけぶ、
いきどおれ、いきどおれ、死に絶えようとする光にあらがって。

野人たちは、天翔ける太陽を捕らえた、それを歌った、しかしいま
遅ればせにさとる、進みゆく太陽を悲嘆に暮れさせているだけだと、かれらは
あの良夜のなかへ心おだやかに入ってゆくことはない。

義人たち、死の床で、うすれてゆく視界のなかでなおもの見るひとびとよ、

盲《めしい》の目は流星のように燃えさかり、快活でありうるのだ、
いきどおれ、いきどおれ、死に絶えようとする光にあらがって。

そして、あなた、かなしい高みにのぼっていったわが父よ、
わたしを罵ってくれ、寿いでくれ、あなたのあらあらしい涙で、そうわたしは祈る。
あの良夜のなかへ心おだやかに入ってゆくな、
いきどおれ、いきどおれ、死に絶えようとする光にあらがって。

言いおえると老女はぎゅっと目をつむり、かすかにふるえる右手をあげて口もとにあて、しばらくそのままでいた。やがてひらかれた両目はともに赤く充血し、涙でうるんでいる。ほどなく皺だらけの目じりから、彼女の生の記憶の最後のエッセンスとも言うべき雫が溢れだし、ひとすじ、ふたすじと頬にしたたった。ふたたび目が閉じられた。その目がまたふたたび開くのを人外はしばらくのあいだ待っていたが、それはなかなか開かれない。人外は老女のうるんだ瞳をどうしてももういちど見たいとおもっていたわけではない。目と目が見つめ合う。それはあるときある場所で、ほんのいっときだけ生じる奇蹟のような出来事なのかもしれない。それはたちまち終わりめったにはくりかえされない。

ひょっとしたらあの老女は、もうずいぶん大昔のことになるが、図書館跡地にできたという駐車場で出会ったことのある女なのかもしれなかった。が、しかしかつて図書館の司書をして

いたというあの女がどんな面相をしていたか、もはや人外の記憶はあいまいだし、以後に流れた歳月が彼女の顔をどう変えていったのかもわからない。いま武骨な四角い建物の窓越しに見えている老女の心のなかをさぐっても、それはほとんどからっぽで、とりとめのないかすかな記憶のかけらが飛びかっているだけだ。それに、もしかりにあれがあのときの司書だとしても、彼女との再会がとりたてて人外の心を震わせるわけでもない。過ぎたことは、過ぎたことだ。老女の目がふたたび開かれるのを人外はもう待たなかった。もとのむきに顔をもどし、あげかけてそのまま宙に浮かせていた前足をそっと地面におろす。それからまたじぶんじしんの道すじをたどりはじめる。人外はもう振りかえることなく歩いていった。ただの、通りすがりの者。わたしたちはそれでしかない。わたしたちはただ、通り過ぎてゆく。すぐ前方で木立ちが尽きて、そこからゆるやかなくだり坂がはじまっている。

……浅瀬を泳ぐしらうおのむれ。ひくく飛ぶ一羽のつばめ。ライラック。クロッカス。瑠璃いろの花を咲かせたイヌフグリ。虻の羽のうなり。やがて温かい春の雨がしめやかに降りはじめる。人外は地面を蹴っておおきくたかく跳躍した。

……さびしさはじぶんのうちにむかう。心の内部にとざされてそこで発酵する。しかしもしかりにそれがそとへむかうとどうなるのか。他者へ投げかけられたさびしさ。それを憐みとよぶのではないか。逆に言えばこうなる。他者への憐みがうちにたたみこまれて行き場をうしなう。そのときあらわれ出るものがさびしさなのだと。行き場がない。かつてもいまも、ないままだ。むだなことだ、と人外はおもう。他者を持たない者が人外だった。ならば、どんな傷もけっして癒やされることはない。

……時間が流れた。流れなかった。流れないだろう。流れてしまっているだろう。流れなかったこととなるだろう。流れなかったこととはならないだろう。

……真冬の夕暮れ。岬に沿って断崖のきわをうねりくねっている道路のとある箇所で、白い小型の乗用車がよこだおしになっている。カーブを曲がろうとしてハンドルを切りそこね、側溝にタイヤをとられてコントロールをうしなったのだろうか。いつから放置されているのか、風雨や暑熱にさらされて車体の塗料があちこち剝げかけ、タイヤのゴムも古くなり固くなって罅割れが生じている。しかし窓ガラスが割れているのは自然現象とはおもわれない。だれかおもしろがってそんなことをやってみたヒトがいたのだろうか。人外は車体によじのぼり、割れたガラスのぎざぎざに触れないように気をつけながらそのすきまから車のなかを覗きこんでみた。だれもいないし、なにもない。窓枠のうえでかろうじてからだのバランスをとっている人外の、すぐ目の前に車のサイドミラーがある。人外はサイドミラーにうつっているじぶんの瞳を覗きこみ、その瞳のなかにちいさなちいさなサイドミラーがうつっているのをたしかめた。雨がひとつぶ、ふたつぶおちてきた。と、おもう間もなく急に気温がさがってあたりが暗くなり、もうすでに人外はとつぜんのはげしい夕立ちのなかにいる。サイドミラーのうえを雨雫がすじを引いてあわただしく流れ落ち、鏡像がみだれて人外にはもうじぶんの顔を見わけることができない。

宇宙はどのようにしてできたのか。もし「無」のゆらぎによってぽろりとあらわれ出てきたものがこの宇宙であるとすれば——と人外はかんがえる。もし宇宙のはじまりがそうしたものであるならば、偶然、必然、あるいは両者の対立といったもろもろの観念から、神学的含意の残滓をことごとく剝ぎとってもよいこととなろう。神はやはりいない。そういうことだ。しかし、たとえ神はいなくても、怪物はいるのではないか。すべての生きものは偶然と必然のからみ合いに翻弄されながら生き延びてゆく。必然にはヒトは怯えない。ヒトは必然は受けいれるすべを知っている、すくなくとも必然は必然的に受けいれざるをえないと知っている——ときには心おだやかに、喜々として、またときにはしぶしぶと、不承不承に、絶望的に。しかし、偶然はヒトを恐怖させる。神のかわりに怪物がいるとすれば、偶然こそがそれだろう。偶然という名の怪物……。

それがじぶんだ、と人外はかんがえる。なぜならじぶんは母から産まれた生きものではないから。わたしたちには母がいないから。母をもたないものは怪物なのだ。そして怪物はこの世にとどまれない。それは最後には、宇宙の始源にあった「無」のゆらぎのなかへ還ってゆかなくてはならない。サイドミラーのうえをひっきりなしにつたう雨雫のすじを見つめながら人外はそうかんがえ、かんがえつづけ、ぐしょ濡れになったまま いつまでもじっとしている。

……ゴンドラ漕ぎはもうこの世に存在しない。すでにサーバーからプログラムがデリートされてしまったから。しかしゴンドラ漕ぎの「からだ」はまだ存在している。それは直立した姿勢のままほかの同型の、十数体の「からだ」たちとともに倉庫の片隅に押しこめられている。処分の手間と費用を惜しんだ管理者がとりあえずそこにストックしておこうとかんがえたのだ。また再利用できるかもしれないし……というもくろみもそのとき管理者の頭にあったはずだが、それからずいぶんと歳月が経過し管理者もつぎからつぎへと代替わりして、倉庫にしまいこまれたゴンドラ漕ぎたちの「からだ」のことをおぼえている者などもはやだれもいない。遊園地じたいとっくに廃業してしまったが、解体処分にコストがかかりすぎるというおなじ理由でアトラクションも乗り物も雨ざらしのまま放置されている。

倉庫の暗闇のなかに置きざりにされたゴンドラ漕ぎの「からだ」が、いつまでそこにとどまりつづけるかわからない。もしヒトがこの惑星から死に絶えてしまえば、それはここにいつまでも存在していることになる。地震や地滑りで倉庫が倒壊し土に埋もれるようなことがあろうと、素材が劣化し自然に分解されるまで「からだ」じたいはそのまま土中にのこりつづけるだろう。金属部分が錆びて崩壊するのに数十年、合成樹脂部分が分解するのに四、五百年……たいしてながい時間でもないかもしれない。が、それならプルトニウム239の半減期と言われる二万四千年はどうなのか、非常にながいのかあるいはそれほどでもないのか。

「からだ」に着せられていた青と白の横縞のシャツとズボンはちかくから見ても「リアル」な印象を客にあたえるように、ほんものの布でできていたから、それはすでによごれほうだいで、あちこちほつれや裂け目が生じよれよれになっている。ぼろぼろになって完全に剝落してしまうのにあとほんの数年といったところだろう。頭にかぶっていたカンカン帽はプラスチック製だったが、これはすでにどこかでとれてなくなってしまっていた。カンカン帽と一体化していた頭部の上半分にはだからぽっかり穴があいて、内部のシャフトや歯車やケーブルが露出しているが、倉庫のなかは真っ暗だからそれが見えるわけではない。そもそもここにそんなものを覗きにくる者もいない。ここまではこばれてくる途中で乱暴に放りだされることでもあったのか、胴体に二箇所、みぎの腿に一箇所、ひび割れが生じていた。カンカン帽がはずれて落ちたのもそれとおなじときのことだったのかもしれない。

「からだ」はからだでしかないから、もはやそれはなにも感じず、なにもかんがえず、なにもしゃべらない。好き嫌いもなく、怒りもかなしみもなく、希望も絶望もなく、くそ喰らえ！と吐きすてておもしろがったりもしない。目はもうまばたかず、唇はうごかず、不思議だの存在だの謎だの神秘だの、じぶんの知らないコトバについておもいをめぐらせたりもしない。それはただしずかにそこに在る。似たり寄ったりの崩壊過程をたどっている、同型の十数体の「からだ」たちのあいだにはさまれて。

……よく晴れたある日の午後、川べり、春風。トウシンソウのしげみのなかにからだをよこたえながら人外はかんがえていた。うつろってゆく、すべてがうつろってゆく、それなのにかならずもどってゆく。意識というもののおおいなる謎の核心には、その逆説が身をひそめているのではないか。ながいながい時間をかけて自然が生成し変容し崩壊しまた再生成し、物理作用と化学作用の無限の組み合わせがさまざまにためされてゆくうちに、ふと「内部」がかこいこまれるという出来事がおきた。ここまでは「うち」、ここからさきは「そと」という仕切りが生じ、すなわち「自」と「他」の区別が生じ、その自己を維持するために内部と外部のあいだで物質の交換がおこなわれるようになった。やがて自己は、自己じしんと同一の個体を再生産し増殖させてゆくメカニズムさえ獲得するにいたった。そのメカニズムを生命とよぶ。それはすでに奇蹟だが、真の奇蹟はそのさきにある。生命の出現以上の奇蹟、それが意識の獲得だ。

触れられるもの、見られるものをめぐるおもい、石を、水を、暑さと寒さを、食べものをめぐるおもい、食べられるもの、食べられないものをめぐるおもい、食べられるものと食べられないものの区別をめぐるおもい、じぶんが食べられること、襲ってきてじぶんを食べようとするものをめぐるおもい、快と不快、悦びと懼れ、満足と苛立ち……それらひとつひとつがいよいよ繊細になりいよいよ明確な輪郭を持ち、それらすべてがつらなり合い組み合わさり一体化し、やがてついにそれらのおもいをおもっている「自己」じたいをめぐるおもいへと成長を遂げてゆく。たとえまだそうしたコトバはつかわないにせよ、ワタシ、ハ、ワタシ、デアルというおもいがふと閃く決定的な瞬間がおとずれる。意識の本質は自意識だろう。自意識の出現、それは奇蹟であり、またとほうもない謎でもある。

そして、その謎の核心には、すべてがうつろってゆく、それなのにかならずもどってゆくという逆説があるのではないか。人外はそうおもいあたり、それから川岸からごろりとよこにころがり流れのなかへするりと滑りこんでゆく。ほとんど水音が立たない。立ったとしてもおだやかなせせらぎの音に溶けこんでしまうほどちいさなものでしかない。うつろいつつ、しかももどってゆく。では、どこへ？　ちいさなみそさざいが一羽、降下してきてなにかを捕らえそこね水面をかすめて舞いあがり、飛び去りぎわに、チッチッ、チョッチョッとからだに似合わないおおきな鳴き声をあげて人外を驚かせた。人外は水のなかにもぐって魚をさがしはじめる。

……火事、火事だ、というさけび声があがるよりずいぶん以前に人外はすでに、何ブロックかさきのあたりでゆらめく炎のかがやきが夜空の一角をしらじらと染めはじめているのに気づいていた。かすかにきなくさいにおいが風に乗ってただよってきているのにも、そのおなじ風がはこんできた灰の小片が空中を浮遊しているのにも気づいていた。消防車のサイレン。興奮した表情でさけびかわしながら走ってゆく人々。だが浮き足立った群衆に取りのこされ、歩道からビルの玄関へとつづく石段にぽつねんと腰かけている黒人の男の子がいる。かれは両のてのひらを宙にかざし、その左右の手指のあいだに白いひもをかけ、それをはずしたり引っ張ったりべつの指にかけなおしたりしてあそんでいる。からみ合ったひもはつぎからつぎへといろいろなかたちに変わってゆく。きみは火事を見にゆかないの、と人外はたずねてみた。しばらく間があって、興味ないよ、というそっけない答えがかえってきた。粗末な身なり、穴のあいた運動靴、よごれた手、垢じみた頸すじ。人外がちかよってゆくと男の子はしかし、さきほどのそっけなさとはまったくちがう熱のこもった口調になって、ほら、はしごだよ、と、あやとりのひもでできたかたちを見せつつ得意そうに言ってわらう。ほら、ドラゴンだよ。ほら、きつねとくじらだよ。ほら、綱わたり芸人だよ。それが、こうして、こうして、こうすると、ほら、滝をくだるカヌーになる。男の子の目のかがやきに惹かれて人外はしばらくのあいだその場にとどまり、すばやく器用にうごくかれの指とひものたわむれに見とれていた。火事の顚末は、知らない。

……うつくしい光沢のある青むらさきいろに、白い斑点を散らした羽をひろげたちいさな蝶が、人外の前をひらひらと飛んでゆく。それを見た瞬間、あれが欲しい、という欲望がじぶんでもとまどうほどのはげしさで突きあげてきた。あれを採って標本をつくるのだ、とおもう。なんどもなんども、数えきれないほどの回数くりかえしたその作業の細部のひとつひとつが唐突によみがえってくる。三角紙に入れて持ちかえった蝶を虫ピンで展翅板にとめる。羽のかたちをととのえてから展翅テープを張り、要所要所にマチ針をさして固定してゆく。そのまま何週間か放置し、完全に乾燥したのをたしかめてからマチ針をはずしテープを取りのぞき、展翅板から標本箱へうつす……。人外がまだ人外でなかったころの、わたしたちのうちのだれかの記憶が不意によみがえってきたらしい。いまではもうなんの役にも立たなくなっている記憶だった。つまむらさきまだら。学名Euploea mulciber。そんなコトバまで浮かんでくる。しかし採集も標本も学名も、いまやひとでなしになった者には無縁なことだという自嘲のおもいが、遅ればせに、場ちがいな衝動をみずからたしなめるようにやってきた。そんなことはすべて、ちがう世での、ちがう生での出来事だ。あれだ、あれが欲しい、といううちなる衝動のたかまりを一挙に撥ねのけるように、人外はひと跳びして蝶をぱくりとくわえ、そのままむしゃむしゃと嚙みくだき嚥下してしまった……。空漠とした徒労感をかかえながら、人外は力のかぎりに走りだす。

……子どもの頃、腎盂炎をわずらい、急性の症状はおさまったもののそのあとふた月ほども家で安静にしていなければならなかったことがある。天井の木目模様を毎日毎日ながめつづけ、節目の数を何度も何度もかぞえ、友だちに逢えない孤独感、学校の勉強がおくれてしまうという焦燥感をこらえていたものだ。ところが、昼のあいだはそれはたんなる木日模様でしかないのに、夜になると、電球の笠のうらがわのうす暗がりにぼんやり浮かびあがっているその模様、そのうねうねした曲線のかさなりのなかから、えたいの知れないばけものの顔がゆらめき出てくるのだった。目をつむっておまじないをとなえ、そのばけものを他界へ押しもどそうとするが、そのこころみはうまくゆくこともあり失敗することもあった。失敗すると……さあ、失敗するとどうしたのだったか。そんなささやかな記憶……。

……通りすがりの者。さっと撫でるように世界を見ながら、ただ通過してゆくだけの者。かれはただ、ちらりと見て、そしてただちにとおざかってゆく。なぜなら周囲のどんな風物もかれとは無縁だから。世界をかれにむすびつけるいかなるえにしもないから。通りすがりの者は、「無縁の者」なのだ。しかし、さっと撫でるように見ることによってしかとらえられない世界の表情――そんなものがありはしまいか。あるはずだ。

……人外はとある廃屋の裏手のうち棄てられた農具小屋にうずくまって、来る日も来る日もくるしみつづけていた。あまたのタンブルウィードが風に吹きまくられころがり回っている、町はずれの草原を歩いていたとき、行く手のかなたに見える、頂上に雪をかぶったとおい山並みについ気をとられ、油断していた。どこからかいきなり出現し襲いかかってきたがらがらへびに、人外は前足のつけねをしたたか嚙まれたのだ。とっさに嚙みつきかえし、あばれ回るへびを押さえつけて牙を喰いこませ、肉をえぐり、へびののどもとを喰いちぎってとうとうしとめたものの、最初に嚙まれた傷口からすでに毒がまわっていた。激痛をこらえながら、来る途中で目にとめていたその農具小屋までかろうじて這ってゆき、継ぎ目がゆるんだ板のすきまからなかにはいりこみ、どさりとからだをよこたえた。たちまち高熱が出てそれが昼も夜もつづき、ほどなく傷口の周囲が壊死しはじめ、そうなるともうほとんどうごくことができない。出血が止まらない。一日に二度ほど、じりじりとからだを引きずりながらそとに這い出して、雨水桶にたまっていた腐りかけた水をなめて渇きをしのぐのが精いっぱいだった。

そんなふうに人外が雨水桶に前足をかけ、なかに首を突っこんでいるところを、車で通りかかったパトロール中の保安官がたまたま目撃した。不審におもった保安官は車を停め農具小屋のなかをしらべに来て、肥料袋のわきによこたわって、ひい、ひい、ひいとかぼそく不規則にあえいでいる人外を発見した。かれはただちにオフィスへもどり、使いふるしの毛布を持ってもどってくると、それで人外のからだをくるみ、車に乗せて友だちの獣医のところへ連れていった。その土地に生まれ育ってがらがらへびの嚙み傷に慣れている獣医は人外をひと目見るなり、これはもう手遅れだよと肩をすくめたが、ともかく血清を打ち、点滴をつづけて様子を見ることにした。いつ死んでもおかしくないような状態が何日かつづいたけれども、ある夜をさかいに人外の病状は不意に快方に転じ、その後の恢復ははやかった。熱は下がり、瞳に光がもどり、いったん壊死した傷口にも新しい肉がどんどん盛りあがってくる。

そんなある日、診療時間が終わる頃合いを見はからって、保安官が人外の容態を見に診療所に立ち寄った。保安官と獣医はケージの前にならんで立ち、そのなかでからだを毬のようにぎゅっとまるめてぐっすりねむりこけている人外をながめながら、まあよかった、と言い合った。しかしすごいね、こいつの生命力は、尋常じゃないよ、とつくづくあきれたように獣医がつぶやいた。今朝なんか、自力で起きあがって餌をがつがつ喰っていたよ。治療をはじめてまだ一週間も経たないのに、傷口にできていた潰瘍ももうほとんど治りかけているし……。

獣医が明かりを消して診療所の戸締まりをすると、ふたりは連れ立って近所のバーへ行き、カウンターにならんでビールを飲みながら、がらがらへびの猛毒にうち勝った奇妙な動物のことをしばらくはなし合った。それから、ここ数年で急速にさびれてしまった町の惨状に話がうつり、いつものような愚痴になる。もともと獣医のあつかっている患畜は農作業用の馬や牧場で飼育されている牛や羊がほとんどだったが、この町では農業も牧畜も落ち目になるいっぽうで、人口流出がつづいている。もうそろそろ廃業をかんがえる潮どきか、俺の医院も、と獣医がなげいた。たまに患者が来てくれたかとおもえば、それがあんな、金にもならない野生動物と来た。いやいや、治療代はむろん俺がはらうさ、と保安官がおだやかに口をはさんだ。かれは獣医とは小学校で机をならべていた仲で、再来年の定年退職を楽しみにしていた。金の心配なんかするなよ、俺が連れてきたんだからな。それにしても、いったいなんなんだ、あの動物は？　あんなものは見たことがないぞ。新種のあなぐまかなにかかねえ。うん……と獣医は口ごもり、まあそんなところだろうな、と酔いににごった声音でつぶやいた。獣医はビールのあとバーボンにうつってすでにダブルを二杯も空けていた。明日あたり、大学病院の友だちに問い合わせてみようとおもっていたところさ、とぼんやりつぶやく。動物園の学芸員になっている同級生もいるから、連絡をとってみるつもりだよ……。

ところがその翌朝、獣医が診療所に出勤してくると、ケージの扉が開いていてあの動物のすがたが消えていた。診療所のなかをくまなくさがして回ったがどこにも見つからない。ケージの掛け金をどうやってはずしたのか、どこからどうやって診療所のそとへ抜けだしたのか、結局わからないままになった。その日の夕方には人外はもう、がらがらへびに遭遇したあの町はずれの草原にもどっていた。草のしげみは前方にむかってだんだんとまばらになってゆき、そのかなたは、ところどころに突きだしているサボテンをのぞけば地味のうすそうな赤茶けたむきだしの土だけがひろがる荒れ野だ。ひとつおおきく息をついてから、地平線に見えている冠雪をいただく山々のつらなりをめざして、まだ疼きつづけ、血が少々滲んでもいる前足のつけねの噛み傷をいたわりつつ、人外はゆっくりと歩きはじめた。からだのふしぶしがじんじん痛み、だるくてだるくてたまらない。足に力がはいらず、地面をしっかりと踏みしめられなくて、ふわふわと宙を歩んでいるような心許なさがつきまとう。しかしともかく歩きださなければならない。そして歩きつづけなければならない。眼前には見わたすかぎり荒漠とした風景がひろがり、家も道路も見あたらない。もちろん人っ子ひとり、影もかたちもない。日がかたむくにつれて急に冷えこんできたかわいた風が、真正面からびゅうとあらあらしく吹きつけてくる。

……記憶の遠近法。それはたえず流動し、生きもののように成長しつづける。

……またふたたび、初秋の午後。あまたのとんぼ。くさひばり。サンショウの実。ヘチマ。ススキ。ツルウメモドキ。倦みはてた表情でまたふたたび通過する、通過しつづける巨人の影。やはり足音も立てずに。夜になるとまたふたたび、あまのがわ。

……石をきざんでかたちをつくる芸術家がいるように、記憶をきざんで生の時間を作品化する彫刻家がいてもいいのではないか。記憶のかたち――その稜線、そのくぼみ、その突起。歳月という作品――その肌理、その構造。いやそれは彫刻ではなく、むしろ音楽として、音楽のように、組織されるべきなのだろうか。

……おとなふたりぶんほどのたかさがある鉄条網が威嚇するようにそそり立ち、みぎにもひだりにも見わたすかぎりつづいている。それをささえる鉄柱の一本のきわに人外はぴったり身を寄せて、鉄条網でかこいこまれた土地のかなたへ網目ごしに目をこらしている。陽射しがつよく気温がたかいが空気は心地よくかわいている。ぼんやりとゆらめく陽炎のむこうで、F－16戦闘機が滑走路を走りだし、しだいに速度をあげ、耳をつんざく爆音を立てて飛びたってゆく。制服制帽に身をかためた男たち、女たちがあわただしく走り回っている。いましも大型輸送ヘリコプターが降下してきて、ヘリポートに着陸し、またあらたにたくさんの兵士たちがわらわらと降りてくるところだ。人外はそのさまを見つめていた。午後の時間がじりじりと過ぎていってやがて日がしずみ、蒼ぐらい明るみがまだ地平線のうえにのこっているがほどなくそれも消え、基地のあちこちに夜間照明がつきはじめる。それでも人外はまだ鉄条網のきわにとどまって、兵士や技師や警備員たちの右往左往のさまを見つめつづけていた。

……黒っぽい雲があつくおもくたれこめた空のした、おおきな波が立てつづけにうち寄せてきて岩礁にぶちあたり、はげしいしぶきをあげている。人外がうずくまっているそのあたりでいちばんたかい岩のうえにまで、ときとするとしぶきが飛んで、もう何時間もそこにいる人外はすでにほとんどずぶ濡れになってしまっている。岩のうえにへばりついたたくさんの貝殻は風化し石化してもう岩の一部になってしまっている。岩々にかこまれた潮溜まりには海藻が揺れ、赤、黄、むらさきなど色とりどりのいそぎんちゃくが触手にかこまれた口をゆらりゆらりと開け閉めし、ふなむしやちいさなかにがすばやく走りぬけてたちまちすがたを消す。いまにも驟雨が来そうなのにまだかろうじて降りださない、そんな状態がもう何時間もつづいているる。しかし水平線がはっきりと見分けられないのは沖合いには雨が降っていて、それであの付近の景色がけぶっているせいではないのか。

人外はひどく疲れていた。こういうときはともかくどこかかわいた温かい場所を見つけてそこで休息をとればいい。それが生きものの当然の知恵というものだが、この疲労はそんなことで癒やされるような種類のものではないような気がしてならない。それまでさだかではなかった水平線をそのときちらりと見きわめられたような気がして、これをじぶんは待っていたのだというおもいが卒然と湧いた人外は、いきおいこんで立ちあがり、あらためてまじまじと目を凝らしてみる。海をわたってあの水平線のかなたの国へ行ったこともあるのだった。それはそれでおもしろかったし、また行ってみてもいいなとおもわないわけでもない。こんどはまたべつの国へ、べつの風景をもとめて、べつのヒトたちと出会うために……。しかしいまはただ、なにもかもがけうとくてならない。からだのそこふかくに根を張ったこの疲労をなんとかして振りはらわなければならない。しかしいったいどうやって？　ああ、踊りたいな、とだれかがしみじみとつぶやいたのを聞いたことがあったなと人外はぼんやりとおもいだした。あれはいったいいつ、どこだったか。それにしても、踊るというのはそんなに楽しいことなのか。じぶんにも踊れるものだろうか。いつかそのうちためしてみよう、と人外は心のなかでつぶやく。でも、いまはそれにふさわしい瞬間ではあるまい。雨は結局いつまで経っても降りださず、世界はそのまま夜の闇のなかへしずかに滑りこんでゆく。

……意識という謎、うつろいつつ、しかももどってゆくという逆説——しかしそれもまた、じつは母という至高の謎の、下位概念のひとつにすぎないのではないか。だれもそんなことをおもわないらしいのが不思議だが、じっさい、母という存在ほど謎めいたものがこの世にあるだろうか。

……まだ陽がのぼりきっていない暁闇のなかでふと目が覚めた老チンパンジーのウィリアムは、なにかおおきなやさしいてのひらがじぶんの両耳をそっとふさいで聴覚を遮断しているような、不思議な静寂があたりにみなぎっているのを知って驚いた。ひょっとしたらそのつねならぬ静寂がかれをねむりから引きずりだしたのかもしれない。ウィリアムはゆっくりとからだを起こした。寒くなるとからだのふしぶしがずきずきと疼くようになってもうひさしい。おそるおそるおもての通りに出てみると雪が降りしきっていた。ウィリアムがねむっているうちにしずかに降りはじめ、すこしずついきおいを増していったのだろう。ほのかに明るみはじめた大気のなかを天からめぐまれた白い花びらのような無数の雪片が舞い、それは地面に散りしいてすでに十センチほどの厚さに積もっている。その冬はじめての雪だった。くすんでよごれていた町の光景は一変し、いまやなにもかもがきよらかな白で覆いつくされている。顔にもからだにも白毛がふえ、歯も数本しかのこっていない老いぼれ猿のウィリアムは、きっ、きっ、きっ、と歓声をあげ、年がいもなくおもわずでんぐりがえしをした。もう一回、さらにもう一回。雪まみれになってしまった顔をごしごしぬぐうや、夢中になって走りだす。両膝の関節がひどく痛むがいまはそんなことは気にならない。酔っぱらったように浮きたって、跳ねまわったり転げまわったりしつづけるウィリアムが積もった初雪のうえにのこしてゆくみだれた足跡、からだの跡も、しかし降りしきる雪によってたちまち修復され、世界はまた白いまっさらな表面を取りもどしてゆく——だれにたいしてもなににたいしても冷淡で、無関心で、素知らぬていの、いかなる記憶も欠いたうつくしい表面を。

12　終末

虹とシロツメクサ――うすれてゆくということ――人外は川をさかのぼる――イバラの茂みが行く手をはばむ――水難事故――森のなかの彷徨――安息日――終わりのはじまり――行きたいところまで行かせてやろう――もう光もない、コトバもない――かれがそこにいる――とろりと溶けて滲みいってゆく――宇宙のダンス

夕立があがってあざやかな虹が地平にかかり、しかも疵のないきれいな半円のアーチをえがいたその虹のさらにそと側に、こちらは部分的な弧でしかないがもうひとつの、もっとおおきな虹の切片がいつの間にかふわりと乗っている。二重の虹に見とれながらも人外はどうやらじぶんの目に世界の色がだんだんうすれてゆくようではないか、これはいったいなぜなのかといぶからずにはいられなかった。空に虹がかかる瞬間に立ち会うとはかつてはもっとはげしく心を動揺させ昂揚させるできごとだったのではないか。なのにいまじぶんはこんなにうつくしい虹を前にしてもどんな心躍りも感じない。あざやかと言えば一応あざやかで目をうばわれずにはいない。が、しかしそのあざやかさがすなおに心に沁みいってじぶんのなかのなにかを揺り

うごかすということがない。虹も夕焼けも青空も花も草木も、どの色どの色もかつてとくらべればどこか褪せ、うすれ、おとろえてきているように感じられてならない。これけいったいなんなのか。

しばらく前から人外はもうあまりものを食べなくなっていた。からだのうごきも緩慢になり鈍重になりもはや走ったりジャンプしたりすることもほとんどない。うごかなくなったから食べないでも済むのか、食べなくなったのでうごきがにぶくなったのか。しかしそれでもまだゆっくりと歩をはこぶことはでき、またそうしなければならないと感じてはいた。では泳ぐのはどうだろう。

とおい虹にむかって投げていた視線を、人外はすぐ目の前のシロツメクサの群生にもどし、そのすきまからのぞいている川水の流れに目を凝らした。夏はその盛りをむかえていて、どこにもかしこにもつややかな緑が繁り花はひらききって匂いたち、植物たちはつぎの世代にいのちを受け継がせようとじぶんじしんの死を準備している。人外はじぶんの顔に触れんばかりのちかさで微風にゆれている一茎のシロツメクサをまじまじと見た。花茎の先端に白いほそながい、ちいさな蝶形花がたくさんついてふんわりした球状をなしている。空にかかった虹のアーチはまるく、ふんわりと咲いているこの花もまるい。巨大なものから微細なものまで自然はいたるところ円弧にみちており、それをつらぬいて一滴の水のしたたりがきっぱりした直線の軌跡をえがく。ヒトもまた計算し加工し造型して自然界には存在しないまるいもの、真っ直ぐなものをつくりだすけれど、かれらのつくるどんな円もどんな直線も、虹のアーチやシロツメクサの花の輪郭のたおやかさ、一滴の雫の落下の後もどりなしのいさぎよさにはかなわない。

人外はそうおもい、しかしそんなおもいじたいもただちにうすれて消えてゆくようだった。人外はその一輪のシロツメクサの花を頭でぐいと押しのけ、ほかのたくさんの花々のあいだをすりぬけ、川岸の水ぎわまで行って水面に口をつけゆっくりと、たっぷりと水を飲んだ。水面に映るじぶんの顔にずいぶん白い毛がふえたとあらためておもった。

はるか昔にこの同じ川べりにいた……いたらしい……いたのかもしれない。さっきからそんなおもいがぼんやりと揺曳しているが、ほんものの記憶かどうかわからない。それはたんなる錯覚で、ただそんな気がするだけのことなのかもしれない。じぶんの前に水が流れてきてまた流れ去るのを目で追いながら、上流へさかのぼるか下流へくだるか、どちらにしようと人外はかんがえていた。

これがあの川――かつてアラカシの大枝の股からずるりと滲みだした人外がまず最初に身を投じ、おおきな鉄橋の鉄筋コンクリートの橋脚のところまでくだっていった、あの同じ川なのかどうなのかはさだかではない。そうかもしれないしそうではないかもしれない。風景に見おぼえは……あるようでないようで、判然とせず、そのことをめぐってさらに思念をかさねようとつとめる気にもなれない。そしてこの「あるようなないような」という投げやりな判断停止じたいが、このところの人外の、じぶんじしんの飢えや渇きへの鈍感ぶりとも、またからだのうごきの緩慢化ともどこか通じあっているようだった。要するに、人外のなかで世界に対する興味じたいがうすれつつあり、虹の色のうすれようもまた結局はそのことの間接的な一帰結なのかもしれなかった。

色がうすれにおいがうすれ音響がうすれ、記憶がうすれ興味がうすれ、こうしてすべてが磨り減ってゆくのだろうかと人外はかんがえ、しかしそれならそれでしかたない、それでかまわないともおもい、昂然と顔をあげた。からだのうごきがにぶくなろうと、有と無のさかいがあやふやになろうと、ともかく前へすすんでゆくのだ。いきどおれ、いきどおれ、死に絶えようとする光にあらがって……というどこかで聞いたコトバがぼんやりとよみがえってきて、あれはしかしニンゲンのような自然からとおい生きもの――かつてはそうでなかっただろうに、可哀そうなことに知らず知らずのうちに自然から取りかえしがつかないほどとおざかってしまった生きものにふさわしい感慨だな、とおもった。いきどおる必要などないのだ。ただ昂然と顔をあげる、それでよい、それだけで十分なのだ、とおもった。しかしそれにしても、上流か下流か、どちらの方向にじぶんの未来があるのか。それは、それだけは、たとえなにもかもがうすれていこうと決してなおざりにはできない問いだった。

未来のどこかに位置する源泉から可能性と偶然性の奔流が迸りでて、それがじぶんにむかって押し寄せてくる。かつてはそう感じていたものだ。いまはもうその奔流はない。可能性と偶然性の流れはいつの間にか途絶えてしまったが、ただ、水の流れはいまここに、目の前にあってそれはとうぶん絶える気配はない。ではやはり上流へ、源泉へむかってさかのぼってゆくのだと人外はかんがえた。川面に浮かぶ木の葉や枝はかつてはここより上流にあり、時間の経過とともにいずれここより下流へはこばれてゆく。上流が過去で下流が未来で、ならば川をさかのぼるのは過去への回帰と見えるが、一見そう見えてもしかしかならずしもそうではないのだ、水の湧出地点にこそじぶんの未来はあるのだ、と人外はおもった。そこへむかうことで、可能性と偶然性の流れをいまひとたび身に浴びることができるかもしれない。ただし、もし間に合うならば、だ。そこに至り着く前にじぶんのなかでなにもかもがうすれきってしまう、消えうせてしまうということがもしないならば、だ。

それに、下流へむかいたくないもうひとつの理由がある。川下へ行けば行くほど、空気のなかに毒がゆきわたった場所に出る確率がたかくなる。人外はそう直感していた。ひと呼吸ごとにかるい不快で顔をしかめなければならないような土地を旅するのはもうまっぴらだった。今後どうなってゆくかわからないが、このあたり一帯の空気はすくなくともいまはまだきれいだった。そして川の上流はもっときれいだろう。そのはずだ、と人外はかんがえた。

夕闇がせまっていた。人外は岸辺から乗りだして川水のなかにちゃぷりと身をすべりこませ、流れにさからってゆっくりと泳ぎはじめた。陽が落ちかけても昼の蒸し暑さがさほどおとろえておらず、午後ずっと歩きつづけていささか息があがりかけていた人外はつめたい水にからだをひたすこころよさをたのしんだ。獲物となる魚は見あたらず、さすがに空腹を感じた人外は、ときどき水面に顔を出して息継ぎするあいまに、水草を食べ水底にころがる石についた水苔をなめ、それは美味くはないが不味くもなくとにかくとりあえずの腹しのぎにはなった。人外は闇がふかくなるまで泳ぎつづけ、岸にあがってねむりについた。そしてつぎの日も早朝から川の遡上をつづけた。

流れがおだやかだった最初のうちはたいした苦労もなくすすむことができた。水底の地形によってちいさな渦ができていたり、水中で緩急ふたつの流れが干渉しあって不思議なうねりを見せていたりする場所があり、そんな渦やらうねりやらにすなおにからだをゆだねるかとおもえば、それに急にさからって流れのいきおいにもみくちゃにされるのをたのしんだり、また水面から跳びあがってはおおきな水しぶきをあげて落ちてみたりと、気ままな遊びで時間をつぶす余裕さえあった。水は爽快なまでにつめたく、しかしこごえるほどではない。少々からだがひえすぎてうごきがにぶくなってきたと感じれば、岸にあがり盛夏の陽光をあびてしばらく日向ぼっこをしてからだがふたたび温まるのを待てばいいだけのことだった。そんな旅の日々のなかで、人外はじぶんがいくらか若がえって、楽天的な快活さがもどってきたように感じた。水底に身をしずめ息をつめてそこから水面を見あげると、よく晴れた青空じたいがもうひとつの水面のようで、そこに浮かぶ入道雲の映像は波やしぶきによってひっきりなしにかきみだされてゆく。

しかし、上流へ行けば行くほど川幅はせまくなり流れはいよいよ速くなり、それにさからって泳ぐのがだんだんむずかしくなってきた。かなり以前から人外をおかしつづけている根ぶかい疲労に四肢がおもくしばられるようで、ひとかきひとかきがひどくしんどくなり、休憩した後に泳ぎだしてもたちまち息があがるようになってきた。しかたない。あとは岸に沿って歩いてゆくほかはない。

水の旅は陸の旅になった。もう走ることはできない。ただゆっくりと歩をはこびつづけてゆく。日が暮れて夜になり、また朝が来て相変わらず蒸し暑い一日がじりじりと経過し、そしてまた陽射しが翳りはじめる。そんなことが何度繰り返されただろう。

とある夕暮れ、川岸を歩きつづけていた人外は、行く手をぶあついイバラの茂みにはばまれ、途方に暮れていた。茂みは森のなかにどこまでひろがっているとも知れず、たやすく迂回できるとはおもえない。なんとか茂みをくぐり抜けてむこう側にぬけようと、頭をさげてむやみないきおいで突きすすんでみたが、ほどなく棘だらけのイバラに絡みつかれ、にっちもさっちも行かなくなった。もがけばもがくほどイバラの蔓はきつく喰いこんできて、へたをすればもうこのままうごけなくなってしまうことにもなりかねない。前進はあきらめ、じりじりと後じさりしてかろうじてむきを変え、ほうほうのていでもとの場所まで逃げかえった。顔にも横腹にも血が滲むほどの引っかき傷をいくつも負ってしまった。

また川にもどって泳ぐしかない、と人外はかんがえた。このイバラの一帯を過ぎさえすれば、また歩きやすい川岸にでられるかもしれない。しかしそう心をきめて水にはいるやいなや、そこは大小の岩が突きだすあいだをしぶきをあげる流れが縫っている急峻な一帯で、流れにさからって泳ぐのがたいへんな難事であることがただちにわかった。ほんの二十メートルほどはなんとか泳ぎすすんだが、そこでいきなり難所に行きあたった。川上から流れてきた水がなだれ落ちてちいさな滝のようになっている。ここをなんとか乗りこえなければさきへすすめない。

人外は岩のでっぱりに足をかけてその段差を攀じのぼっていった。しかしそのさなか、岩のへりにかけた後足の一本がずるりとすべり、バランスをくずしてもう一本も宙に浮いた。狼狽しながら、しがみついた前足だけでなんとかからだを引きあげようともがいたが、つぎの瞬間、川水の奔流に顔を直撃され、人外のからだはぶざまに落下しておおきな水音がたった。しかも水底から突きだしていたとがった岩のへりで背筋をしたたか打って、痛みにうなりながらそのまま川下へ流されてゆくほかはなかった。痛いことは痛いがそれよりむしろ、じぶんのふがいなさをおもい知らされた落胆の衝撃で心がしびれ、同時にからだもしびれて、行動を起こす気力を即座にふるい起こすことができなかったのだ。数十メートルほども流されると、川幅がひろがって水のいきおいが多少ゆるやかになった場所に出て、ようやく気を取りなおし、泳ぐというよりやみくもに四肢をばたつかせるといったぶざまなもがきようで、なんとか岸辺に這いあがった。

ひらたい石のうえにへたりこみ、背中の痛みをこらえながらあらい呼吸が鎮まるのを待つ。気がつくともうすっかり夜になっていた。もう今日はこれ以上はすすめない。どうやら気持ちに焦りがあって、後さき見ずにじぶんに無理を強いているようだ、と人外はかんがえた。休息が必要だ。今夜はもううごくまい。川べりの茂みのなかにもぐりこんで目をとじるとたちまちねむりがおとずれた。

曙光が射しそめてあたりがうっすらと明るみはじめるなかで目が覚めて、もうすこしねむろうとおもいまた目をつむったが、一日のはじまりをよろこぶ頌歌のようににぎやかにさえずり交わす鳥たちの声が耳について、もうねむりのなかにもどることはできなかった。人外は起きあがって歩きだした。岩のへりにぶつかった背筋の痛みは朝になって多少はうすらいでいたが、踏みだす足の一歩一歩がひどくおもたくて、数メートルすすむのさええらく大儀なひと仕事と感じる。いまのいままで避けとおしてきた「老い」というコトバに、人外がついに直面せざるをえなくなったのはそのときだった。どれほどゆっくりと休息をとろうと癒やされようがなくなってしまったこの根ぶかい疲労を、結局、老いと呼ぶのだろう。

昨日突きあたって道をはばまれたイバラの茂みのところまでようやくもどってきた。やはりこれを迂回して行くほかはないのだ。人外は棘だらけの蔓を避けながら森にはいっていった。しかしそこは木々も下生えも茂りほうだい、朽ちかけた大枝や倒木はころがりほうだいの、ヒトの手のまったくはいっていない原生林で、分けいってゆくほどに人外の歩みはおそくならざるをえなかった。足もとのでこぼこに注意をうばわれながらある程度すすんだところで人外ははっとして立ちすくんだ。これまでずっと耳にとどいているのに慣れてとくに意識しなくなっていた川の流れのせせらぎが、いつの間にか絶えている。

いずれは川べりにもどってゆかなくてはならない。しかしそれはどちらの方角にあるのか。老いとともに人外のうちでさまざまなものが褪せ、うすれ、おとろえていったが、そうした変化のひとつにどうやら方向感覚の鈍麻というやつもあったらしい。川のあるはずの方角に関してまったく見当識がはたらかない。陽射しの角度からいちおう漠然と見当をつけてすすんでゆくことにしたものの、その陽射しじたい高い樹木の枝葉にさえぎられてほとんど射しこんでこないので、あまり当てにはならない。

ひょっとしたらおなじところをぐるぐるまわっているのかもしれないとおもいながら、人外は薄暗い森のなかをあてどなくさまよわなければならなかった。密に茂った草むらをぬけくさった倒木を乗りこえ、息を切らしながらまるまる一日、当てずっぽうに歩きつづけた。もともとうす暗い森のなかがさらにいっそう暗くなり、どうやら夕暮れがせまっているようだ、このまま闇のなかに取りのこされるのかとおもい心ぼそくなりかけた頃、とおくを流れるせせらぎの音がふたたびかすかに聞こえはじめた。安堵とともに緊張がとけ力がぬけて、人外は足をとめその場にうずくまってしまった。しばらく経って立ちあがろうとして、からだに妙に力がはいらないので人外は動揺した。さっきまで曲がりなりにも歩きつづけてこられたのは、やはりよほど神経が張りつめていたからなのだろうか。

なんとか立ちあがって、一歩一歩足を踏みしめ踏みしめ、よろりよろりとみぎにひだりにからだをゆらつかせながら、だんだんおおきくなってくるせせらぎの音をたよりに歩いてゆく。ようやく川岸にかえりつけたときにはもうすっかり夜になっていた。月光が照り映えてしずかにかがやいている川面に口をつけ、ほんのすこし水をすすると、そのままそこにうずくまり、やがてごろりとからだをよこたえてねむりに落ちていった。きれぎれのあさいねむりのなかで、いまここにはない響き、におい、色合いが渾然と渦をまき、さまざまに変容し変幻し、意識にはのぼらない薄暗がりの舞台でわけのわからない仮面芝居を演じているかのようで、夢と呼ばれるその現象がいつものように人外に胸ぐるしい恐怖と心愉しい慰藉とをともどももたらしたが、その恐怖も慰藉もかつてほど鮮烈な印象を人外の心にきざみこむことはない。夢の舞台のうえでくりひろげられるできごとも、すでに他のさまざまなものとおなじように褪せ、うすれ、おとろえつつあり、それもまた老いの帰結のひとつかもしれず、しかしそれで心がかるくなった部分もある、そうおもうべきだ、と目覚めた人外はかんがえた。

翌朝は爽快な青空がひろがった。ようやく川岸にもどれたことが人外にはほんとうにうれしかった。そこは川幅がひろがって流れもおだやかにたゆたい、ちょっとした池と呼んでもいいような場所だった。その日の人外はひさしぶりに心の平安を取りもどし、なにに急きたてられることもない無為の時間をたのしんだ。すぐ疲れるのもからだが虚脱して力がはいらないのも相変わらずだし、岩のへりで打った背中も疼きつづけてはいたが、人外はその水場でゆったりした水浴びを心ゆくまで享楽した。どこかへ行くため、前へすすむためではなく、ただつめたい水のなかでからだをうごかすよろこびを満喫するためだけに、ゆっくりと泳ぎまわり、潜水し、またあおむけになって水面にぽっかり身を浮かべてはふんだんに降りそそいでくる温かな陽光に目をほそめた。

人外はそこで一匹のおおきなうぐいを捕まえさえした。もっとも、しっぽをびんびんはげしく振って暴れまわるその立派なうぐいを口にがっきとくわえ、岸に引きずりあげ、息の根をとめたのはいいけれど、その腹にかじりついて血まみれの肉をふたくち、みくち呑みこむともう食欲は失せてしまったのだった。からだにまたふたたび力がみなぎりはじめているような昂揚感に衝きうごかされてついやってしまったことだったが、無意味に生きもののいのちをうばうのではなかった、こんなとくべつな安息日に殺生をするのではなかった、という後味のわるい悔いが湧いた。もっともそんなことを悔いるなどというあまさはおそらくヒトデナシにはふさわしくないものだ。いまや人外はもうなかばヒトデナシではなくなっていたのかもしれない。とはいえ無意味に生きものを殺すことをよろこんだりたのしんだりするのは、ヒトデナシの所業というよりはむしろヒトという種にこそ固有の、きわめてニンゲン的な行為と言うべきではあろう。

あまり口をつけずに終わったうぐいの死骸を人外は川べりへ引きずってゆき、流れのなかに落とした。かつてはうぐいだったそのものは、くるくるまわりながらしばらくたゆたい、それから浮きつしずみつしながらゆっくりと川下へ流れていった。やがてほかの魚に突っつかれて喰われたり微生物によって分解されたりして、そうながい時間も経たないうちにあとかたもなく消滅してゆくだろう。ものもまたうすれて消えてゆく。

しかしそんな小事件によってもその日の幸福感はさほどそこなわれず、人外は水にはいったり水から出て岸に寝ころんだりしながら、けだるい安息にひたってすばらしい一日を過ごした。午後になって陽がかたむきはじめ、じりじりと時間が経ってゆく。人外が水中を泳ぎまわっても、もう殺生をする気がないという人外の意思がなぜかつたわるようで、うぐいもますもあゆももう逃げようとはせず、人外の周囲を平然と回遊し、人外にあまえるようにからだをこすりつけてきさえする。

魚たちとの追いかけっこにも飽きかけたころ、水中にいた人外の心にふときざすものがあった。はっきりとしたかたちをとらないその予感にみちびかれ、前足で力づよく水をかいて急浮上し、水面のうえにぐいとくびを突きだしてみた。しばらく待つうちに雫が一滴、二滴と顔にあたり、とおもううちに空がいきなり翳ってとつぜんの驟雨になった。温かな雨だった。叩きつけてくるような大粒の雨雫を顔にうけ、おおきくあけた口のなかにまでうけ、こうして世界のただなかにじぶんを解きはなつことができるのかという歓喜が人外の心にみちた。世界は大気のなかにまで水にまみれ、その世界それじたいにじぶんのすべてがまみれ、すべてがすべてにまみれ、ここまでは「うち」、ここからさきは「そと」という自明だったはずの仕切りが呆気なく溶けさってゆく。

それが出発の合図であることは明らかだった。ついにほんとうの終わりが——終わりの終わりがはじまろうとしていた。人外は水からあがりおおきな身ぶるいをして水滴をはじき飛ばしたが、後から後から降りそそいでくる雨雫が人外のからだをただちにびしょ濡れにしてしまう。決然とくびをもたげた人外はまたふたたび森のなかへはいっていった。もう川をさかのぼる必要はない。むかうべき方角はおのずとわかっている。

方角についてはは確信があっても、ほんとうは人外にはながい距離を歩きつづける力はもうほとんどのこっていなかった。今日いちにち水のなかをなぜあんなに自在に泳ぎまわれたのだろうと人外はいぶかった。森にはいると頭上にぶあつく茂った木々の枝葉が多少の雨よけになり、それ以上はさして濡れそぼつことなくすすんでいけたが、絡みあった草や蔓のあいだをぬけたり乗りこえたりしてすすむのは相変わらずひどく難儀な行程だった。

いつしか陽が落ちた。抵抗感のある物質そのもののような、頭を突っこむとずぶずぶと呑みこまれてゆくような濃密な暗闇が人外の前に立ちはだかり、人外が前方になげる視線を無情に押しもどす。闇は人外のからだをつよく囲繞し両の瞳にのしかかってくるようでさえあった。しかし目が見えなくなってもなぜか人外には行く手をさえぎる木や茂みを感知し、それを避けたりすり抜けたりしながらじぶんの道をたどりつづけることができた。いったんうすれてしまっていた人外の予知の異能が、からだが極限にちかいところまで衰弱したいまその衰弱それじたいによってかえって賦活され、いちだんと研ぎ澄まされつつまたふたたびよみがえってきたのかもしれない。

雨は早々にあがって、その後にうっすらした霧が出たことが空気の湿りでわかった。やかましいほどの虫の声。それは人外がちかづくとやみ、通りすぎるとまた背後で聞こえはじめる。とおくでそっと鳴いているふくろうの声。

昼間この森のなかをさまよったときとくらべて、あちこちで大小の動物たちが身じろぎしたりうろついたりしている気配がはるかにつよく感じられた。昼と夜のちがいだろうか、それとも旅の最後の行程にかかった人外の五感がかつてないほど研ぎ澄まされているせいだろうか。やがてそのうちの一頭であるなにかおおきな動物が木々の下生えや枯れ枝を踏みしだきながら、ただしその動物なりに足をしのばせてその踏みしだく音を殺そうとつとめながら、人外にちかづいてくる気配があった。しかし人外はなにも気にすることなくじぶんの道を歩みつづけた。それがじぶんを襲ってくるのではないか、じぶんを獲物として狩りたてるのではないかといった恐怖はまったく感じなかった。

じじつその動物のほうでも明らかに人外の気配を察知しているはずなのに、そして人外のよろよろした足どりからそれが容易に仕留められる獲物だとすぐわかったはずなのに、人外からなにがつたわったのか、一瞬その動物から発して空気中にみなぎったたけり立った敵意がつぎの瞬間とつぜん消えた。その動物はけっしてちかくまでは寄ってこようとせず、うやうやしい距離をたもちつつまるで丁重に護衛するかのようにしばらく人外に同行し、それからしずかにとおざかっていった。それでもうどんな獰猛なけだものも毒へびも剣呑な昆虫もじぶんをけっして攻撃してくることはないのだと人外は知った。気配だけが感知される大小の森の動物たちは、人外とのあいだにある距離をたもちつづけ、それは恐怖ではなく畏怖の距離であるようにおもわれた。まるでかれらのあいだに人外を行きたいところまで行かせてやろうという暗黙の合意があるかのようだった。

斃れることなくまだ歩きつづけていられるのはいったいなぜなのかと人外はいぶかった。意識がうすれかけていてふと気がつくといつの間にかへたりこんで荒い息をついており、いつへたりこんでそれからどれほどの時間が経ったのかわからない。しかもそのままた意識がとおざかっていってねむりに落ち、目が覚めてはじめてじぶんがねむっていたことに気づいたりもする。意識がもどればとにかく呼吸は鎮まっており、立ちあがらなければならないとじぶんに言い聞かせ、えいと力をいれるがそのとたん全身のあらゆる筋肉に痛みが走る。無理だ、不可能だ、立ちあがれるはずはないとかんがえる。なのにいつの間にか立ちあがってなお歩をはこびつづけているじぶんが不思議でならない。結局は歩いている時間よりも力尽きてうずくまったりそのままねむりこんだりしている時間のほうがずっとながかったかもしれない。

そんなおぼつかない行軍を夜通しつづけるうちに、いつしか勘や予知力にたよるまでもなく、薄ぼんやりと目に映る木の幹や草の葉を見分けながらすすめるようになっていることに人外は気づいた。夜が明けかけて、葉にも草にも朝露がきらめいていた。一歩一歩がおもい。おもくてつらくてたまらない。背中が痛い。からだじゅうが痛い。こんな苦痛をいつまで持ちこたえつづけなければならないのか。人外はもう歩いてはいなかった。よろめいては立ちどまり、よろめいては立ちどまりをただくりかえしているだけだった。もはやらせんも円もなかった。らせんはしどけなくほどけ円はいたるところで不規則に断たれ、ただみだれた曲線がくるったようにうねっているばかりだった。真夏の朝の気温はほんとうはそんなにひくいはずはないのに人外は寒かった。こごえそうだとさえおもった。

せっかくまたあたらしい一日がはじまりまたあたらしい朝の光が森にみなぎりはじめたというのに、人外はいつの間にかじぶんの視界がぼんやり霞んでいることに気づかなければならなかった。また雨でも降りだしたのか、濃い霧でも立ちこめているのかとおもい何度も何度もまばたきをしてみたが、どうやら人外の瞳の水晶体そのもののうちに濁りが生じ、それが急速に濃くなりつつあるようだった。かつてあんなに明るくあんなにするどくかがやいていた人外の瞳から碧《みどり》いろの光がうすれていこうとしていたが、そのさまを人外じしんが見られたわけではむろんない。人外はただじぶんの瞳に映る外界の事物の霞みようにあわいかなしみをおぼえただけだった。

人外はかっと目を見ひらき、もうあれは何日前のことになるのか、あのとき川辺の茂みで見たのとおなじ、白いちいさな蝶形花があつまってふんわりした球状をなしているあのシロツメクサの花が目の前に揺れているのを見た。見たような気がした。この世で人外の瞳に映った、それが最後の映像だった。もっともそれは瞳にではなく心に映っただけだったかもしれない。その映像をおもいのうちにとどめながら人外はなおも歩いていった、よろめいていった、むしろ這っていったと言うべきか。

いずれにせよシロツメクサなどというコトバじたい、もはや人外の心のなかに存在していなかった。コトバがうすれて消えつつあった。クサが消え、ソラが消え、アメ、モリ、ニジ、アサツユが消え、イタイもツメタイもキエルもアラワレルも消え、ナツノ、ヨルノ、ヤミもフクロウガ、ナイテイルもアノシオノカハ、カグワシカッタも消えた。アノウミノナミシブキヲ、アビルコトハ、モウナイノダというおもいがたとえ浮かんでも、アノウミもナミシブキもアビルもモウナイもない以上、もうそれはそうしたコトバのかたちをとることもなく、ただ漠とした悔いとかなしみが心のなかにひろがるだけだった。ずっとあんなにしたしい感情だったさびしさはもはやなく、いまは人外はただただかなしくて、それはほのかな悔いにいろどられたかなしみだった。かつてありいまはもうない情景、音響、におい、手ざわりがよみがえってきてもそれを名指し描写するコトバはもはやなく、どこからかつたわってくる残像や残響の波動にただ人外はしずかにゆすられているだけだった。そうしてワタシタチ、ハ、ワタシタチ、デアルさえついにうすれて消えると、じぶんがだれなのか人外にはもうわからなくなり、それとともにわたしたちがイマ、ココニ、イルというその「いま」や「ここ」までもがとつぜんあやふやになってゆく。

かれがそこにいる、とそのとき人外は知った。ついそこに、間近に、目の前に、と言ってもその目はもう視えない目でしかなく、ただしそのことをなげくまでもなくかれはもうすでに人外のなかにいた。かれがじぶんのなかにいる——コトバにはならないその温かなおもいが人外の心の底のどこからか滲みだしじわじわとひろがり、ついにからだぜんたいに行きわたってそのぬくもりが世界のこの寒さからじぶんをすくってくれるように感じた。あれほど追いもとめつづけこの世界では結局は追いつくことはできずに終わるとおもわれたかれが、いまついにわたしたちとともにある。

絶えず不在の者、いまここにはいない者がかれであってみれば、「いま」を、そして「ここ」をわたしたちがうしないつつあることで、その喪失そのものによってようやくあらわれたのも当然なのかもしれなかった。不在それじたいがかれであり、そのかれはわたしたちとともにあり、わたしたちのうちに迎えいれられ、わたしたちに同化し、そのひとりとなり、そしてそうなりさえすればもうわたしたちはひとりまたひとりと消滅してゆき、最後のわたしまで揮発してしまうことがゆるされる。そうしてわたしたちはかれとなる。わたしたちは消えてあとはもうすべてかれにゆだねることができる。かつてわたしたちのひとりで、わたしであることをこばみかれとなることをえらんだ者であったかれが、「いま」も「ここ」もうすれて消えつつあることによってふたたびわたしたちとともにあり、わたしたちのひとりにもどってきて、ついにわたしたちそのものとなる。

わたしたちがアラカシの枝の股からずるりと滲みだして以降の道行きのすべては、この唯一の目的をめざす旅だったことがようやくわかり、しかしそのわかったことを言うためのコトバをもはやわたしたちは持っていない。わたしたちはこうしてかれとなり、他なる者、そとなる者となって、しかしそれでもなお四本の足のさきで地面をひっかき、じりじりとからだを引きずっていった。もう飢えもなく渇きもなく痛みもなくただ前へすすみたいという意志だけがわたしたちを衝きうごかしていた。気がつくとわたしたちの前足はごつごつしたこぶのようなものに触れ、それに爪をたてて力を籠めわたしたちはさらにからだを引きずった。そのこぶが地表に露出した木の根でありその木のおおきな幹がすぐ目の前にそびえていることを、もう見ることはできないままましかしわたしたちはたしかに感じたしかに知って、のこった最後の力を振りしぼってその幹ににじり寄った。

その木がそもそもの発端において幹から最初の大枝が出ているその分かれめのところからわたしたちが外皮のそとへ滲みだしたあのアラカシなのかどうかはわからない。もうミキというコトバもエダというコトバもアラカシというコトバもわたしたちはうしなっていた。しかし絶えずうつろってゆくことがもどってゆくことであるとすれば、わたしたちは唯一ただしい場所へもどってきたのであり、そしてそれがついに終着点へ至り着いたということと同義であるのはあきらかだった。

いずれにせよもはやこれ以上うごくことはできなかった。前足も後足もだんだん溶けてたんなるあいまいな突起のようなものとなり、目も耳も鼻も口もなくなって、からだぜんたいがくっきりとさだまったかたちをうしなっていった。わたしたちはもはや見ず、聞かず、嗅がず、食べず、喋らず、動物というよりはむしろ植物にちかづいてゆくようだった。獲物の肉を咀嚼し嚥下し消化して身をやしなう者というよりはむしろ、光のエネルギーのはたらきで二酸化炭素と水から炭水化物を生成し酸素を放出する者に似てゆくようだった。コトバの大部分がうすれて消えていってもだれ、なに、どこ、どのように、そんな疑問詞のかずかずだけはとどいやいぶかりやうたがいやおそれの感覚とともになおも滞留しつづけていたようだが、それもまたとうとう消えていった。消えてゆくということじたいが消えていった。いつ……だけがどうやら最後までのこって、しかしそれもいつしか消えて、いつしかというコトバじたいも意味をなさなくなった。

すでにかれじしんとなったわたしたちは血と肉と骨でできたからだをもう持ってはおらず、とろりと溶けて夏の大地に滲みいっていった。じぶんをワタシタチとはよばないそのものはなににおびやかされることもないその地中という安息の場所で、わたしとわたしとわたしとわたしと……おおくの個々のわたしに分解してゆくだろう。そしていつかそのすべてがまたふたたび集合してわたしたちとなり、ワタシタチ、ハ、ワタシタチ、デアルとかんがえはじめる日を待つことになるだろう。その日がおとずれたときまたふたたび可能性と偶然性が未来のどこかからいきおいよく噴出し、圧倒的な奔流となってわたしたちの現在にむかってとうとう逆流しはじめることになるだろう。

最後の最後になって、ことごとくうすれて消え失せてしまったかに見えたコトバの、ほんのちいさなちいさな切れっぱしがとつぜんかすかによみがえってきて、それは、ああ、踊りたいな、というため息まじりのつぶやきだった。だれがつぶやいたとも知れないそのかすかなかすかなつぶやきは、当初のうちはどこからもなんの反応も惹起することがなかった。しかし、無反応のままずいぶん時間が経ち無視され虚空のなかにわすれさられてゆくかとおもわれたとき、不意にどこかでなにかが小ゆるぎし、それとともに聴こえるか聴こえないかというほどの音のさざ波がひとつ立ち、ふたつ立ち、それはさらにどんどん増えひろがっていった。それら波うつ音のかずかずはいよいよおおきく、とめどなくおおきくなってゆき、たがいにかさなって干渉しあい、たかい音とひくい音が交替し組みあわされくりかえされ、旋律がかたちづくられリズムがきざまれていった。すでにそれは音楽だった。そのただなかにわたしたちは、いやもうわたしたちでさえなくなった名前のない意識は招きいれられてゆく。秒、分、時などという単位も分節化も超え、あるいは時間にまったくあたらしい単位をもたらし分節化をほどこす未知の音楽がすでにあり、そのひびきが宇宙に遍在し、意識はそれに乗って踊りはじめていた。

優美このうえもない可能性の旋律と、あくまであらあらしい偶然性の律動と、ありとあらゆる可能と偶然の組み合わせをためしてやまない和声とに、同伴し同期し共振しつつ、意識はじぶんじしんをかろやかにゆすりたて、跳ね、流れ、静止し、また跳ねた。快活で生き生きとしたステップを踏み、くるりとあざやかにターンした。しかしはたして意識がターンしたのだろうか。意識をうちに包蔵しそれと共振して「いま」と「ここ」をうしないつつある宇宙それじたいが、最後の身ぶりとして、意識に代わってくるりと一回転してみせたのではあるまいか。すでにそれは宇宙のダンスだった。しかしそのダンスする宇宙もまた、ほんのいっときよみがえった可能性と偶然性の音楽ともどもほどなくうすれて消えてゆき、するとあとにはもうなにものこらず、あるいは「無」だけがのこり、それがいつか不意にゆらいでそのゆらぎのなかからぽろりともうひとつの宇宙があらわれ出てくるまでに、どれほどの時間が経過しなければならないかはだれにもわからない。

本文中に登場する詩はロバート・フロスト「えらばなかった道」（一五二―一五三ページ）、及びディラン・トマス「あの良夜の中へ心おだやかに入ってゆくな」（二二八―二二九ページ）。引用は著者訳による。

初出　「群像」二〇一七年一一月号―二〇一八年一一月号
（ただし二〇一八年四月号は休載）

松浦寿輝（まつうら・ひさき）
1954年東京生まれ。詩人、小説家、東京大学名誉教授（フランス文学・表象文化論）。詩集に『ウサギのダンス』『冬の本』『鳥の計画』『吃水都市』『afterward』『秘苑にて』など。小説に『幽《かすか》』『花腐し』『あやめ 鰈 ひかがみ』『半島』『そこでゆっくりと死んでいきたい気持をそそる場所』『不可能』『ＢＢ／ＰＰ』『名誉と恍惚』など。評論に『平面論　一八八〇年代西欧』『折口信夫論』『エッフェル塔試論』『知の庭園　19世紀パリの空間装置』『明治の表象空間』など。

人外《にんがい》

二〇一九年三月五日　第一刷発行

著　者――松浦寿輝《まつうらひさき》

発行者――渡瀬昌彦

発行所――株式会社講談社
東京都文京区音羽二―一二―二一
郵便番号一一二―八〇〇一
電話――出版　〇三―五三九五―三五〇四
　　　　販売　〇三―五三九五―五八一七
　　　　業務　〇三―五三九五―三六一五

印刷所――凸版印刷株式会社

製本所――株式会社若林製本工場

定価はカバーに表示してあります。

ISBN978-4-06-514724-5